Het barbiehuis

Ascanio Celestini

Het barbiehuis

Vertaald door Charlotte Koopmans
en Marjo Stam

Athenaeum—Polak & Van Gennep
Amsterdam 2011

Oorspronkelijke titel *Lotta di classe*
Copyright © 2009 Ascanio Celestini/Giulio Einaudi
editore s.p.a., Torino
Copyright vertaling © 2011 Charlotte Koopmans
en Marjo Stam/Athenaeum—Polak & Van Gennep,
Singel 262, 1016 AC Amsterdam

Omslag Studio Jan de Boer
Omslagbeeld © Lisa Peardon/Getty Images
Auteursfoto © Maila Iacorelli – Fabio Zayed/Spot the Difference
Boekverzorging Hannie Pijnappels

ISBN 978 90 253 6905 7
NUR 302
www.uitgeverijathenaeum.nl

Inhoudsopgave

Deel I

Salvatore, het kleine broertje

Toen de dokter mijn moeder openmaakte, was haar slokdarm verdwenen.

Die was weggebrand door het zwavelzuur. Daarmee hielp mijn vader de muizen in de kippenren om zeep. Hij zei dat mijn oom er met z'n muizenvallen nog niet één kon vangen, dat kaas en zo'n klapval alleen in *Tom en Jerry*-filmpjes werkten. Dus goot hij zwavelzuur in de holen, zodat de muizen verbrandden. Maar toen werd het winter en wilde hij weten of zwavelzuur ook kon bevriezen.

Hij zei 'straks giet ik er zwavelzuur in en dan schaatsen de muizen op het ijs in plaats van dat ze verbranden.'

Om de proef op de som te nemen, legde hij de fles in de vriezer, en toen heeft mijn moeder er een slok van genomen. Het ging per ongeluk. Toen de dokter haar openmaakte, was haar slokdarm verdwenen.

Mijn oom zegt dat hij een keer een kip opensneed en er een ei in zat. Hij maakte het ei open en er zat een kuiken in.

Ik zei 'stel dat een schaap die kip opat. En een koe dat schaap en een walvis die koe. En dat er een visser was die een walvis ving met een koe erin en daarin een schaap en daarin een kip met daarin een ei en daarin een kuiken.'

Mijn oom zei 'dat kan niet want schapen zijn vegetariër.'

Ik antwoordde 'oké, dan ving de visser een walvis met een koe met daarin een schaap en meer niet.'

Oom zei 'dat kan niet want koeien zijn ook vegetariër.'

Ik weer 'dan ving hij een walvis met daarin een koe met in die koe een beetje gras.'

Hij zei 'walvissen eten geen vlees.'

Maar ik antwoordde 'dat kan niet waar zijn, want er wordt altijd gezegd dat grote vissen kleine vissen opeten. Als er geen koe in zit, dan zit die walvis wel vol haai.'

Hij weer 'een walvis is geen vis. Het is een zoogdier dat plankton eet. Als je zijn buik opensnijdt, vind je binnenin een soort groenig water.'

Ik bedacht dat de dokter, als hij juffrouw Patrizia opensnijdt, waarschijnlijk binnenin een soort plankton vindt, want in die twaalf maanden dat ze in coma ligt, hebben ze haar via een maagsonde gevoed. Binnenin vinden ze waarschijnlijk alleen wat water. Ze is vast zo schoon als een pas omgespoelde fles.

Hoe dan ook, ik ben Salvatore. Het kleine broertje van Nicola.

Hij zei altijd dat ik achterlijk was maar dat was niet waar. Hij wist ook wel dat het niet waar was. Mijn oom wist dat ook en zei daarom 'je moet je best doen op school en beter werk vinden dan Nicola met zijn tijdelijke baan in het callcenter. Zorg ervoor dat je beter terechtkomt dan je broer die telefoontjes beantwoordt en niet eens ziet tegen wie hij praat. Hoe zeg je dat? Ook een arbeider wil graag een zoon met een titel, al vind ik het ook best als je ingenieur wordt.'

Ik zei 'oom, ingenieur is ook een titel.'

Hij antwoordde 'maakt niet uit. Ingenieur, dokter of advocaat is allemaal goed.'

Ik deed wel m'n best op school, maar ik was ook dol op vrouwen.

Dat was ik, en nog steeds ben ik dol op vrouwen die er twee keer zo oud uitzien als ze zijn. Eigenlijk ben ik dol op hoertjes. Omdat hoertjes vijftien zijn en eruitzien als dertig. Dertig zijn en eruitzien als zestig. En met zestig zien ze er ouder uit dan honderd. Ik keek altijd naar hoertjes op tv en op internet met een vriend die niet aan seks doet, maar wel alle pornosites kent en er filmpjes op kan zetten. Hij is mijn vriend de filosoof.

Eén keer heb ik ze in het echt gezien. Mijn grote broer nam me mee, want hij downloadt dan wel geen pornofilms, maar zegt dat hij een seksexpert is.

We gingen naar Tor di Quinto.

Vanaf ons huis is die wijk een flink eind lopen. Ze schijnen ook op de Via Appia te staan en bij de markt op de Via Cristoforo Colombo ter hoogte van de catacomben, en dan heb je nog die beruchte hoeren op de Via Salaria, maar mijn grote broer nam me mee naar Tor di Quinto, want daar kende hij er een paar. Kortom, we komen er aan en gaan achter een bosje zitten. Mijn grote broer wijst er drie aan die hij goed kent.

'Die heet de Teef,' zegt hij.

Ik vraag 'waarom?'

'Omdat ze altijd zo loops is als een teef. En die andere is de Française.'

'Française, hoezo?'

'Omdat ze het op z'n Frans doet.'

'Op z'n Frans?'

Hij zegt 'ja, op z'n Frans!'

En ik denk: Frans?

'En de derde?' vraag ik.

'Dat is de Paardenbek.'

Die Paardenbek was de oudste van allemaal. Ik zei 'breng me

alsjeblieft naar die hoertjes. Om te praten. Ik wil hun vieze praatjes horen.'

Maar mijn grote broer zegt 'ze zijn aan het werk. Ik vertel je wel wat je wilt weten. Zal ik je over de Française vertellen die het op z'n Frans doet?' Ik zeg van niet. 'Of over de loopse Teef?'

En ik zeg 'nee, ook niet. Ik wil meer weten over de Paardenbek, die ouwe.' Zij was zo'n vrouw van zestig die eruitzag als iemand van tweehonderd. Ik dacht: die heeft nog dinosauriërs gepijpt en schoot in de lach want het was zo'n flauwe grap die mijn grote broer altijd maakte, maar nu had ik 'm helemaal zelf bedacht. Ze leek net een mummie en toch zegt mijn grote broer dat de Paardenbek de beste is van allemaal. Ze is een hoer voor fijnproevers. Ze is beroemd.

Hij zegt 'er is niet één plee in de wegrestaurants tussen Rome en Florence waar geen gore taal over die oude slettenbak staat geschreven. Toen ze een keer aan het tippelen was in Tor di Quinto stopte er een dronken vrachtwagenchauffeur. Hij pikte haar op en allebei zetten ze het op een zuipen. Ze reden dronken de snelweg op en stopten bij Chianti Oost, op de parkeerplaats voor vrachtwagens bij het benzinestation. Ze klommen over de voorbank naar achter, naar de plek waar de chauffeurs hun bed hebben. Het smerige kot waar ze de beest uithangen. Ze trokken hun kleren uit en sloegen aan het vrijen. De Paardenbek boog zich over hem heen en begon hem te pijpen. En terwijl ze er zo bij lag, viel ze in slaap.'

Mijn grote broer zegt dat de vrachtwagenchauffeur dacht dat ze alleen even was gestopt om op adem te komen. Maar toen ze begon te snurken snapte hij dat ze echt lag te slapen. Hij probeerde zich los te wurmen, maar zij hield haar kaken op elkaar geklemd. En hoe meer hij zich probeerde te bevrijden, hoe steviger ze hem omklemde. Die kerel dacht dat ze over een stuk brood droomde. Droomde dat ze op een appel kauwde. Zo goed en zo kwaad als het ging, bleef hij op de bank van de vrachtwagen zitten, gevangen in de klem van de Paardenbek.

Hij streelde haar hoofd zoals je een hond streelt die met zijn kop op je schoot slaapt. Hij liet haar rustig slapen alsof ze een huisdier was.

Nicola zegt 'het was al ochtend toen ze wakker werd en zei "je moet betalen." Hij piekerde er niet over en riep "we hebben niks gedaan, waarom moet ik betalen?" Maar ze hield vol dat ze een beroeps was, dat tijd geld is en dat er wel mooi bijna zes uur verstreken waren. Uiteindelijk betaalde de chauffeur. Hij gaf haar een miljoen.'

Ik zeg 'een miljoen euro?'

'Nee,' zegt hij, 'dit verhaal speelt lang geleden, toen had je nog lires.'

'Alsjeblieft, neem me mee naar die Paardenbek. Ik wil met haar praten. Ik wil dat ze iets tegen me zegt.'

Mijn grote broer zei 'nee, ze zijn aan het werk. Als je wilt kunnen we wel wat dichterbij gaan staan.'

Dus we lopen een stukje verder alsof er niks aan de hand is, alsof onze neus bloedt. Zoals een zwijgzaam stel dat toevallig een wandelingetje maakt om etalages te kijken in het centrum, en dat aarzelt of ze schoenen zullen aanschaffen die nu in de mode zijn, of zullen wachten op de uitverkoop. Maar mode interesseert ons geen zak en we staan niet in een winkelstraat, maar achter de bosjes tot onze enkels in de troep: smerige zakdoekjes, blikjes, halve tv's, sloopafval, koelkasten en plees. In plaats van de kerken en de barokke fonteinen van het pauselijke Rome, heb je hier Roemenen die een rivier aan pis produceren voor ze hun krotten binnengaan die zijn gemaakt van de restanten van andere krotten. Hier in Tor di Quinto, op het toneel van de parkeerplaats, zijn de schijnwerpers de koplampen van auto's waarvan de bestuurders bijna altijd alleen maar afremmen om te kijken. Een enkeling blijft stilstaan, en naast de brandende autobanden waarvan je de stank tot aan de Corso Francia kunt ruiken, loopt de Paardenbek. Piepklein en broodmager. Helemaal beschilderd als zo'n beeldje bij een kraampje dat van kleur verandert als het warmer wordt. Een aardewerken madonnaatje, ferm overeind op haar hooggehakte rode laarsjes. Er stopt een bestelbusje, ze wordt verlicht door de koplampen en draait zich om. Mijn grote broer zegt zachtjes 'de Paardenbek!'

Ik herken haar.

Ze woont bij ons in de flat. Het is de vrouw van de vijfde verdieping.

Ik vertelde niks tegen mijn oom, niet over ons tochtje naar Tor di Quinto en ook niet over de Paardenbek. Oom lag te slapen toen we thuiskwamen. Hij werd wakker door de klik van het slot.

'Ik heb honger,' zei hij.

Op de grond stond een vuil bord van de lunch met nog een restje erwten. Op een stoel stond het geopende blik, nog halfvol. Ik vulde het restje erwten aan met een half blikje sardines in tomatensaus uit de koelkast, hij at het op en viel weer in slaap.

Mijn oom zat altijd in zijn leunstoel.

De leunstoel naast de buffetkast met het complete, mooie glasservies van onze familie, overblijfsel uit de tijd dat we dankzij de kippenhandel nog in goeden doen waren. Later bracht het lot ons naar dit flatgebouw, en de enige waardevolle spullen die oom bij de beslaglegging wist te redden waren de buffetkast met het luxe glasservies en de leunstoel.

'Ooit,' zegt hij, 'stond ik de hele dag in mijn conciërgehok, zei ik goedemorgen en goedenavond tegen de bewoners, bracht hun post rond, veegde de boel aan, strooide gif tegen het ongedierte en gaf de planten op de binnenplaats water. Het vermoeiende werk van een conciërge. En dan kwam ik thuis en vrat ik die leunstoel op. Moeheid is als honger. Honger naar een leunstoel, een bed of een divan. Ik beet erin, het was een stuk brood. Brood voor de hongerigen, water voor de dorstigen en een leunstoel voor de vermoeiden. Tot de moeheid me zo moe maakte dat ik het niet langer kon opbrengen mezelf nog moeier te maken. Toen nam de leunstoel wraak. Nou rust hij uit onder mijn billen.'

De leunstoel eet hém nu beetje bij beetje op. Ik heb hem nooit meer zien staan, nooit meer zijn rug gezien. Misschien heeft hij geen rug meer. Is hij met de leunstoel vergroeid. Misschien is hij leeg, zoals een spook zonder laken, zoals gebouwen in films. Een nepfaçade zonder huis erachter.

Vanaf zijn leunstoelkansel bromde mijn oom 'je moet je best doen op school. Hoe zeg je dat? Ook een arbeider wil graag een zoon met een titel, al vind ik het ook best als je ingenieur wordt.'

Ik zei 'oom, ingenieur is ook een titel.'

Hij antwoordde 'maakt niet uit. Ingenieur, dokter of advocaat is allemaal goed.'

Nadat de kippenhandel failliet was gegaan, verkocht mijn oom ons huis in het dorp en nam ons mee naar de flat in de buitenwijk. Hij nam mijn broer en mij mee. Hij werkte er eerst als conciërge, maar daarna werd hij een leunstoelman.

'Een treetje hoger,' zei hij. 'Voor een conciërge is een leunstoel een treetje hoger, net zoals een priester die paus wordt.'

Er bestaat trouwens een spelletje 'stoeltje maken', waarbij twee mensen elkaars armen kruislings vastpakken, jou erbovenop laten zitten en je als een paus ronddragen. De opperpriester van het Sint-Pietersplein heeft namelijk net zo'n stoel die zijn slaven op hun schouders rondzeulen. Alleen eet, piest en poept hij er niet in, zoals mijn oom deed. Hij zat altijd en eeuwig in die leunstoel. De laatste Japanner, opgesloten in zijn loopgraaf van schuimplastic en nepleer, met het geweer in de aanslag om lulpraatjes af te vuren.

Mijn broer zei dat hij geen menselijk wezen meer was.

Hij zei 'hij is een vlek die de leunstoel besmeurt. Als hij doodgaat brengen we hem echt niet naar het kerkhof. Nee, we laten gewoon een stoffeerder komen.'

Als conciërge was hij van zo weinig nut dat hij na zijn vertrek niet eens werd vervangen. Er kwam een intercom in de plaats van mijn oom.

Maar hij gaf wel altijd de planten water. En dus zijn alle planten nu verdord. Allemaal, behalve de geraniums van juffrouw Patrizia die ze, toen ze nog studeerde, 's ochtends en 's avonds water gaf. Maar toen ze van de universiteit af was en ging werken, begonnen ook die te verdorren.

'Ik heb tien baantjes.'

Dat zei juffrouw Patrizia altijd.

'Er zouden tien Patrizia's moeten zijn,' zei ze, 'maar ik ben maar alleen. Toen ik studeerde, had ik het gevoel dat ik niets uitvoerde. Misschien waren we wel echt met z'n tienen. Ooit leek het of de andere negen werkten. Negen begonnen aan hun dienst in de supermarkt, zaten achter de kassa waar je, als er een rij staat, niet eens tijd hebt om te plassen en waar iedereen het op jou gemunt heeft. Negen die overdag naar het callcenter rennen om jochies te woord te staan die je bellen om alle schuttingwoorden op te noemen die ze op school hebben geleerd. Om 's nachts behoeftige maniakken te woord te staan die geen geld hebben voor sekslijnen. Negen Patrizia's die boodschappen doen, naar het postkantoor gaan, bijles geven, babysitten, voortploeteren. Negen vrouwen die in mijn plaats aan het werk waren, terwijl ik de geraniums water gaf. Nu die negen Patrizia's me in de steek hebben gelaten, moet ik me alleen zien te redden. Ik moet ook iets in de steek laten. Ik laat de geraniums in de steek.'

In plaats daarvan ging ze naar mijn oom die haar in zijn natgepieste leunstoel audiëntie verleende. Hij beloofde haar dat hij mij zou sturen. 'Een ietsepietsie water,' zei ze, 'geraniums zijn geen varkens die je vetmest om ze met kerst te slachten.'

Dus liep ik die dag de trap op en ging het huis van die Patrizia binnen. Op de keukentafel stonden flessen drank die mijn grote broer 'sterk' noemt. Hij zegt dat hij op stap gaat om vrouwen te neuken, maar dat sommige niet willen. Ze zeggen 'geen seks, alleen zoenen,' en dan tovert hij de sterkedrank tevoorschijn.

'Ik neem een drankje,' zegt hij dan, 'wil je ook?'

Ze worden dronken en hij duikt erbovenop.

'En als ze niet drinken?' vraag ik.

Hij zegt dat dat niet vaak voorkomt, maar voor hen heeft hij sinas bij zich. Daar strooit hij dan een verdovend poedertje in en biedt het ze aan 'wil je een glaasje sinas?'

Hij zegt dat zo'n partypoedertje beter werkt dan sterkedrank, en dat die vrouwen bloedgeil raken.

Toen ik die keer het huis van juffrouw Patrizia binnenging, bedacht ik dat zij ook een makkelijke prooi voor mijn grote broer zou zijn. De flessen sterkedrank stonden al in haar keuken, het was dus niet nodig ze mee te nemen en haar met een chemisch trucje over te halen om seks te hebben.

Ik besloot ze te proeven. Ik schonk wat in de dop en stak mijn tong erin. Mijn tong brandde. Ik brandde mijn tong aan de Stock 84 en aan de Vecchia Romagna. En ook aan de Unicum. De enige drank die ik een beetje lekker vond zat in een witte fles met een plaatje van een ei erop, Vov heette het. Daarna voelde ik me draaierig, ik ging in een stoel zitten en dommelde even weg. Toen ik weer bijkwam, was het een half uur later. Snel gaf ik de planten water en liep naar beneden naar mijn oom die zei 'wat heb je er lang over gedaan.'

'Zolang als nodig was, oom,' want elk willekeurig antwoord volstaat om hem de mond te snoeren.

Zo is hij altijd geweest.

Ook toen papa er nog was, zweeg hij altijd. Papa was degene die praatte. Na dat gedoe met papa en met China begon oom iets vaker te praten, maar niet veel vaker. Af en toe een vraag en als je hem een willekeurig antwoord geeft, zwijgt hij meteen. Hij vraagt alleen maar wat om te laten merken dat hij er nog is en dan stel je hem tevreden. Je reageert op hem zoals je reageert op een blaffende hond.

Je zegt 'braaf,' en hij kwispelt.

Ik zei 'ik heb er zo lang over gedaan als nodig was,' en hij keek me aan met de blik van een tevreden hond.

Toen ik de volgende dag het huis van juffrouw Patrizia binnenkwam, gaf ik direct de geraniums water. Ik nam geen sterkedrank, maar zocht in de lades of er ergens van die poedertjes lagen. Die waren er niet, maar in een van de lades vond ik een voorraad slipjes. Tientallen slipjes in allerlei kleuren. Wij hebben thuis ook ondergoed, maar die la was echt abnormaal. Een bonte verzameling slipjes met kant en strikjes en zelfs slipjes met achter alleen een touwtje zodat het, als je ze aantrekt, net lijkt of je alleen van voren een slipje draagt.

Slipjes trek je aan over je intieme delen. Dus bedacht ik dat als ik aan een slipje rook, het net was alsof ik dan de intieme delen van juffrouw Patrizia rook. Ik hield er eentje onder mijn neus. Het rook naar zeep.

Ik zei tegen mezelf 'idioot! Deze komen net uit de was. Zo ruiken de mijne ook. Ik moet op zoek naar het slipje dat juffrouw Patrizia net heeft uitgetrokken.'

Ik liep naar de badkamer om er eentje te zoeken. De wasmand zat ook al vol slipjes. Ik viste er een uit en hield het onder mijn neus, maar het stonk verschrikkelijk naar zweet.

Het is te hopen dat ze van onderen niet net zo stinkt, dacht ik, anders is het maar goed dat ze tien baantjes heeft. Met zo'n stank krijgt ze niemand zo gek, zelfs niet als ze hem verdooft met sterkedrank en poedertjes.

Toen liep ik terug naar de la en snoof nog een keer aan een schoon slipje om de stank uit mijn neus te krijgen.

Zodra ik weer beneden in ons appartement was, ging ik naar mijn broer.

Ik zei 'ik wil je wat vragen, maar je moet me niet in de zeik nemen. Vertel me eens waar het vrouwelijk geslachtsdeel naar ruikt. Naar zeep of naar zweet?'

'Iets ertussenin...' antwoordde hij.

Ik zeg 'hoe kan er nou iets tussen zeep en zweet in zitten?'

Hij zegt dat het niet valt uit te leggen tot je het zelf ruikt. Hij zegt 'het is iets ertussenin. En trouwens, dat deel van een vrouw interesseert me niet meer.'

Hij zegt dat van voren hem niet interesseert omdat hij het met vrouwen toch alleen van achteren doet, zoals in pornofilmpjes op internet. Hij zegt dat het simpel is, je moet alleen zorgen dat je de juiste spullen bij je hebt. Mijn broer heeft altijd vaseline bij zich.

Waarop ik vroeg 'neem je dan ook nog vaseline mee? Condooms, sterkedrank, sinas, poedertjes en ook nog vaseline?'

Hij zegt dat een seksexpert van alles is voorzien. Maar eerlijk gezegd was hij die vaseline een keer vergeten. Hij had een vrouw uit de kleren gekregen en haar alvast in de stemming gebracht met sterkedrank en poedertjes, toen hij erachter kwam dat hij geen vaseline bij zich had. Maar hij nam geen genoegen met seks op de klassieke manier. Seks van voren. Terwijl hij haar bleef opgeilen en met één hand vingerde, keek hij om zich heen en zag dat er op het nachtkastje Nivea stond.

'Met m'n andere hand maakte ik het potje open,' zegt hij, 'ik doopte er een paar vingers in en gebruikte het als vaseline.'

Ik vroeg 'en werkte het?'

'Prima, zo goed dat ik voortaan ook een potje Nivea bij me heb.'

Mijn broer mag dan wel een seksexpert zijn, maar elke keer dat hij gaat neuken moet hij wel een hele verhuizing op touw zetten.

De volgende dag ging ik weer naar het appartement van juffrouw Patrizia om de planten water te geven. De tv stond aan. En de koelkast stond nog open en zoemde als een bromvlieg. Een teken dat ze net halsoverkop de deur uit was gerend om aan het werk te gaan. Om achter de kassa te zitten van de supermarkt in Cinnecittà Due of om de telefoon te beantwoorden in het callcenter aan de overkant van het grote plein in het winkelcentrum.

In de koelkast lag niets wat ik kende: geen pakje Kraft-kaas, geen restje Nutella, geen fles Parmalat melk. Er lag niets wat ik ooit in een supermarkt had gezien. Een van haar vele baantjes was caissière bij de Coop. En toch lagen er alleen onbekende producten in haar koelkast, van de biologische markt, van die verantwoorde spullen die ook nog eens een smak geld kosten.

De koelkast deed ik dus maar dicht. Maar ik bleef wel tv kijken. Naar talkshowpresentatrice Maria De Filippi en de hele santenkraam van de middagshow die schreeuwden, dansten en kibbelden en het appartement van de arme bewoonster met haar tijdelijke baantjes in bezit hadden genomen.

Ik probeerde hem uit te zetten, maar iets maakte nog contact en om dat te verhelpen moest je denk ik de stekker eruit trekken die achter in het toestel zat. Dus zette ik het geluid maar uit en liet ze in stilte doorbabbelen op het 14-inch-beeldscherm naast de halflege drankflessen. Ik pakte de fles Vov, schonk een beetje in de dop en dronk het op.

Het voelde als mijn eigen huis.

Ik kende de lades met de slipjes en de vuile was in de wasmand, de koelkast met zijn valse gezoem en de flessen sterkedrank op de keukentafel. Ik liep er rond als in een tweede huis. Zoals mensen die een appartementje in de bergen hebben voor hun skivakanties, of een huisje aan zee, en die in kamers overal ter wereld 's nachts naar de wc kunnen zonder het licht aan te hoeven doen, omdat die kamers van henzelf zijn. Omdat zij er leven, omdat zij de eigenaar zijn.

Maar toen zag ik op het nachtkastje in de slaapkamer Nivea staan. Niveacrème in een potje met een schroefdop. Ik had het gevoel alsof het voorbestemd was. Een mysterieus lot dat ontsluierd wordt aan het einde van een labyrint dat bestond uit mijn eigen verwachtingen en de verhalen van mijn grote broer, uit al zijn ervaringen vermengd met al het gezeik dat je maar kan verzinnen, en uit mijn fantasieën over poedertjes in de sinas en sterkedrank om vrouwen mee te verdoven. Het leek alsof in het huis van juffrouw Patrizia, waar de tv altijd aanstond, alles samenviel. Ik was omringd door tovenaars die slangen bezwoeren en erotische dromen tevoorschijn toverden, door van internet gedownloade pornofilms, de Paardenbek en de andere hoeren van Tor di Quinto. Alles speelde zich af voor een kleine, heilige Niveatempel, een zogenaamd vochtinbrengende crème voor de uitgedroogde huid, maar in werkelijkheid een duizelingwekkende balsem om vrouwen van achteren te neuken. En die crème stond daar gewoon naast haar bed, klaar voor gebruik. Ik stelde me voor hoe die Patrizia samen met mijn broer dronken wordt. Hoe hij haar uitkleedt en het potje opendraait. Hoe ze neuken als in de film. Ik trilde helemaal en pakte de gieter, vulde hem en gaf de planten op het balkon water. Ik gaf ze zoveel water dat zelfs een buiten z'n oevers getreden Nijl ze niet zo had kunnen verzuipen. Tegelijkertijd dacht ik aan die Nivea en aan juffrouw Patrizia en aan seks van achteren. Zo hevig, dat ik de gieter op de grond smeet en weer naar binnen liep. Ik kleedde me helemaal uit, deed de la open en trok het slipje aan met van achteren alleen een touwtje. Ik dook in het bed van juffrouw Patrizia, gleed tussen de lakens en dacht aan Nivea en de billen van de vrouw des huizes. Ik rook de zeepgeur van de pasgewassen lakens die precies zo roken als de schone slipjes. Met één hand draaide ik het potje crème open, ik doopte er twee vingers in en hield ze onder mijn neus.

Ik dacht: dit is de geur van kut! Een mix van zweet, zeep en Nivea!

Ik was helemaal ondersteboven van die sensuele geur tot ik iemand de voordeur hoorde openen. Ik verstarde door de klik van het slot. Ik kon alleen nog maar mijn schone hand bewegen waarmee ik het laken over me heen trok.

Toen ik weer van de schrik was bekomen, was er een half uur voorbij. Ik trok de string uit, legde die terug in de la en kleedde me aan. Ik liep naar beneden. Mijn grote broer was thuis.

Hij vroeg 'waar zat je? Ik ben je wezen zoeken in het huis van die Patrizia.'

Ik antwoordde dat ik flauwgevallen was. 'Vast door de geur van de planten. Ik denk dat ik allergisch ben voor geraniums.'

Tegen mijn oom schreeuwde ik 'je moet me niet meer naar die Patrizia sturen! Laat Nicola er maar heen gaan of laat die planten maar doodgaan!' Mijn oom hield een vuil bord in zijn handen waarop nog een restje sardinesaus lag. Hij werd wakker, moest niezen en het viel op de grond. Het kristallen servies trilde een beetje, een paar glazen stootten rinkelend tegen elkaar aan.

'Ik heb honger,' zei hij.

Nicola trok een blikje gemengde groenten open en leegde het op zijn bord. Die ouwe at alles op. En na een paar tellen viel hij weer in slaap.

De sausvlek op de vloer leek op een duif of op de kop van een hond met z'n tong uit z'n bek.

Mijn oom had iets tragisch.

Iets wat je verder alleen maar tegenkomt waar mensen, dingen of denkbeelden in groten getale aanwezig zijn. Hij bezit de charme van duizenden vuilniszakken die zijn opengescheurd door over de vuilnisbelt scherende, alles verorberende zwermen meeuwen. Er gaat van hem dezelfde afstotelijke aantrekkingskracht uit, dezelfde walgelijke bekoring van dreigend gevaar. Hij is een plaag in een leunstoel, de Chinees die jou bij de rivieroever opwacht om je eigenhandig te laten struikelen. Het spinnenweb dat verstoft in afwachting van een vlieg.

Mijn vader was heel anders.

Ik herinner me dat we als kind naar zee gingen. We zaten daar alleen, mijn oudere broer en ik. Omdat mijn moeder vlak na mijn geboorte gestorven was door dat zwavelzuurverhaal. Mijn broer en ik bleven dus over met papa, oom en opa.

'Een familie van hanen,' zeiden ze.

De enige vrouwelijke wezens bij ons thuis hadden een snavel en veren. Toen we nog op het platteland woonden, hadden we namelijk een kippenhandel. Ons familiebedrijf waarmee we net genoeg verdienden om allemaal van te leven. Maar aan het begin van de zomer gingen we altijd naar Lavinio. We hadden daar een tweekamerflatje boven Accricco, de botenzaak waar we onze dagen sleten met het uitzoeken van de boot die we zogenaamd zouden kopen. Later namen we een strandhuisje bij Tritone, de strandtent van de Romeinse middenklasse. We waren daar alleen. Nicola hield mij in de gaten. Ik hield hem in de gaten. De een verantwoordelijk voor de ander. Toen ik een bult op mijn hoofd had omdat ik uit bed was gevallen, kreeg Nicola op z'n kop. Toen hij zijn been brak, kreeg ik op m'n kop. We waren dus altijd alleen. Zwijgend. In de loopgraven. Loerend naar elkaar.

De ene zondag kwam mijn oom en de andere mijn vader. Dan konden we eindelijk ergens anders naar kijken. We konden weer gaan praten, maar ik had niks te vertellen.

'Je moet leren,' zei mijn vader, 'hoe zeg je dat? Ook een arbeider wil graag een zoon met een titel. Als je niks te vertellen hebt, leer dan in ieder geval lezen. Je moet alles lezen, affiches, uithangborden, teksten op muren.'

Ik las de tekst 'Accricco' op de botenwinkel, de borden met 'restaurant' en 'verse vis', 'God bestaat', en 'hup Rome'. Ik las van links naar rechts en achterstevoren, omdat ik verwachtte dat die omgekeerde woorden ook een betekenis hadden. 'Occircca', 'tnaruatser' en 'esrev siv', 'dog taatseb' en 'puh emor'.

Mijn vader moest lachen als ik zulke Babylonische klanken voortbracht, maar Nicola zei 'mijn broer is achterlijk.'

'Kijlrethca, po rednod,' antwoordde ik en hij probeerde het om te draaien, want hij wist dat ik hem op z'n minst voor 'eikel' of 'klootzak' had uitgemaakt, of hem een 'sodemieter op' naar z'n hoofd had geslingerd. En aangezien we nu dus weer met elkaar konden vechten, omdat we niet meer voor elkaar verantwoordelijk waren, gaf hij me een paar rake klappen.

En ik 'dood lav, kaztoolk.'

Maar op een dag kwamen ze allebei en het was niet eens zondag. Mijn oom zweeg, maar mijn vader zei tegen ons 'we gaan ons eens netjes aankleden.'

We brachten de dag door met het kopen van schoenen en kleren, en voor zichzelf kocht hij een paraplu. We moesten erom lachen, want 's zomers regent het nooit. Ik deed zelfs een stropdas om en trok mijn veterschoenen aan. We liepen naar Tritone. We daalden de trap af naar zee. Mijn oom zweeg.

Mijn broer en ik zeiden 'zo komen we onder het zand te zitten. Kunnen we niet beter onze schoenen en sokken uittrekken?'

Maar de grote mensen reageerden niet, mijn vader floot terwijl we recht op de vloedlijn afliepen. En toen liepen we alle vier het water in en de mensen moesten om ons lachen.

'Zijn jullie blij?' vroeg mijn vader.

En zo voelden we ons precies, we lachten. Mijn vader stak zelfs zijn paraplu op.

'De zon schijnt,' deelde hij mee en hij floot. Toen zei hij 'we zullen altijd met een goed gevoel aan deze dag terugdenken. We zullen er ons hele leven aan terugdenken als aan die keer dat we met kleren en al de zee in zijn gelopen. Ik zou niet willen dat jullie je deze dag herinnerden als de dag waarop opa stierf.'

We bleven in het water staan. Een beetje lacherig en eigenlijk zonder ergens aan te denken.

Toen deed onze vader z'n paraplu dicht en liepen we het water uit.

Op de dag van de begrafenis droegen we dezelfde kleren.

Er was een kist, maar opa's lichaam ontbrak. Ons kippenbedrijf had geprobeerd zaken te doen met China. Opa zei dat het een belangrijk land zou worden en dat je daar naartoe moest om het grote geld te verdienen. Hij was erheen verhuisd om alles te regelen, om de handel op te zetten, maar vervolgens hadden we niets meer van hem vernomen. Het was in de tijd met die studenten op dat plein. Op tv hadden we die ene Chinese jongen gezien die de colonne tanks tegenhield. Daarna werden ze door het leger doodgeschoten, niemand weet hoe het met die ene student is afgelopen, en het land ging nog meer op slot dan Rusland.

'De Chinezen hadden al muren uitgevonden lang voor wij de Berlijnse Muur bouwden,' beweerde mijn oom.

Hij zei dat het een achterlijk land was zonder toekomst. Maar mijn vader hield vol dat er grote dingen gebeurden in het oosten, dat we ons allemaal moesten opmaken om te emigreren. Toen hoorden we van de ambassade dat opa overleden was, we liepen de zee in met onze kleren aan en zo eindigde het verhaal, met een begrafenis en een afwezige dode. Ook op die dag had mijn vader zijn paraplu bij zich.

Ook op die dag zweeg mijn oom.

Mijn broer hield me in de gaten.

Ik had zand in mijn schoenen.

Mijn oom zweeg.

Maar mijn vader floot.

Dat gefluit herinner ik me nog goed. Hij lachte, praatte en floot. Soms waren het liedjes, tunes van televisieprogramma's of reclames. 'I like to teach the world to sing' van Coca-Cola of 'Echt slapen doe je pas... op een nieuwe matras.' Niet speciaal iets wat hij goed kende of waar hij erg van hield. Er kwam gewoon iets in hem op en dat floot hij. Meer stelde het niet voor. Hij floot en dat was het. Om hem te laten stoppen moest je iets tegen hem zeggen. Dan hield hij op met fluiten en begon te praten. Na een tijdje kletsen schoot hij in de lach, draaide zich om naar mijn oom en behandelde hem als een sukkel omdat hij maar bleef zwijgen, 'lach toch eens lekker,' zei hij, en praatte weer verder.

Mijn vader werd altijd overal uitgenodigd omdat hij goed een gesprek op gang kon houden. Tijdens maaltijden met lastige familieleden, tijdens werklunches waar ze klanten moesten zien te overtuigen. Hij zei altijd dat hij als jongen al begonnen was met vragen stellen.

'Ik krijg ze waar ik ze hebben wil,' zei hij tegen zijn collega's.

Alleen bij mijn oom lukte het hem niet om het gesprek op gang te houden, want er was geen gesprek. Mijn oom zweeg.

Na de dood van opa wilde papa ook naar China om daar in kippen te handelen. Hij zei dat opa dood was maar dat het nog steeds een goed idee was om Chinese kippen en hoenders te fokken. Mijn oom zweeg, liet hem praten en zei dan nee. Dat zei hij, ook al hield hij zijn mond. Hij hoefde alleen maar met z'n hoofd te schudden. Hij wist dat als hij zijn mond opendeed, mijn vader hem van gedachten zou doen veranderen, dat papa hem zou krijgen waar hij hem hebben wilde. Hij zweeg en hield voet bij stuk. Mijn vader kon lachen en fluiten zoveel hij wilde en hem als een stomkop behandelen – net als die keer toen hij de muizen met vallen en kaas wilde vangen – het hielp niet. Nu ging het erom of ze naar China zouden gaan, de kippenhandel zouden sluiten en naar het oosten zouden vertrekken. Daarom zweeg mijn oom en liet hem in zijn eentje over Chinezen en kippen praten. Papa legde hem zijn visie op de handel uit, deed zijn best hem te overtuigen, maar zijn broer luisterde niet naar hem.

Toen werd papa pissig en noemde hem 'klootzak.'

Een week lang maakte hij hem uit voor klootzak. Klootzak van 's morgens vroeg tot 's avonds laat. Hij was gestopt met lachen en fluiten. En ook met praten, alleen 'klootzak', dat bleef hij eindeloos herhalen. Tot de dag dat ook hij zijn mond hield en naar China vertrok, in z'n eentje.

Dat was de dag van de ramp. Alle kippen en hoenders gingen dood. Een plotseling uitgebroken ziekte. Mijn oom laadde ons in zijn vrachtwagen. We mochten in de koelcel, hij nam ons mee naar een wegrestaurant voor een cappuccino en een croissant. Dat was zijn manier om een feestje te vieren, een beetje zoals mijn vader had willen doen toen mijn opa was gestorven. Alleen was het nu mijn oom en die had minder fantasie. Toch herinner ik me dat ik het leuk vond om samen met Nicola in de koelcel te spelen. Het was niet zo koud en het stonk vreselijk naar kippen.

In de dagen erna namen de schuldeisers ons alles af en de bank legde beslag op ons huis. We konden alleen de leunstoel en de buffetkast redden. Maar daarna erkende de verzekering de schade en betaalde uit. Van het geld kocht mijn oom een conciërgewoning en we verhuisden direct. Hij zegt dat hij al het geld heeft uitgegeven, dat er geen stuiver over is om eten voor ons te kopen.

'Ook als er wel iets was overgebleven, dan betaalde ik nog niet. Wees maar blij met die cappuccino en dat croissantje, en dat ik jullie heb meegenomen naar het wegrestaurant,' zei hij terwijl hij de kristallen glazen, de ijs- en vruchtencoupes, de flûtes voor de prosecco en de glaasjes voor rozenlikeur en amaretto uit de verhuisdoos haalde. Hij stofte ze zelf af zodat wij ze niet vast zouden houden want 'jullie breken ze natuurlijk. Dit is onze enige rijkdom.'

'Als papa er nog zou zijn, gingen we tenminste zwemmen met onze kleren aan,' zei Nicola. 'Zodra we genoeg geld hebben, smeren we hem naar China. Als het moet vermoorden we oom gewoon en gaan we ervandoor.'

Maar papa was er niet en dat was het dan. Zo liep het verhaal af. Hij vertrok naar China, einde verhaal.

Na een tijdje kwam er een brief. Eentje maar. Een korte. We leerden hem uit ons hoofd. Er staat 'Lieve Nicola en Salvatore, beste broer, ik ben naar China vertrokken. Het leven is ingewikkeld. Je hebt nooit genoeg geld. Daarna ga je dood en ben je alleen nog maar een last die verplaatst moet worden. Ik heb me in m'n eentje verplaatst. Als ik blijf leven, zoek ik jullie op, anders word ik een last voor een of andere Chinese kruier.'

Einde.

Dat was het dan.

Mijn oom zei altijd 'als iets afloopt is het afgelopen.'

Dat er tegen alles een remedie is, maar niet tegen de dood die een einde maakt aan alle remedies.

'En niet alleen niet tegen de dood,' zei hij altijd, 'maar ook niet tegen het onherroepelijke. Je potlood valt, de stift breekt en het is nooit meer een goed potlood. Het is voor altijd onbruikbaar. Het is nog wel een potlood, en als je je best doet, kan je er nog net mee schrijven. Maar het zal nooit meer het potlood zijn dat het eerst was. Sommige dingen zijn onherroepelijk.'

Zo zei mijn oom dat, daarna hield hij zijn mond. Voor zijn doen was het al heel wat.

De enige verhalen waarbij hij lang van stof was, gingen over het leven tijdens het fascisme, toen ze al in de kippenbranche werkten. Maar ze hadden toen nog geen eigen zaak, ze werkten voor een baas.

'Het is een oud verhaal.

Oude mensen vertellen nu eenmaal oude verhalen,' zei mijn oom altijd, terwijl hij hoestend en proestend zijn keel schraapte. 'Heb ik al verteld over die keer met kerst? Wees maar niet bang, het duurt niet lang. Het is misschien wel het laatste verhaal dat ik vertel.

Goed, het is oorlog en het wordt kerst, we kiezen een mooi haantje uit en brengen het naar onze bazen die het niet de nek omdraaien maar aan hun jongste zoon geven. Benito heette die zoon, want in die tijd schonk het regime geld aan mensen die hun kinderen de voornaam van Mussolini gaven. En die Benito gaat van het beestje houden, neemt het mee aan een lijn en laat het niet alleen, zelfs niet om 's zondags naar de kerk te gaan. "Maar 's nachts moet hij het op de binnenplaats laten, hij mag het van ons niet mee naar binnen nemen," vertelden zijn ouders ons, "we draaien het niet de nek om, maar vroeg of laat sterft het toch van ouderdom en dan zal Benito waarschijnlijk in alle staten zijn." En die dag brak aan. Op een avond kwam onze hond, want wij hadden een hond, ons huis binnen met een haan in zijn bek. Een dooie haan die helemaal onder de aarde zat. "De hond heeft de haan vermoord en het was vast een fikse vechtpartij," zegt mijn vader. Dus rukt hij zonder na te denken die verenbos uit de bek van het beest, begraaft hem in de tuin, rent naar de kippenboer en koopt een nieuw haantje. Zonder dat iemand hem ziet laat hij het los op de binnenplaats van de baas. De volgende dag horen we de haan kraaien. We zijn tevreden, want het lijkt erop dat we het hebben gefikst. Dat ze de verwisseling niet in de gaten hebben. Benito rent de binnenplaats op. Zijn moeder komt aanrennen, slaakt een gil en valt flauw. Dan komt zijn vader naar buiten, ze omhelzen elkaar en rennen naar de kerk.

Ik doe alsof mijn neus bloedt en zodra ze weer thuis zijn vraag ik aan Benito "wat is er gebeurd?"

Hij zegt "weet je nog van dat haantje?"

Ik zeg "ja."

Hij zegt "dat jullie mij gegeven hebben!"

Ik zeg "ja, ja, wat dan?"

Hij zegt "gisteren werd mijn moeder het zat om te zien hoe die haan steeds de binnenplaats onderscheet, ze heeft hem de nek omgedraaid en hem in de tuin begraven."

Ik zeg "nee!"

Hij zegt "en vanmorgen vonden we hem levend terug, vrolijk rondstappend. Mijn moeder is flauwgevallen. Ik geloof echt niet zomaar alles, maar vandaag heb ik een wonder gezien. De opstanding van het haantje. Het is net als Christus uit zijn graf herrezen en trippelt weer vrolijk rond in de tuin.'"

Mijn oom zegt dat er tegen alles een remedie is, maar niet tegen de dood en ook niet tegen het onherroepelijke.

Maar ik zei 'voor de familie van Benito was er wel een remedie. En die pakte goed uit omdat niemand het hele verhaal kende, behalve de hond.'

Hij zegt 'die nieuwe haan, de dubbelganger, is op een gegeven moment ook doodgegaan. Of Benito's moeder heeft hem de nek omgedraaid. Feit is dat Benito dwars ging liggen en hem niet wilde begraven. Hij zei "zo dadelijk staat hij op. Hij is al een keer eerder opgestaan, hij doet het vast nog een keer. Hem eerst begraven zodat hij moeite moet doen om onder de grond vandaan te komen, kost hem alleen maar extra energie, dat heeft geen zin." Hij liet hem in de tuin liggen tot hij vol wormen zat. De wormen werden vliegen. De vliegen vlogen weg.'

Einde van het oorlogsverhaal van mijn half demente oom.

Ik vraag 'denk je dat papa terugkomt uit China?'

Hij antwoordt 'er bestaat geen remedie tegen het onherroepelijke.'

Neem mijn oom nou, dood was hij niet, maar zijn aftakeling was onherroepelijk.

Hij zat in zijn leunstoel met zijn gebroken potlood. Naast de buffetkast, aandenken aan de gouden tijd met de kippen. Als hij hongerig wakker werd, maakte ik wat eten voor hem klaar. Dat hield in dat ik een paar potjes bonen openmaakte en een blikje tonijn of sardientjes in pikante saus, want bij ons thuis werd er nooit gekookt. Net als in het huis van een dode waar de rouwende familieleden geen vuur mogen aansteken. Het deed er niet toe of het klaarlichte dag was of middernacht, het tijdstip deed er niet toe. Als hij het me vroeg, gaf ik hem te eten. Ook tien keer op een dag, of helemaal niet. Ik leegde een blikje maïs of erwten, haalde iets uit een vacuümverpakking, hij at het op en viel in slaap met z'n bord nog in z'n hand. Soms kwam mijn broer thuis en aten we samen voordat zijn nachtdienst in het callcenter begon. Dan werd oom wakker. Hij hoefde het geluid van borden en glazen maar te horen of hij wilde eten. Dan kwakte ik het bord dat hij in zijn hand hield weer vol en at hij nog een keer.

Behalve die keer dat mijn grote broer tegen hem zei 'je hebt net gegeten' en met z'n vork op z'n bord sloeg om hem te laten horen dat het leeg was. Want mijn oom praatte alleen om te laten merken dat hij er nog was. Eén keer praatte hij helemaal niet, en toen stierf mijn vader. Kortom, ook die avond zei hij 'ik heb honger,' met z'n smekende hondenblik, net als altijd.

'Je hebt net gegeten,' antwoordde Nicola.

En we gaven hem niks meer.

Elke avond, voordat mijn grote broer naar zijn werk ging, tilden we hem op en droegen hem naar de badkamer. Nicola ondersteunde hem in de douche. Ondertussen kleedde ik hem uit en dan wasten we hem terwijl hij zat. We hadden een keer een speciaal stoeltje gekocht in een sanitairwinkel. Van plastic, je schroeft het aan de muur en klapt het omhoog als je het niet gebruikt. Daarna kleedden we hem weer aan en droegen hem terug naar zijn leunstoel.

'Wat doen jullie als ik doodga?' vroeg hij.

'Ik kijk naar je in je kist, kies een foto uit voor je grafsteen, ga terug naar huis en verkoop de buffetkast aan de zigeuners,' zei mijn grote broer.

'En jij?' vroeg hij.

'Ik spijbel omdat ik in de rouw ben en ga naar de hoertjes kijken.'

Maar dat was niet waar. Nicola en ik zeiden tegen elkaar dat wij naar China zouden gaan om papa te zoeken.

Soms at hij na zijn wasbeurt nog een keer, gezeten in zijn leunstoel, zijn honk. Hij at nog een keer en viel in slaap. Maar niet meer toen Nicola hem wijsmaakte dat hij net had gegeten, toen vroeg hij er niet meer om. Hij sliep gewoon. Wij bleven nog wat kletsen, maar niet zo vaak, want mijn grote broer was toen altijd aan het werk. Ook overdag.

Nicola zei 'als ik alleen ben als ik sterf, dan wil ik het liefst overdag sterven. Een hartstilstand terwijl ik in de zon lig of misschien wel terwijl ik met Marinella lig te neuken. Als ik samen met papa sterf, dan wil ik graag in de oorlog sterven. Als ik samen met jou sterf, dan wil ik graag dat het net zo gaat als in dat verhaal van die beren die elkaar verslinden.'

Hij had op internet gelezen dat ijsberen elkaar opeten. Het schijnt door de opwarming van de aarde te komen. Door het smelten van de ijskappen in Canada lukt het ze niet meer om zeehonden te vangen, dus vallen ze hun eigen vrouwtjes aan, als die aan het baren zijn.

'Ik wil wel door een kannibaal worden opgegeten,' zei hij, 'door oom die – als wij hem voor de honderdste keer eten hebben geweigerd – 's nachts opstaat, zich losrukt uit zijn leunstoel en ons komt oppeuzelen. Ik zou het alleen niet fijn vinden als hij zich maar aan een van ons tegoed deed. Wat zou jij doen als hij alleen mij opat?'

'Ik spijbel omdat ik in de rouw ben en ga naar de hoertjes kijken,' zeg ik.

Mijn grote broer werkte 's nachts.

Volgens hem haalde hij zo alles uit het leven.

'Als ik het red om vlak voor het licht wordt in bed te kruipen,' zei hij, 'dan lijkt het net of ik de hele nacht heb uitgerust, ook al slaap ik maar tien minuten.'

Hij vertrok. Hij sloot de voordeur en door de klik van het slot werd oom wakker, keek op, draaide zich naar me toe en zei 'ik heb honger.'

Ik antwoordde 'je hebt net gegeten,' en sloeg met de vork op zijn bord om hem duidelijk te maken dat hij het net had leeggegeten.

Hij keek naar de sausvlek op de vloer. Mensen uit de oudheid voorspelden de toekomst uit bepaalde tekens, uit de vlucht van vogels, uit oliedruppels op een bord, uit wolkenformaties. Sommigen gebruikten daarvoor zelfs koffiedik, maar niet de mensen uit de oudheid. En mijn oom al helemaal niet. Hij sprak weinig en alleen over kippen en fascisme. Het verhaal van de wederopstanding van het haantje was zijn favoriet want in dat verhaal kwamen zijn beide gespreksonderwerpen aan bod.

Hij week nooit af van het stramien. Van zijn stramien. Mijn oom was een vieze vlek op de leunstoel naast de sausvlek op de vloer. Twee vlekken die elkaar aanstaarden in een kamer waar de kast met het kristallen servies het meest levendige element vormde. Zijn leven bleef beperkt tot het terrein van vieze geuren en geluiden.

Zelfs zijn hersens braakten stank en kabaal uit, een licht ratelend gezoem als van de motor van een koelkast die op het punt staat het te begeven en een zure lucht verspreidt. Een gegons dat gepaard ging met de stank van freon. Soms ging die koelkast open en kon je binnenin vaag iets onderscheiden. Achter die façade ving je af en toe een glimp van een menselijk wezen op, er kwam een stem uit en je luisterde ernaar.

'Het is een oud verhaal.

Oude mensen vertellen nu eenmaal oude verhalen,' zei hij, terwijl hij zijn keel schraapte met een klodder maagzuur. 'Wees maar niet bang, het is echt zo voorbij.'

Het waren slechts tijdelijke oplevingen.

Er zat geen verbetering of verslechtering in, zoals bij andere zieken. Hij leek eerder op een vampier die de hele dag in zijn kist ligt en er vervolgens opgewekt uitspringt en op jacht gaat naar mensenbloed. Hij voedde zich met het bloed van vroeger. Als hij over de oorlog sprak, werd dat iets vermakelijks omdat hij er zijn kindertijd hervond, en daar verlangde hij naar terug.

'Dit is een oud oorlogsverhaal,' zei hij eens. 'Maar de oorlog is dan al afgelopen.

Voor de opkomst van het fascisme waren de ouders van Benito in goeden doen, maar niet steenrijk. Al met al ben je, als je een kippenhandel hebt, geen armoedzaaier, maar ook geen aristocratische grootgrondbezitter. Maar tijdens het fascisme verrijkten ze zich pas echt. Het waren woekeraars. Laaienlichters noemden we ze. Wie z'n lakens of matras, borden, bekers, bestek of een horloge te verpanden had, ging naar ze toe. Ze namen alles aan. En in de loop der jaren hadden ze zich een appartement op de bovenste verdieping kunnen permitteren dat was ingericht met de meubels die ze alle sukkels uit het dorp hadden afgetroggeld.

Eind mei sloegen de Duitsers op de vlucht, de Amerikanen arriveerden en wij gingen met zijn allen naar Benito's huis. Niet om ze te vermoorden, niemand wilde ze vermoorden, maar we wilden onze spullen terug. We liepen dat huis binnen waaruit zij zojuist naar Rome waren gevlucht. De mensen zeiden dat Mussolini ze in bescherming zou nemen. Of liever, ze zou "laten beschermen", want zelf had hij ook de benen genomen. Hij zat inmiddels in het noorden.

"Ga je naar Rome, dan hoef je niet meer terug te komen," zei mijn vader, jouw opa dus. Dat zei hij toen hij met een stoel voor het raam van hun huis verscheen "we houden een veiling! We laten alle spullen stuk voor stuk aan iedereen zien en als een eigenaar zich meldt... krijgt hij z'n eigendom terug. Meldt die zich niet, dan gooien we het uit het raam. Want als ze het niet van ons gestolen hebben, is het vast met gestolen geld gekocht. Als het niet van ons is, krijgen zij het ook niet."

Dat zei mijn vader, jouw opa dus.

Het werd een feestdag voor mij en mijn broer en alle andere kinderen. Maar ook voor de volwassenen. We pakten onze bekers en kommen terug, onze stoelen en matrassen. En af en toe vloog er een stapel borden, een lamp of een tafeltje naar beneden op het binnenplaatsje.

"Is deze stoel van niemand?" brulde je opa. "En deze aardewerken pot? Dan smijten we ze uit het raam!" Het leek wel oudejaarsavond.

We waren allemaal moe toen we samen met je vader een dekenkist over de overloop tot bovenaan de trap duwden. Zo'n kist in empirestijl met goudbeslag op de zwarte zuiltjes. We vroegen niet eens van wie hij was. Het was geen meubel dat iemand uit ons dorp kon betalen. Het was duidelijk een rijkeluismeubel. Schofterige rijkelui en bloedzuigers zoals onze bazen die een beetje geld opzij hadden gelegd met de kippenhandel, maar die het grote geld hadden vergaard door het arme volk met al hun schulden uit te zuigen.

"Als hij niet van ons is, krijgen zij hem ook niet," zei je opa terwijl we de antieke houten kist door de gang duwden. We tilden hem over de balustrade en hij vloog naar beneden. Hij kwam met een klap neer en barstte open.

Binnenin zat Benito.

Hij had zich verstopt. Hij was niet met alle anderen gevlucht. Uit angst had hij zich stilgehouden en nou had hij die duikvlucht gemaakt. Zo eindigde het feest. Het was een drama, maar we voelden ons vooral onbehaaglijk. We waren niet zozeer bedroefd als wel verwonderd, hoe zeg je dat, verbijsterd over deze onverwachte gebeurtenis die ook nog eens onherroepelijk was.

We droegen de rest van de spullen naar buiten, maar zonder de aanvankelijke opwinding. Het ging gewoon om de afwikkeling van een klus. Iedereen zijn eigen spullen en daarna allemaal in stilte naar huis. Het lichaam werd bedekt en 's avonds kwamen de lui van het verzet. Iets wordt een tragedie genoemd als blijkt dat niemand schuldig is. En wij waren inderdaad onschuldig.

Ik bedacht dat de oorlog die middag in mei was afgelopen. Dat zijn dood een punt zette achter alle doden die tot dan toe waren vermoord. Dat hij de laatste gevallene in de strijd was. Hij is letterlijk gevallen, dacht ik. Na hem brak de vrede aan, met gewone doden, doden door ziekte en ouderdom. Door het uitblazen van hun laatste adem, zoals ze dat vroeger noemden. Of met doden die vermoord zijn, waarvoor je de gevangenis ingaat. Maar dat gold niet voor hem. Hij was net als die door bommen uiteengereten mensen uit de San Lorenzowijk, als de in Polen vergaste gedeporteerden. Hij viel onder een andere rechtsorde. Ik bedacht dat ik vanaf die dag goed zou opletten, dat ik om me heen zou kijken zodat ik niemand iets zou aandoen, dat ik met dertig kilometer per uur over de snelweg zou rijden zodat ik niet eens een kat zou overrijden, net als die boeddhistische monniken die zich verontschuldigen voor het per ongeluk plattrappen van onzichtbare insecten onder hun schoenzolen. Ik bedacht dat iemand een misdaad kan begaan zonder een misdadiger te zijn, terwijl er toch iemand doodgaat, en vanuit diens gezichtspunt is het slechts een filosofisch verschil of hij met opzet of per ongeluk doodgaat.

Ik bedacht ook dat wij kinderen allemaal gelijk waren. Je vader en ik, en alle anderen uit het dorp. Gelijk. Ik bedacht dat ik of iemand anders ook helemaal per ongeluk kon sterven.

Natuurlijk vond ik het akelig, maar ik voelde vooral verbijstering. En daarna ook opluchting toen ik zag dat hij dood was. Ik bedacht dat het zo beter was. Want ook al waren we allemaal gelijk, Benito was een rijkeluiszoontje. En bij de keuze tussen een rijke en een arme is het altijd beter dat de arme overleeft. Niet dat zijn dood rechtvaardig was, maar het leek me in ieder geval minder verkeerd. Ik bedacht dat dit geen slechte gedachte was. Misschien cynisch, maar niet gemeen. Dit is klassenstrijd, dacht ik.'

Daarna zei hij 'ik heb honger.'

'Je hebt net gegeten, oom.'

Ik moet nog vermelden dat de ouders van die Benito naar het noorden vluchtten. De oorlog duurde nog een klein jaar. Mijn opa bleef samen met m'n oom en met papa in de kippenhandel werken. Maar waarom kwam die toen in handen van onze familie? Wij waren de arme knechten, die verlamd waren van schrik bij het zien van dat dode haantje in de bek van de hond. Die uit pure onderdanigheid het kadaver van de huiskip hadden vervangen door een levend exemplaar en die daarmee per ongeluk het wonder van de wederopstanding tot stand hadden gebracht.

Waarom werden wij dan eigenaar?

Dat had oom ons al verteld. In een van zijn eerdere oorlogsverhalen had hij ons verteld dat de familieleden van Benito in Piemonte waren gestorven of naar Brazilië waren gevlucht. We wisten dat iedereen in het dorp er stilzwijgend mee akkoord was gegaan dat het bedrijf naar mijn opa en naar onze familie ging omdat ze er altijd hadden gewerkt. Al met al geen enkel mysterie. Alleen een formele handeling, een kleine tegemoetkoming. Dat geloofde ik dus, tot die avond toen het donker werd naast de buffetkast, laatste getuigenis van een kortstondige, door de kippenhandel verkregen naoorlogse voorspoed. Toen werd me, vanuit de leunstoel van de aan lager wal geraakte conciërge, het verborgen gehouden misdrijf onthuld. Een kort spannend incident in het grauwe bestaan van mijn stinkende oom. Niet iedereen was ontsnapt. De jongste telg van de familie was het raam uit gevlogen.

Mijn oom herinnerde het zich goed. Ook al leek hij zelf meer op een dode dan op een moordenaar.

Eigenlijk had ik die episode die afweek van ooms vaste stramien op moeten schrijven. Misschien had ik wel nauwkeurig het uur en de dag moeten vastleggen, de toon van zijn stem, enkele van de vele woorden die hij aan elkaar had geregen om die middag van vierenzestig jaar daarvoor te herbeleven. Had ik mijn grote broer moeten bellen? Hem onmiddellijk van de onthulling op de hoogte moeten stellen? Ik deed het niet. Als ik belde moest ik maar hopen dat ik van de tweehonderd mensen die het gratis informatienummer beantwoordden uitgerekend hem aan de lijn kreeg. En ook de volgende dag vertelde ik hem niets. En daarna vergat ik het op een of andere manier. Omdat mijn oom weer de gebruikelijke schimmel werd die zich invrat in de leunstoel.

In die tijd leerde ik vloeken.

Terwijl mijn oom de vampier wegzakte in de lethargie van zijn doodskist, ging ik verder met wat in de plaats was gekomen van het begieten van de planten op de bovenverdieping. Ik kreeg lichaamsbeharing en regelmatig een stijve, en vooral mijn stem veranderde. Mijn stem was volgens de volwassene in huis, de minotaurus – half mens half leunstoel –, voorbestemd een doctoraalscriptie te verdedigen, maar voor mij diende die een aantrekkelijker doel. Dus nam ik afstand van het nostalgische verleden van mijn ooms kindertijd om aan een heroïsche toekomst als vloeker te denken.

Dagenlang oefende ik voor de spiegel, tot ik merkte dat ik er een boos gezicht bij trok. Mijn grote broer zegt dat je een vloek net als ieder ander woord moet uitspreken. Als je er de nadruk op legt, snapt iedereen dat je een beginneling bent. Je moet hem eruit laten glijden als de zoveelste sigaret uit het zoveelste pakje van die dag. God vervloeken is bevrijdend. Vier lettergrepen met de meeste nadruk op de eerste. Maar een gangbare vloek lijkt al snel op een woede-uitbarsting als je die uitspreekt wanneer je met een hamer op je vinger slaat of wanneer iemand je kwaad maakt. Het lijkt dan eerder een alternatief voor een scheldwoord. Zoals 'lul' of 'flikker op', woorden die ik inderdaad ook in het bijzijn van m'n oom kon zeggen. Ik zei ze ook op school.

Ik had al een keer iets heftigs tegen onze enige echte God gezegd, maar alleen achterstevoren. Mijn broer zei dat dat niet telde. 'Of rechttoe rechtaan en begrijpelijk, of het is verspilde moeite.' Een van mijn klasgenoten had een keer gevloekt in het bijzijn van de conciërges, iemand anders had zichzelf met zijn mobiel opgenomen terwijl hij de naam van de Almachtige ijdel gebruikte tijdens de aardrijkskundeoverhoring, maar volgens mij had de lerares het niet eens gemerkt. Nu staat die vloek op internet. Die is erop gezet door mijn vriend die zo handig is met YouTube.

Maar ik wilde een beter moment vinden om m'n maagdelijkheid in het vloeken te verliezen.

'Vrouwen stellen zich voor dat hun eerste vrijpartij plaatsvindt op een tropisch strand,' zegt Nicola, 'met aanzwellende violen. Dat de prins op het witte paard komt. Maar uiteindelijk doen ze het in de Panda van een of andere debiel, op een parkeerplaats vol peuken, condooms en zakdoekjes.'

Ik droomde ook over mijn eerste keer, maar ik nam geen genoegen met de eerste de beste sneue gelegenheid. Als het al op school moest gebeuren, dan niet bij dat half demente mens van aardrijkskunde, maar tijdens de godsdienstles. Ik kon Christus vervloeken of de Heilige Maagd. Eén van die samengestelde vloeken waarbij de betreffende persoon niet alleen met een of andere ziekte wordt geassocieerd zoals tyfus of cholera, maar waarbij hij direct getroffen wordt in zijn mens-zijn. Een vrouw gedegradeerd tot prostituee. Een man bestempeld als een aan ongeneeslijke ziekten lijdende homo die door grootgeschapen vrachtwagenchauffeurs in zijn kont wordt geneukt op de parkeerplaats van een wegrestaurant. Wat zou er gebeuren? Zou ik moeten blijven zitten? Zou ik weggestuurd worden zoals die types die vloeken in een liveshow van een realityprogramma? Zou ik echt op geen enkele school meer worden toegelaten? Bestaat daar een wet voor? Is er een bepaalde vloek voor nodig of maakt het niet uit welke? Met God erin is het sowieso een strafbaar feit. Maar met Christus of de Heilige Maagd? En geldt het ook voor heiligen?

Artikel 'x' uit de Wet op het onderwijs: de volgende vloeken voorzien in onmiddellijke verwijdering van alle overheids-, semi-overheids- en privé-instituten op de planeet... en dan geeft het ministerie van Onderwijs een opsomming van strafbare verwensingen, bestaande uit een combinatie van God en verschillende ziekten, en van seksueel getinte beledigingen aan het adres van goden van allerlei godsdiensten.

Ik wist zeker dat als ik mijn carrière in het bijzijn van een priester wilde beginnen, ik een geschiktere plek moest uitkiezen dan de aula van de school. De school zou mijn gedrag bagatelliseren door het af te doen als een staaltje onopgevoedheid. Ik kon beter vloeken in het bijzijn van mijn familie als de pastoor langskwam voor de paaszegen. Zo zou mijn debuut plaatsvinden in gelijktijdige aanwezigheid van het instituut familie en van dat van de clerus. Zou iemand mij dat kwalijk nemen? Zeker. De priester en mijn oom. Ze zouden zeggen dat ik niet in God geloof. Maar wat heeft God ermee te maken?

Als het over God gaat verliezen priesters hun helderheid van geest. Bovendien hebben ze een hekel aan jongetjes, zoals blijkt uit hun praatje over masturbatie, dat je blind wordt als je je aftrekt. Moet dat de wetenschappelijke kennis van de kerk voorstellen? De mens geboetseerd uit een klomp modder, als poppetjes van DAS-klei? De vrouw geschapen uit een losgetrokken rib? Als dat de aannames zijn, hoe kan iemand dan geloven in de God van de priesters?

God had er niets mee te maken. Het vloeken ging alleen mij aan. Maar ik kon niet in mijn eentje vloeken. Misschien moest ik wachten op zo'n belangrijke mis waar verre verwanten elkaar ontmoeten, de heilige communie van een neefje, het huwelijk van een tante, de begrafenis van een geëmigreerde oudoom, en dan vloeken in het bijzijn van de complete familiestamboom. Ik kon ook nog wachten, mijn studie afmaken en zelf toetreden tot de Heilige Roomse Kerk, een zielenherder worden met een zwart hemd en een witte boord, met een getrimde baard en een scheiding opzij, de woorden van de gekruisigde zoon van onze Heer prediken en dan zijn naam ijdel gebruiken.

Duidelijk was wel dat ik in zo'n situatie het Opperwezen direct vol moest raken. Dus niet van die halfslachtige woorden als gatverdamme, gatverderrie, gotverdikkeme, gotverdrie of gotverpieleke. Wijvenvloeken als hemeltje of jeminee. Maar echt iets grofs. Iets wat vaak wordt verward met de krachttermen voor als je met een hamer op je duim slaat of als je woedend bent, maar dat, als je het goed zegt, in al zijn eenvoud een meesterwerk is omdat het in vier lettergrepen de Goddelijke transcendentie en de trivialiteit van een dodelijke ziekte laat samensmelten. Vier lettergrepen uitgesproken in vol bewustzijn en met volle verantwoordelijkheid.

Ik kon me zelfs voornemen om paus te worden en te vloeken tijdens de wereldwijde televisie-uitzending op kerstavond, die in alle talen wordt vertaald en ondertiteld waardoor de woorden verdubbelen. Het rode karaokeballetje dat van de ene lettergreep naar de andere huppelt. Vier lettergrepen die alle vier worden herhaald. Of misschien kon ik het zelfs voor me houden tot in het hiernamaals, mezelf voorbeeldig gedragen om rechtstreeks in het paradijs mijn debuut te maken. Geduldig het laatste oordeel afwachten, wanneer de geest zich weer bij het lichaam voegt, de vier befaamde lettergrepen uit het diepst van mijn ziel opvissen en ze uit mijn mond laten komen ten overstaan van het grote godsgericht.

En misschien zou ik zelfs daar, bij die eindafrekening, liever mijn tong afbijten en zwijgen en die uiterst gewichtige taak aan anderen overlaten. Niet aan mezelf, niet aan mijn grote broer, noch aan atheïstische priesterhaters, want een ongelovige die vloekt is net zoiets als een katholiek die zich druk maakt om de Kerstman of om in bosjes wonende smurfen. Zwijgen in de hoop getuige te zijn van de moeder aller verwensingen.

Met zijn donderende stem, terwijl hij de bokken van de schapen scheidt, God aanhoren die vloekt op de dag des oordeels.

Er klonk een waanzinnige knal.

Ik had me al een tijdje opgesloten in mijn kamer, terwijl ik de ouwe overliet aan zijn oorlogsherinneringen, toen de oorlog zijn intrede deed in ons huis.

De muur trilde en de buffetkast sloeg tegen de grond. De echo van de dreun resoneerde door het trappenhuis, vermengd met brekende ruiten in de andere appartementen, muren die barstten en overal in het gebouw geschreeuw. Ik hield mijn mond.

Mijn oom zei 'Godskolere.'

Eén woord kan de gedachten van heel veel mensen weergeven.

Door die vier godslasterlijke lettergrepen had mijn oom uitgeroepen kunnen worden tot woordvoerder van de flat, voor de rest van z'n leven. Híj zei het, op geëmotioneerde toon, maar verstaanbaar, luid en duidelijk. Híj zei het, maar we dachten het allemaal. De onbeweeglijke man in zijn korst van uitwerpselen gaf stem aan onze verlamde hersenen. Na de eerste kortstondige verwarring troffen we elkaar allemaal op de binnenplaats, op pantoffels van nepbont of op sloffen met de vlag van AS Roma of van Lazio Roma, pluchen sloffen in de vorm van een hond of een aap, hier en daar instappers onder een trainingsbroek, in gewatteerde roze dusters, model Barbie op leeftijd, en met haarnetjes om het kapsel in model te houden. Waarom was er geen internationaal tribunaal geweest dat deze producten had afgeschaft? Een commissie van de Verenigde Naties die ze verboden had als schaamteloze symbolen van een inferieure subcultuur, samen met clusterbommen en gehaakte tafelkleedjes, fosforbommen, souvenirgondels uit Venetië en Amerikaans koffieslootwater?

Naast deze misdaden tegen de mensheid zag je degelijke opapyjama's, niet bij elkaar passende sokken met gaten bij de tenen, omslagdoeken en schorten met vlekken van oude vrouwtjes, met grote zakken vol vieze zakdoeken met opgedroogd snot. De volharding van de boerenwereld in het gewapend beton van de stedelijke woningbouwverkrachting.

De kinderen waren blij dat ze in pyjama naar buiten mochten, het gebeurde nooit dat ze door de voordeur het appartement uitglipten en dan in hun nachtgoed buiten stonden terwijl de grote mensen dat goedvonden. Voor hen was het een soort ontruimingsoefening. Maar ze probeerden juist hun leven te redden, en alleen de magere, lange zoon van de Paardenbek, die wat ouder was dan de andere koters, had dat door, hij begreep het en was dan ook doodsbang, daarom klampte hij zich vast aan zijn moedertje, nu zonder make-up en zonder hakken. Ik had hem haast nog nooit gezien. Aan de ene kant omdat ik zelf altijd binnen zit en net doe of ik voor dokter of advocaat aan het leren ben. Aan de andere kant omdat hij zich ook nooit laat zien. Het schijnt dat hij altijd slaapt. Net zo'n type als mijn oom, maar dan zonder leunstoel. Nu had de klap hem wakker gemaakt.

Die jongen zag er ook wat ouwelijk uit omdat hij zo stond te beven. Hij leek precies op haar, de mannelijke versie van zijn moeder, hetzelfde gezicht. 'Als twee druppels water,' zeggen we dan. Hij probeerde zich aan haar vast te klampen, weer in haar te kruipen alsof zijn bijna twintigjarige leven een experiment was geweest, alsof hij na het mislukken ervan weer terug kon keren in die kleine buik. Verdwijnen.

Kortom, een mooi inkijkje in de inheemse fauna van ons flatgebouw. Zoals die echt was en niet zoals ze zich opdofte om een goede indruk te maken als ze van huis ging. Je zag geen te laag uitgesneden bloesjes en strakke broeken, blote buikjes en nepjuwelen om de hals. En ook geen glimmende makelaarsstropdassen of grote schoenen met lange, vierkante neuzen, manchetknopen aan de polsen en zware, opzichtige horloges. Als hun huizen doorzichtig waren, zouden we ze altijd zo zien.

De mensheid op sloffen die stonk naar soep van bouillonblokjes.

Ik stond erbij in de gerafelde trainingsbroek van m'n grote broer en het geruite shirt dat ik in mijn onderbroek had gepropt, met slippers aan mijn voeten waardoor mijn sokken tussen mijn tenen zaten. Ik, de grote vloeker... en even dacht ik zelfs dat mijn ziekelijke gedachten die explosie hadden veroorzaakt. Maar het was duidelijk dat ook ik deel uitmaakte van dat stel mensen, samen met met stofdoeken zwaaiende huisvrouwen en kantoorklerken in met mosselsaus bevlekte hemden.

Toen we elkaar niet meer om beurten aankeken, toen we van de schrik bekomen waren, toen we snapten dat het geen aardbeving was geweest, richtten we onze blik omhoog naar de eerste verdieping, die overigens helemaal niet zo hoog lag, omdat de begane grond half souterrain was. Het balkon leek wel geraakt door een raket. Het zijraampje en de balkondeur waren enkel nog een gat, een rokende en vlammende holte.

De brandweermannen hadden direct in de gaten dat het iets met het gas te maken had. Niet met een gasfles, want wij hadden een aansluiting op het gasnet, en ook niet met de verwarmingsketel, want die stond op het andere balkonnetje aan de kant van de badkamer. Nee, het was een probleem met het gasfornuis dat wij hier een 'vierpitter' noemen. De beheerder zei altijd al dat ze volgens hem niet voldeden, dat het gasbedrijf ons de rekening liet betalen maar nooit kwam opdagen om de mankementen te verhelpen. En nu, met zijn ongekamde haren en roos op de kraag van zijn pyjama, herhaalde hij 'ze moeten ons de schade vergoeden. We plukken ze kaal.'

Toen de levering nog een staatsaangelegenheid was, schreven ze de slechte service toe aan het tekort aan arbeidskrachten. Nu die geprivatiseerd was, was de helft van de werknemers ontslagen of met prepensioen gestuurd en werden de overigen extern ingehuurd, zodat ze nu met een contract op projectbasis dubbel zo hard werkten voor hetzelfde loon.

'Hoezo project, gasbuizen installeren voor een bedrijf dat gas verkoopt?' zei mijn oom. 'Dan kun je een pizzabakker in een pizzeria ook wel een contract op projectbasis geven.' En dat gebeurt dan ook. Italië zit vol met pizzabakkers op projectbasis, met sjouwers die elke drie maanden opnieuw voor drie maanden bij Ikea worden aangenomen, en zelfs met tijdelijke krachten bij staalmultinationals. We hadden geprobeerd het servicenummer van het gasbedrijf te bellen voor hulp, maar ze antwoordden ons vanuit hetzelfde callcenter als waar mijn broer werkte.

'Wij werken tegen stukloon,' had hij ons uitgelegd tijdens een bewonersbijeenkomst, 'voor de eerste twintig seconden van het telefoongesprek krijgen we nog geen geld, daarna begint het op te lopen. Bij twee minuten en veertig seconden krijgen we een totaal van vijfentachtig cent bruto. Daarna komt er niets meer bij. Als ik de telefoon opneem laat ik de klant die tijd volkletsen. Dan hang ik op... want het maakt toch geen ruk uit.'

En inderdaad, toen de beheerder had gebeld, hadden die mensen van het callcenter gezegd 'goedendag, waarmee kan ik u van dienst zijn? Kunt u mij uw naam, adres, geboortedatum en beroep geven? Welk klantnummer staat er op de rekening, wanneer heeft u uw laatste gasverbruik doorgegeven? Bent u tevreden over ons bedrijf?' En 'blijft u even aan de lijn.'

Twee minuten en veertig seconden lang was er roos op de hoorn van de telefoon gevallen, en toen... maakte het geen ruk meer uit.

We hadden schriftelijk geklaagd, iemand had zelfs de televisie benaderd, zo'n programma met opgelichte mensen waarin ze reisbureaus aanklagen die je op een wandelreis naar China sturen en waarin ze banken te kakken zetten die je je geld afhandig maken en je met kerst een agenda cadeau geven. Maar ze hadden geantwoord dat ze geen aflevering over het gasbedrijf konden maken omdat dat bedrijf reclamezendtijd kocht bij hun televisienet. Als je de hand bijt die je voedt, heb je binnen de kortste keren niks meer te eten en sterf je van de honger.

'Wie woont er op de eerste verdieping?' vroegen de brandweermannen toen ze arriveerden. Te midden van de euforie van de kinderen en de woede op de gasbazen hadden we daar niet bij stilgestaan, en nu moesten we het ons voor de geest zien te halen. Ik was bijvoorbeeld niet gewend om van buiten naar onze flat te kijken. Ik moest bedenken hoe die er binnenin uitzag, me voorstellen dat ik de trap opliep om me weer te herinneren wie er boven ons woonde. Het was een harde klap geweest, maar alleen de keuken stond in brand en het bleek dat de bewoner op dat moment in bed lag. Het had de brandweermannen weinig moeite gekost om binnen te komen, die persoon naar buiten te dragen en in de ambulance te tillen.

'Wie woont er op de eerste verdieping?' vroeg de brandweerman met een pen in zijn hand waarmee hij waarschijnlijk een rapportje aan het schrijven was.

Ik keek naar het balkon en naar het door de brandspuit verspreide water op de brandende geraniums.

'Juffrouw Patrizia,' zei ik.

Ik ging met de bus naar het ziekenhuis.

Juffrouw Patrizia lag in coma. Die man van de verzekering zei 'kunstmatig.' Met medicijnen in coma gehouden. Hij stelde iedereen vragen.

'Waar bevond u zich op het moment van de explosie?' vroeg hij.

'Ik zat te leren. Mijn oom wil dat ik dokter word' zei ik, omdat ik niet kon opbiechten wat ik echt aan het oefenen was. Misschien waren er op cruciale momenten wel heel veel mensen aan het vloeken. Of misschien hadden ze wel last van diarree of aambeien op het moment dat het hoofd van president Kennedy uiteenspatte of toen die vliegtuigen de Twin Towers in vlogen. Ze zullen voor eeuwig moeten liegen op de vraag 'waar was je?' en zich altijd een beetje schuldig voelen omdat ze met hun onderbroek op hun enkels zaten toen de geschiedenis een andere wending nam.

De verzekeraar zei dat hij naar haar appartement terug zou gaan voor het schadeonderzoek. Ik bood aan de deur voor hem open te doen met de sleutels van mijn oom, de in onbruik geraakte conciërge. Ik bedacht dat hij ook de la met ondergoed zou controleren, met poeder vingerafdrukken zou nemen en zou ontdekken dat ik aan de slipjes had gezeten.

Ik dacht: stel dat hij de pot Nivea opent en een vingerafdruk vindt die ik er heb achtergelaten? Stel dat iemand mij heeft gehoord terwijl ik oefende met vloeken?

Hij vertelde dat hij de sleutels had, want die Patrizia was zijn eigen dochter.

Sinds zij in ons flatgebouw woonde, had hij ook het gezin van de beheerder en de bewoonster van vijf hoog verzekerd. Dat juist juffrouw Patrizia de eerste zou zijn die er een beroep op moest doen had hij niet verwacht. Maar de dokter had gezegd dat we er geen drama van moesten maken. Het zou kunnen dat ze een paar dagen sliep, een paar weken of iets langer. Maar daarna zou ze ontwaken.

'Als er geen complicaties optreden,' zei de beheerder zachtjes.

Hij was ook dokter, net zo een als die van het ziekenhuis, niet zomaar iemand met een titel, maar echt een arts naar mijn ooms hart, iemand tegen wie hij opkeek. Hij praatte als een afgestudeerd wetenschapper, kenner van het menselijk lichaam. Een dokter die dertig jaar lang in het ondoorgrondelijke handschrift van zijn kaste recepten heeft geschreven. Die je vervolgens naar de apotheker moest brengen, de enige die ze kon ontcijferen: de grote mythe van het einde van de vorige eeuw die oxetin of prodep heette, symbyax of

sarafem, lovan of ladose,

fontex, foxetin, flux

fluctin, fluctine, fludac

het lijkt een verbuiging in het Latijn, maar het gaat om fluoxetine, de onder de handelsnaam prozac meest verkochte molecule ter wereld.

Die woorden leken wel achterstevoren geschreven. Maar als je ze omkeerde, klonken ze net zo onzinnig. Zoals de taal van een al eeuwen uitgestorven volk, mensen die de toekomst lazen in de samenstelling van wolken of in de vlucht van vogels, alsof mensen die lasermachines bedienen en slangetjes in je neus steken niet net zulke mensen zijn.

Die Etruskische priesters hadden drie slangetjes in juffrouw Patrizia gestopt. Een in haar mond, een in haar arm en een kwam er onder de lakens uit en loosde haar urine in een plastic zak.

'Ze wordt een keer wakker,' zei de dokter-beheerder, 'haar pupil reageert op licht, het is nog niet onomkeerbaar. Maar ze heeft een lange periode van herstel nodig. Als de beschadigingen aan het hersenweefsel niet al te groot zijn, kost het tijd om uit een coma te raken. Een coma is een afweermechanisme van het organisme. Het lichaam staat stil om de beschadigingen te herstellen, net zoals wanneer je tien minuten langer op kantoor blijft om een lade op te ruimen.'

En wat nadat ze die heeft opgeruimd, dacht ik, herinnert ze zich dan waar die la voor dient? Herinnert ze zich dan de geraniums? Herinnert ze zich de sterkedrank, de Nivea? Herinnert ze zich dat ze juffrouw Patrizia is die op de eerste verdieping woont?

Als ik niet meer weet wie ik ben, ga ik mijn vuilnis doorwroeten, daar lees je alles uit af. Ik ben degene die tonijn uit blik eet, borlottibonen, gemengde groenten, kikkererwten, worteltjes en doperwtjes, maïs, orgaanvlees, vleesgelei, sardines, alles wat je uit een blikje tevoorschijn kan toveren.

Maar de dokter-beheerder is ongetwijfeld iemand die luxege-rechten eet. Als hij zulke ingewikkelde woorden uit zijn mond kan laten rollen, dan glijdt door diezelfde holte vast een net zo'n geraf-fineerde gastronomie naar binnen. De beheerder woont op de vier-de verdieping, net onder het appartement van de Paardenbek en haar magere, lange zoon. Hij is ontstemd dat er in dat apparte-ment een hoer woont in plaats van een afgestudeerde heer met een mond vol potjeslatijn en Wolgakaviaar.

Het gerucht ging dat de bejaarde tippelaarster de aannemer van het complex als klant had gehad. Een oude metselaar uit de Abruz-zen die haar op het rechte pad had proberen te brengen door haar een appartement te schenken, uitgerekend op de chique verdie-ping waar de mensen van stand wonen. Hij had haar daarboven onderhouden alsof dichter bij de hemel wonen inhield dat je aan de hel kon ontsnappen. En die metafoor moest ook wel eens in de geleerde hersens van de beheerder zijn opgekomen die, als hij over voornoemde nachtvlinder sprak, graag een toespeling maakte op 'haar beschermengel'. Iemand die haar dan wel niet tussen de serafijnen en cherubijnen kon laten komen, maar die in ieder geval probeerde haar niet te laten verdrinken in de Acheron. Een tijdje had ze zo tussen hemel en hel vertoefd totdat, na de dood van haar 'heilige Jozef de metselaar', de betovering was verbroken, en om de mooie koets niet in een pompoen te laten veranderen was ze weer de baan op gegaan. Haar zoon verbleef nog tussen hemel en hel, en overdag deelde ook zij dat lot, maar 's nachts verbrandde ze autobanden in Tor di Quinto naast de jongere hoeren, de Française met haar mysterieuze erotische spelletjes, en de loopse Teef. Maar volgens mij kon niemand aan haar tippen. De Paardenbek was echt mooi. Een speciale schoonheid, eigen aan oude prostituees die boven een bepaalde leeftijd een antiquarische waarde krijgen.

Die ochtend kwam ze per taxi op bezoek met haar lange lat van een zoon, een bos bloemen, een doos met gebakjes en een fles sinas in een plastic tasje. Ze had ook bekertjes en papieren servetjes bij zich. Ze zette alles op het hoge tafeltje aan het voeteneinde van het bed, zo een met wieltjes dat ook gebruikt wordt om de patiënten aan te laten eten. De flatbewoners keken haar wantrouwend aan. Ik at een gebakje.

'Lekker,' zei ik tegen haar.

Er waren cannoli, slagroom- en chocoladetaartjes. Er was zelfs een tompoes, zo een in laagjes met crème ertussen en glazuur erbovenop. Als je gesorteerde gebakjes koopt, doen ze die er ook altijd bij, maar niemand eet die ooit. Gebakjes in Rome zijn altijd machtig, gevuld met van alles en nog wat. Ik nam er een met room en bovenop gesuikerd en zei 'het lijkt wel van citroenzuur.'

De dokter-beheerder liep de kamer uit en de andere flatbewoners liepen achter hem aan. Alsof hij wilde zeggen dat hij een beschaafd iemand was die niet met hoertjes omging en ook niet hun met smerige ziektes besmette gebakjes at. Ze volgden hem allemaal naar de gang. De pestverspreidster, haar zoon – verdorven bloed van haar verdorven bloed – en ik bleven naast het bed van juffrouw Patrizia zitten.

Ze wilden het gasbedrijf aanklagen.

We hoorden ze achter de deur schreeuwen 'we stoppen ze allemaal achter de tralies. Ze moeten ons een hoop geld geven,' zeiden ze, 'om een beetje geld uit te sparen, hebben ze die arme juffrouw Patrizia bijna vermoord. We plukken ze kaal.'

Ondertussen aten wij de gebakjes op. Allemaal.

'Ik hoop dat het echt citroenzuur is,' zei ik. 'Dat is goed voor de spijsvertering.'

'We zijn toch al in het ziekenhuis, als het moet geven ze ons wel een klysma,' zei ze terwijl haar zoon zelfs de tompoes verorberde. Precies het type dat zo'n gebakje lekker vindt, dacht ik. Zijn vingers zaten onder de gele room.

'De tompoes is het lekkerste gebakje,' zei hij, 'ik snap niet waarom die altijd overblijft.'

We dronken ook de sinas op. Telkens wierp de Paardenbek een blik op de gang om te zien of de beheerder er nog was, alsof ze daarmee wilde zeggen dat ze niet naar buiten ging zolang hij daar stond. We bleven wachten en op dat ogenblik kwam mijn broer die zijn nachtdienst had gedraaid. Hij arriveerde vroeg in de ochtend en even later kwam ook Marinella die ik volgens mij toen nog nooit had gezien. Hij zegt dat ze ook bij het callcenter werkte. Marinella zei dat zij en mijn grote broer en juffrouw Patrizia elkaar amper kenden omdat ze verschillende diensten draaiden of zoiets.

Maar Nicola zei dat hij haar goed kende en hij had het inderdaad over haar gehad als over iemand die hij graag mocht. Maar als er over iemand wordt gesproken en er ook nog wordt gezegd dat ze een soort wonder is, een schoonheid, dan zie je geen mismaakte mond voor je.

'Vind je het niet smerig om haar te zoenen?' vroeg ik.

Maar hij zegt dat hij nooit heeft gemerkt dat er iets mis is met haar mond, wat je volgens mij echt niet kan ontgaan als je haar ziet. Ik bedacht dat hij een partypoedertje moest innemen om met Marinella naar bed te gaan.

'Volgens mij is ze samen met die andere vent,' en ik wees hem erop dat ze was binnengekomen met iemand in visserskleding die onafgebroken zat te huilen. Een mouwloos jack met grote zakken en een vormeloze hoed van groene stof, maar zonder rubberen lieslaarzen.

'Alles is op, de sinas en de gebakjes,' zei ik 'het spijt me. Er is alleen nog een bos bloemen.'

Toen pakte die vent de kartonnen doos van de banketbakkerij en kalmeerde hij een beetje.

Hij vertelde dat híj die gebakjes had gemaakt.

De magere jongen viel om van de slaap.

Waarschijnlijk door die ziekenhuisgeur, die geur van ether die altijd in ziekenhuizen hangt. Hij legde zijn hoofd op Paardenbeks schoot.

'Dat is hij zo gewend,' zei ze, 'hij slaapt altijd en als hij wakker is, klaagt hij. Tot hij ophoudt met dreinen en ik merk dat zijn ademhaling verandert. Dat betekent dat hij is ingestort. Ik heb er een goed oor voor ontwikkeld omdat we vanaf zijn geboorte altijd samen hebben geslapen. In hetzelfde bed, mijn zoon die je niets kwalijk kunt nemen, en ik.

's Nachts kom ik thuis voor het licht wordt. Dan wordt mijn zoon wakker en zegt dat ik naar autobanden stink. Hij zegt "door jou stinkt het hele bed. Het lijkt wel of ik met een autoband slaap." En ik zeg je dat je het mijn zoon niet kwalijk kunt nemen, want hij heeft wel gelijk. Want 's avonds is het koud op straat in Tor di Quinto en verbrand ik autobanden.

De stank van autobanden is een verraderlijke stank die zich voordoet als warmte, maar die in je kruipt en waarvan zelfs je botten gaan stinken. Je gaat naar huis, je wast je gezicht en je handen, je wast je haar en doet een Frans parfummetje op, maar de stank verdwijnt niet. Het is net of je botten gesmolten rubber zijn waardoor je van binnenuit stinkt en waardoor iedereen die langsloopt zo smerig gaat ruiken dat de mensen tegen je zeggen "je stinkt als een verbrande autoband." En je kunt het de mensen niet kwalijk nemen, want je stinkt echt. Ik merk dat ik zo vreselijk stink dat ik vroeg of laat zelf ook een autoband word. En dan zal een andere hoer de autoband die ik dan ben geworden oprapen en me verbranden om zich te warmen. En ook zij zal zo van die stank doordrongen raken dat ze een autoband wordt die verbrand wordt. En als alle hoeren gesmolten autobanden zijn geworden, zullen hun klanten langskomen en zeggen "waar zijn de hoeren gebleven? Hier liggen alleen maar verbrande autobanden" en ze zullen naar huis gaan om pornofilms te kijken op internet. De klanten zullen er geen traan om laten, maar dat kun je ze ook niet kwalijk nemen, want niemand krijgt medelijden met een gesmolten autoband. Vervolgens worden de autobanden op een hoop gegooid bij een of andere autosloper op de Via Casilina en dan vragen we hem "breng ons dan ten minste naar het kerkhof," maar de autosloper zal zeggen dat er op het kerkhof niet eens plaats is voor echte doden. Die worden tegenwoordig ook verbrand, net als autobanden, omdat de grond in de afgelopen eeuwen vol doden is gestopt en er nu geen grond meer is om ze in te begraven. Zelfs voor hen is er niet voldoende grond, laat staan voor autobanden. Dat zal de autosloper zeggen terwijl hij ons op een hoop gooit.

En ook de autosloper kun je niets kwalijk nemen.'

Deel II

Marinella

Barbie showt haar billen op de kalender.

Het vereist nogal wat denkwerk om de verstrijkende tijd en een perfect lichaam samen op een en dezelfde pagina te zetten. Die Barbie kan een blonde stoot zijn zoals op kalenders van automonteurs of een roodharig gratenpakhuis zoals op kalenders van bekende merken die managers cadeau krijgen.

Op het exemplaar dat in de kantine van het callcenter hangt, staat een brunette die minister is geworden. Glimmende, ronde billen. Ook in december en januari zonder slipje. Het is altijd voorjaar, op elke pagina. Want er is geen relatie met de maand die onder de foto staat. In de wintermaanden krijgen ze heus geen jas aan en een hoed op. Die billen vertellen je 'ik ben Barbie, ik ben van glimmend plastic. Van gesatineerd papier. Ik word niet ouder en ga niet dood. Kijk maar niet naar wat er onder me staat, let niet op de dagen die voorbijgaan.

De tijd bestaat niet meer. De billen hebben de dood overwonnen.'

Mannen kijken naar kalenders en letten steeds minder op de maanden die dag na dag verstrijken. In die stilstaande en gesatineerde tijd leren ze kwijlend naar je te kijken. De gulp van je broek hoeft maar open te staan, of 'op de tocht', zoals ze dat ook wel noemen, en het is al gebeurd. Een vrouw staat in de rij voor de kassa van de supermarkt, ze heeft niet in de gaten dat haar gulp openstaat, en mannen kijken naar haar zoals naar de minister op de kalender. Een vrouw buigt zich over haar karretje om er eieren in te leggen en mannen kijken in haar decolleté. Ze kijken zelfs naar haar als ze een hooggesloten shirtje aanheeft. Je weet maar nooit.

Misschien is het wel een wijd shirtje, er zou een welving van een borst tevoorschijn kunnen komen of zelfs een glimp van een tepel op te vangen zijn.

Een vrouw bukt zich om boodschappen uit de schappen van de supermarkt te pakken, en mannen kijken in haar broek. Een vrouw met donkere kleren aan, eenvoudig, sportief en sober, haar shirtje kruipt omhoog, haar spijkerbroek schuift een stukje omlaag en een fuchsia slipje wordt zichtbaar. Mannen kijken. Met een ogenschijnlijk afwezige blik, net als de blik waarmee ze vluchtig de ingrediënten van instantchocolademelk bestuderen. Maar eigenlijk staan ze al te kwijlen.

En misschien denken ze wel dat die vrouw een beetje sletterig is.

En misschien is dat ook zo. Je hebt van dat soort vrouwen. In elke vrouw schuilt wel de wens om een fuchsia slipje aan te trekken om daarmee mannen die in de supermarkt instantchocolademelk kopen aan het kwijlen te krijgen. Er zit iets deprimerends in ieder van ons. Een klein verborgen deel, maar net zo opvallend als een fuchsia slipje. We bestaan uit niet bij elkaar passende onderdelen, uit fuchsia en uit zwart. Alleen op een stapel autobanden zijn we allemaal gelijk. Bij de autosloper waar tonnen rubber worden verbrand. Waar namen en achternamen verdwijnen en waar elk ding 'onderdeel' heet. Maar ik ben geen onderdeel, geen autoband die je kan verbranden.

Ik ben Marinella en ik werk bij het callcenter.

Maar alleen overdag. 's Nachts slaap ik.

Toen die man van de verzekering kwam om het huis te bekijken, kon ik hem niets aanbieden. De keuken was een puinhoop, maar daar kwam hij juist voor.

'Heeft u zin in koffie?' vroeg ik, 'ik heb net gezet, maar alleen voor mezelf en helaas heb ik alles in deze beker geschonken. Hij is nog warm, neem maar, ik heb maar een klein slokje genomen. Als u het smerig vindt om uit een beker te drinken waar ik al uit heb gedronken dan zet ik nieuwe voor u, maar ik moet er wel bij zeggen dat het eventjes duurt, want zonder gasfornuis moet ik me met een elektrisch kookplaatje zien te redden.'

'Dank u, maar ik heb vanochtend al veel te veel koffie gedronken.'

'Ik weet dat u het smerig vindt omdat ik een mismaakte mond heb.'

Uit beleefdheid zei hij dat hij het niet eens gezien had, maar dat was niet waar. Het is het eerste wat je ziet, omdat een gebrek altijd de aandacht trekt. Als er op straat een mankepoot voorbij loopt, kijk je naar zijn been, of je nou wilt of niet. En je schaamt je en je denkt dat het onbeleefd is, je bedenkt dat je hem in verlegenheid brengt, maar uiteindelijk kijk je toch. Misschien wacht je wel tot hij voorbij is gelopen, tot je zijn rug ziet en dan kijk je opnieuw, hij ziet er van achter tenslotte net zo kreupel uit als van voren. Of er staat iemand bij de bushalte die aan een oog blind is, iemand die tegen je aan begint te praten, die klaagt over de belastingen, kletst over het weer, die zomaar een praatje maakt. Iemand met een glazen oog en je beseft dat het de eerste keer is dat je zo'n oog in het echt ziet.

Je denkt: je zegt wel 'glazen oog', maar betekent dat dan ook dat het echt van glas is, zoals een waterglas? Je denkt bij jezelf dat je er niet naar moet kijken.

Je denkt: dit is toch iets heel anders dan dat halve sletje dat in de supermarkt haar billen loopt te showen. Dit is een blinde, misschien voelt hij zich ongemakkelijk. Dus probeer je ergens anders naar te kijken, naar zijn neus of naar zijn oor. Je doet je best, maar het lukt je niet.

'U zegt dat mijn mismaakte mond u niet is opgevallen, maar hoe kan ik dat nou geloven? Het is het eerste wat iedereen ziet, mijn mismaakte mond. Mijn hazenlip.'

Dat zei ik tegen de verzekeringsagent die voor het schadeonderzoek was gekomen.

Mijn vader was pasgetrouwd.

Hij kwam uit zijn werk. Toen hij de trap op liep, gluurde hij halverwege stiekem bij een appartement naar binnen, zoals je stiekem naar de rug van een mankepoot kijkt en zoals je stiekem in de broek kijkt van een vrouw die in de supermarkt bukt om haar boodschappen te pakken. En achter de deur zag hij niet alleen een tepel, maar een complete vrouw die borstvoeding gaf en hij keek naar haar borst. Want een gebrek is niet het enige dat de aandacht trekt.

Daarna rende hij naar boven, naar huis, en toen had hij seks met mijn moeder en ben ik geboren. Mijn moeder hield haar mond erover. Ze pakte haar oude leventje weer op, kocht melk en brood en maakte het huis schoon.

Maar op een avond zei ze 'je hebt die ene keer naar iemand gekeken die de borst gaf, hè? En die heeft je het boze oog gegeven. Vanaf vandaag kijk je nergens meer naar want ik wil op zijn minst één gezonde dochter.'

En mijn vader liep met oogkleppen op. Hij botste tegen muren op, maar keek nergens meer naar, niet eens per ongeluk. En toen hij weer seks met mijn moeder had, gaf hij haar goed zaad en zo is mijn zus geboren, die niet mooi en niet lelijk is, maar geen gebrek heeft.

'Het is goed zo,' zei ze, 'nu mag je weer overal naar kijken, we maken toch geen kinderen meer.'

Toen ik klein was en op school zat, kwam er een jongetje naar me toe.

Hij vroeg 'mag ik je op je mond zoenen?'

Ik knikte. Ik deed mijn ogen dicht en hij zoende me. Ik deed ze weer open en ik zag dat hij zijn lippen stijf op elkaar hield.

Hij ging ervandoor en schreeuwde 'ik heb hazenlipje gezoend! Ik heb hazenlipje gezoend! Nu heb ik ook een hazenlip!'

Ik dacht: nooit meer. Ik zoen nooit meer iemand.

Maar de volgende dag ging ik naar het jongetje toe en zei 'waarom heb je me op mijn mond gezoend, om me te pesten?'

Hij zei 'het was een weddenschap.' En ik vroeg hem 'vond je het smerig om me te zoenen?'

'Nee, ik vond je zielig.'

Toen zei ik 'bij je volgende weddenschap mag je me nog wel eens zoenen.'

Ik was blij want ik dacht dat het beter was om zielig gevonden te worden dan smerig, maar ik was een klein meisje en ik vergiste me.

Toen ik wat ouder was, ging ik vaak uit wandelen met mijn zus, die niet mooi en niet lelijk was. Iedereen keek dan naar mij, omdat een gebrek altijd de aandacht trekt. Op een dag vroeg een jongen aan mijn vader 'mag ik met uw dochter trouwen? Maar niet die mismaakte, ik wil graag die kleine.'

Mijn vader antwoordde dat normaal gesproken eerst de oudste trouwt, 'maar ik begrijp je. Die neemt niemand. Nou, dan geef ik je de jongste wel, maar heb je niet nog een broer die mijn mismaakte dochter wil hebben?'

Hij antwoordde 'ik zou het niet moeten wagen om zoiets aan mijn broers te vragen.'

'Oké, maar is er dan niet iemand anders in jouw familie die haar wil? Een mankepoot ofzo?'

De jongen verontschuldigde zich 'we hebben helaas geen mankepoot in onze familie, we zijn helaas gezond.'

Mijn vader 'kan je toch niet een mankepoot voor me vinden? Een familielid in Duitsland of in Amerika, een buurman, zomaar iemand, als hij maar mank is?'

Zo werd er een mankepoot voor me gevonden en gingen we uit wandelen. Op straat werd er soms naar mij gekeken en soms naar hem, omdat een gebrek de aandacht trekt, maar als het twee gebreken zijn...

'Laten we naar het café gaan en een kop koffie of iets fris nemen,' zei de mankepoot, die best aardig was.

Maar toen we eenmaal zaten, keek iedereen naar mij. Want als een mankepoot stilstaat, is hij niet mank meer. Terwijl een mond mismaakt blijft, ook al sta je stil en zwijg je.

Toen zei ik 'kom op mankepoot, we gaan weer wandelen. We steken het plein over en lopen een rondje, vooruit.'

Hij stond op, liep een stukje maar zei toen 'ik word moe, ik ben mank! Laten we weer naar het café gaan, ik betaal.'

'Oké,' zei ik, 'maar laat dat manke been eens zien. Is het van hout? Haal het er eens af en leg het eens op het tafeltje!'

'Je neemt me alleen maar mee om de aandacht van je mismaakte mond af te leiden,' zei hij, 'maar dan kan je beter een afgerichte aap meenemen. Ik houd niet van je, al zou ik mettertijd van je kunnen leren houden. Maar jij zal nooit van mij houden. Smerige trut!'

Ik was blij. Ik dacht dat het beter was smerig gevonden te worden dan zielig, maar ik was jong en vergiste me.

De kerst daarop kwam mijn hele familie bij elkaar en mijn zus kwam ook, samen met haar man. Toen hoorde ik de man van mijn zus stiekem tegen haar zeggen 'ik vind het smerig om uit hetzelfde glas te drinken als waaruit je zus gedronken heeft. Het zal wel goed afgewassen zijn, maar toch vind ik het smerig.'

En mijn zus 'niet aan denken, het is al zielig genoeg voor die arme stumper, want niemand wil haar.'

Toen begreep ik dat smerig en zielig precies hetzelfde is.

En dus heb ik koffie voor ze gezet, erin gespuugd en die aan ze gegeven. Ik dacht: dan hebben jullie tenminste een reden om me smerig te vinden!

'Nou, wilt u koffie of niet?' vroeg ik aan de verzekeringsagent. En hij begon te lachen zoals je om een gek lacht.

Ik ben niet gek. Maar ik zou het zo kunnen worden.

Als je klein bent, krijg je te horen dat in een democratisch land als dat van ons vrouwen kunnen worden wat ze willen. Maar dat is niet waar. Dat wordt alleen maar gezegd om je daar kwijlend naar te laten verlangen. Zoals die mannen in de supermarkt die denken aan een slippertje met een vrouw die bukt om haar boodschappen te pakken. Mannen die thuiskomen met een halve kilo instant-chocolademelk, zonder fuchsia slipje en zonder slippertje. Dus krijg ik als vrouw te horen dat ik kan worden wat ik wil in dit democratische land. Maar dat is één grote leugen.

Als klein meisje wilde ik priester worden. Mijn catechisatieleraar zei dat meisjes non worden. Maar bij ons op school zeiden ze dat nonnen ongeluk brengen. Als er een non langsliep, zeiden we 'jouw non!' en dan tikte je iemand aan en gaf je zo het ongeluk door. Die moest dan iemand anders vinden om het weer aan door te geven, iemand die zijn vingers niet gekruist hield. En wie bleef zitten met de 'doorgeefnon' had net zoveel ongeluk als de non zelf. Maar ik wilde de hele priestercarrière doorlopen: het kardinaalskleed aantrekken en vervolgens paus worden en mezelf in een wereldwijde tv-uitzending aan het venster vertonen. Waarom kan ik geen priester worden?

Mijn catechisatieleraar zei 'ik kan ook geen non worden' en ook hij moest lachen zoals je om gekken lacht.

'Dat is de leer van de Kerk,' zei hij, maar het kwam alleen maar door de piemel die hij tussen zijn benen had. Een kwestie van chromosomen. Zoals armen kinderen van armen zijn. Negers kinderen van negers. Zigeuners kinderen van zigeuners. Als je klein bent, heeft de priester het alleen maar over het lichaam van Christus en niet over zijn eigen lichaam als priester, niet over het stuk vlees dat hij tussen zijn benen heeft. Dat stuk vlees waardoor hij in de kerk iedereen mag toespreken. Dat stuk vlees waardoor hij zich als paus mag kleden. Dat stuk vlees waardoor hij zich in een wereldwijde tv-uitzending aan het venster op het Sint-Pietersplein mag vertonen. Dat stuk vlees waardoor hij de hostie in het lichaam van Christus mag laten veranderen. Een lichaam van vlees en bloed.

Als je klein bent, krijg je te horen dat in een democratisch land als dat van ons vrouwen kunnen worden wat ze willen. Maar dat is één grote leugen. Want Berlusconi heeft dit hele democratische rotland naar de knoppen geholpen. Hij heeft zelfs op tv gezegd dat een werkneemster met een tijdelijk contract haar problemen maar moet oplossen door met een rijkeluiszoontje te trouwen.

Ik zei tegen de verzekeringsagent, wiens dochter in het ziekenhuis ligt, 'misschien komt de prins op het witte paard wel langs en kust hij jouw Schone Slaapster wakker. Dan haalt hij haar uit haar coma en helpt daarmee ook meteen het economische vraagstuk op te lossen.' Maar mij met m'n mismaakte mond kust niemand, niet eens een kikker.

Want dát is de uitgelezen kans die er voor ons vrouwen is weggelegd: een Barbielijf hebben en je billen laten fotograferen voor op een kalender. Zoals die Mara Carfagna tegen wie Berlusconi had gezegd 'als ik niet al getrouwd was, dan zou ik met jou trouwen.' Ik was bij mijn moeder op de avond waarop we dat nieuwtje hoorden. Kan iemand zich dat vliegtuig nog herinneren dat ze bij Ustica hebben laten neerstorten? Er kwamen meer dan tachtig mensen bij om. Mijn moeder vertelde me dat ze de dag daarvoor op tv hadden gezegd dat iedereen was vrijgesproken. Dat de familieleden na dertig jaar allemaal nog steeds verontwaardigd waren dat niemand voor die aanslag was veroordeeld. En een dag later ging het alweer over wat die blaaskaak van een Berlusconi had gedaan, net zoiets als die mannen in de supermarkt wanneer ze een fuchsia slipje zien en een glimp van een tepel in een shirtje. Ik noem het omdat ik het me herinner, zelfs mijn half demente moeder was het opgevallen.

'En hoe is het met die doden van dat vliegtuig afgelopen?' vroeg ze en ze verwachtte dat ze er op tv over zouden doorgaan. Mijn moeder weet niet eens waar Ustica ligt en het enige eiland dat ze ooit in haar leven gezien heeft, is het Tibereiland in de gelijknamige rivier, waar ze heenging om naar haar tanden te laten kijken omdat daar het Fatebenefratelliziekenhuis is. Mijn moeder onthoudt alleen maar de kruidenier waar ze heen gaat om brood en melk te kopen en ze vindt het al een hele onderneming om er te komen, laat staan dat ze zich kan voorstellen waar de Tyrrheense Zee ligt. En misschien weet ze niet eens dat Ustica een eiland is. Ik noem het omdat ik het me herinner, omdat ik die avond bij mijn moeder was en we samen naar het journaal keken waarin het over de kalender van die Carfagna ging.

Vervolgens gaat er een jaar voorbij en wordt die kalender minister.

En dus, met aan de ene kant het lichaam van Christus en aan de andere het lichaam van die minister, maken ze je wijs dat jij, als vrouw, dezelfde kansen hebt als mannen. Maar dat is één grote leugen want het merendeel van de dingen die op deze aarde echt belangrijk zijn is niet voor mij weggelegd. Al is het inderdaad zo dat ik altijd wel íets kan worden. We zijn allemaal vrij om te veranderen, als we maar bereid zijn te accepteren dat onze situatie ook kan verslechteren. Om die reden zeg ik dat ik niet gek ben, maar het wel zo kan worden.

Als je gek bent, zit je als volgt in elkaar.

Je loopt over straat en vraagt je af: zit mijn gulp wel dicht?

Als ik op straat stilsta, naar beneden kijk en de boel tussen mijn benen controleer, zal iedereen zich omdraaien en naar me kijken. Waarschijnlijk kijken ze ook naar me als mijn gulp niet openstaat, als ik niet op de tocht sta, zoals ze ook wel zeggen. Ik moet doen alsof er niets aan de hand is, alsof mijn blik er per ongeluk op valt. Zoals mannen in het halfduister naar slipjes gluren. Ik moet er met mijn hand langsgaan en hem weer dichtdoen. Als niemand me gezien heeft, voel ik me niet meer ongemakkelijk. Ongemak is een ongeluk zonder gevolgen. Je denkt eventjes in het epicentrum van een aardbeving te zijn beland, midden in de kleinste cirkel van het kaartje op het journaal. Maar je bevindt je ergens anders. Je bevindt je in de buitenste ring. Het is geen aardbeving, maar alleen een scheur in de muur. Een kroonluchter die heen en weer schommelt, glazen die tegen elkaar aan stoten doordat de servieskast trilt. Er is niet één kopje stuk. Ik heb mijn gulp dichtgedaan en niemand heeft het gezien.

En het is goed mogelijk dat ik een moment later weer bedenk dat als mijn gulp één keer open kon gaan, hij nog een keer open kan gaan. En dus glimlach ik, ik kijk recht vooruit, pak het lipje vast en trek het omhoog tot aan de grootste tandjes, de stoppers.

Als een man naar me kijkt, kijk ik weg. Als een vrouw naar me kijkt, glimlach ik. De vrouw glimlacht ook en voelt aan haar gulp. De vrouw en ik kijken naar elkaar als twee meisjes van dertien die van shirtje ruilen in het schooltoilet. Die hun badpakken aantrekken in het badhokje van een strandtent. Als twee kinderen met poppenlichamen, als twee baby's die nog niet eens een lichaam hébben. Onschuldig. Het ongeluk had een klein gevolg, veel stelt het niet voor. De aardbeving liet de glazen trillen. De scheur wordt wel groter, maar je kunt hem niet zien, net zo min als de continentale drift en het uitdijen van het heelal, ook al verandert de afstand tussen de wc en de keuken er niet door.

Maar stel dat ik weer aan mijn gulp denk. Dat ik me ongemakkelijk blijf voelen en ik tussen mijn benen moet kijken. Dat ik geen stap meer kan verzetten. Dat ik mijn gulp maar dicht blijf doen, ook als hij al dichtzit. Dat door al dat getrek aan dat lipje mijn rits kapotgaat. Dat een man net zo lang naar me blijft kijken totdat hij me zielig vindt. Dat hij denkt: er is niet alleen wat mis met haar mond, maar ook met haar hersens. Dat de angst voor mijn gulp me zo in beslag neemt dat ik de gulp zelf helemaal vergeet.

Kijk, zo zit een vrouw die gek is in elkaar. Die grijpt heel haar leven lang met haar hand naar haar gulp. Die is heel haar leven lang bang om dood te gaan. Die slaat zich jarenlang overal doorheen en proeft altijd angst in haar mond, als een vies smakende tong.

Dus zo zit een vrouw die gek is in elkaar. Maar ík zit zo niet in elkaar.

Ik merk het niet eens als een man op mijn billen geilt of mijn mismaakte mond smerig vindt. Ik heb echt geen tijd om twee keer achter elkaar naar dezelfde ritssluiting te grijpen. Ik blijf even staan, kijk naar het neerstortende vliegtuig op de tv in mijn moeders keuken, eenentachtig doden die al dertig jaar lang verzuipen in onbenullig vertier rondom billen, priesters en ministers. Ik blijf even staan en luister naar wat de verzekeringsagent zegt, ik vraag hem hoe het met zijn dochter gaat, hij mompelt wat, we groeten elkaar en weg ben ik.

Ik heb drie baantjes tegelijk, allemaal tijdelijk, en soms vergeet ik mijn rits dicht te doen en blijft hij openstaan totdat het me lukt even het toilet in te schieten om te plassen. Ik plas zonder te stoppen, net als de wielrenners in de Giro d'Italia. En ik merk het niet eens wanneer iemand in mijn decolleté kijkt. Of wanneer een man in de supermarkt, als ik mijn boodschappenlijstje laat vallen, in mijn broek loert naar een fuchsia slipje. Inmiddels merk ik het al niet eens meer als mijn gebrek de aandacht trekt. Ik merk het niet eens als ik me in het epicentrum van een aardbeving bevind en mijn hele huis instort. Ik breek als een glas, zak weg in de scheur en val in slaap voor het journaal waarin het over de ramp gaat. Ik val zelfs in slaap wanneer ik op tv in beeld ben met mijn gulp open terwijl ik me midden in het epicentrum bevind en de verslaggever kwijlend de namen van de doden opnoemt. En ik keer nooit op hetzelfde tijdstip terug naar de flat. En ik kom nooit dezelfde mensen tegen op straat. En als iemand uit de flat op mijn deur klopt, herken ik hem niet.

'Neemt u me niet kwalijk,' zeg ik, 'het is niet onaardig bedoeld, maar helaas weet ik niet meer wie u bent.'

En hij zegt 'ik ben de buurman' of 'ik ben de conciërge' of 'ik ben de postbode, ik bezorg al tien jaar uw post.'

Ik zou mezelf niet eens herkennen als ik op mijn eigen deur zou kloppen. Ik doe mijn deur open, kijk naar mezelf en zeg 'het spijt me, ik weet niet meer wie u bent.'

Maar de overbuurman heeft zo vaak bij me aangeklopt dat ik

hem in al die jaren vaker heb gezien dan mijn moeder. Hij is dan ook de enige die ik ken in het hele trappenhuis. In de hele wijk. Ik ken hem alleen maar omdat hij zo aardig is geweest kennis met me te komen maken. De eerste keer vroeg hij me om een kopje melk.

'Ik drink geen melk,' antwoordde ik en ik legde hem maar niet uit dat ik vroeger wel eens melk kocht, maar dat hij altijd al bedorven was voordat ik de tijd had gevonden om hem op te drinken.

'Heeft u dan misschien een beetje zout?' vroeg de overbuurman. En ik gaf hem een kopje met tafelzout.

'Zout bederft niet,' zei ik zonder hem uit te leggen dat ik tegenwoordig alleen maar spullen koop die niet bederven. Ik vind het namelijk zonde om geld uit te geven aan spullen die ik weg moet gooien zonder ze geproefd te hebben. Zo ben ik nu eenmaal.

Je hebt van die mensen die het leuk vinden om spullen weg te gooien. Die ze in zo'n plastic tasje mee naar huis nemen, ze in de koelkast zetten en vervolgens wachten tot ze in vuilnis veranderen. Het lijkt wel alsof ze die spullen expres kopen om ze in de vuilnisbak te kunnen gooien. Mensen die vuilnis kopen om het in de vuilnisbak te gooien en dan rustig gaan slapen. In dozen verpakte dozen, in papier verpakt papier, geplastificeerd plastic dat 's zomers en 's winters via snelwegen Italië en de rest van de wereld overgaat om in een buitenlandse vuilnisbak te belanden. Misschien is die melk wel aan de andere kant van de wereld geproduceerd. Melken ze de koeien in Polen, ontvetten ze de melk in Nederland en verkopen ze die in Italië. En wanneer hij vuilnis wordt, eindigt hij op een Napolitaanse vuilnisbelt, wordt hij in de Abruzzen in balen gepakt, reist hij per trein naar Duitsland waar een Turkse gastarbeider de baal uitpakt, scheidt, recyclet en het plastic aan je terugverkoopt om er weer een melkfles van te maken. Die jij dan weer koopt zodat je hem kan laten bederven in je koelkast. Omdat je geen tijd hebt om hem op te drinken, omdat je drie baantjes hebt, omdat de bank, die keer toen je wat geld had, tegen je zei 'investeer je geld, koop aandelen Parmalat' en je nu een van die nieuwe armen bent en het op tv over jou gaat als het over Italianen gaat die 'het eind van de maand niet halen,' zoals dat heet. 'Het eind van de maand, het eind van het jaar, het eind van de wereld' live op tv. Allemaal producten die bederven.

Ik koop dus niets meer.

'Gaat u wel eens naar een pizzeria? Ziet u hoe de mensen daar zitten te eten? Mensen die hun koffie voor de helft opdrinken en de rest laten staan. Die hun pizza voor de helft opeten, erboven roken, hun voor de helft opgerookte sigaret uitdrukken in de mozzarella en dan toekijken hoe de ober hun bord weghaalt. En maar wachten tot de tijd verstrijkt, in de damp van een afkoelende pizza. In de rook van een sigaret. Met voor de helft opgedronken koffie die door de gootsteen wordt gespoeld,' dat zei ik tegen de verzekeringsagent die naar het nog naar brand stinkende appartement was gekomen. En misschien was hij ook wel zo iemand die geniet van een halve kop koffie, een halve pizza en een halve sigaret in een tijd die nooit opraakt.

Zo zit ik niet in elkaar.

'Heeft u misschien een beetje zout?' vroeg de overbuurman.

Hij heeft zo vaak bij me aangeklopt dat ik hem in die tien jaar vaker heb gezien dan mijn moeder. Maar hij was wel vriendelijk, de buurman. Het is al meer dan een jaar geleden, maar ik herinner me dat hij aardig tegen me was, veel aardiger dan die verzekerings-agent die naar dit nieuwe appartement is gekomen waarin ik nu woon.

'Heeft u misschien een beetje zout?'

Ik knikte want ik had geen zin om eindeloos te kletsen. Maar als ik mijn mond hou, lijkt het net alsof er iets niet helemaal klopt, dat komt waarschijnlijk omdat ik in een callcenter werk. Nou ja, ik hield toch maar mijn mond en gaf hem een kopje tafelzout. En sindsdien ben ik de zoutbank van de buurman. Maar hij heeft nooit vervelend tegen me gedaan.

'Het spijt me, maar ik kan u niets aanbieden,' zei ik toen hij binnenkwam voor een kopje zout, 'alleen wat koud water.'

Waar hadden we het over? Onze gesprekken waren ongelooflijk onbeduidend. Ik gaf hem zout en we hadden het over zout.

'Dat grove koop ik nooit, wat heb je daar nou aan?' zei hij.

'Volgens mij koopt u dat fijne eigenlijk ook nooit, aangezien u er bij mij om komt vragen,' grapte ik.

'Vindt u het vervelend?'

'Nee hoor, u bent erg vriendelijk. Het spijt me alleen dat ik u niets kan aanbieden.'

'Ik zou wel een glaasje water lusten. De zomer is begonnen, hebt u gemerkt hoe warm het is?'

'Dat is de tijd van het jaar, 's zomers is het altijd warm. Dat heb ik liever dan die kou in de winter,' en toen volgde een hele uiteenzetting over de werkelijke en de gevoelstemperatuur, over dat huizen niet meer zijn zoals vroeger toen ze nog dikke muren hadden en het 's zomers koel en 's winters warm bleef. En verhalen over bejaarden die 's zomers overlijden, en over dat hij airco zou willen, en over muggen... tot een waarschuwing voor koud water aan toe.

'Ik heb water in de koelkast staan, zal ik dat voor u pakken?'

'Nee, bedankt, van koud water raak je geconstipeerd,' zei hij.

'Wat een mooie klok, waar heeft u die gekocht?' vroeg hij me een keer en wees naar een wandklok met datumaanduiding, thermometer en hygrometer.

'Ik heb hem van mijn moeder gekregen, maar als u wilt, mag u hem wel hebben, ik heb hem toch niet nodig.'

En hij 'ik zou u nooit een cadeau van uw moeder willen ontnemen,' en ik stond erop dat hij hem mee zou nemen en hij wilde weten in welke winkel het ding gekocht was. Hij bleef maar aanhouden. Ik moest het aan mijn moeder vragen, haar bellen waar hij bij was. Uiteindelijk werd ik bijna pissig want mijn moeder kon zich niet eens herinneren dat ze me een klok cadeau had gedaan.

'Heb je een klok nodig?' vroeg ze, 'heb je me gebeld omdat je wilt weten hoe laat het is?'

Ik hing op, haalde dat kloterige mechanische hoogstandje van de muur en sloeg het uit woede bijna kapot op zijn hoofd.

'Neemt u hem alstublieft mee.'

Ik dacht dat hij niet meer bij me langs zou komen, dat hij me niet meer zou groeten als we elkaar in het trappenhuis tegenkwamen. Maar hij bleef langskomen. En ook vragen stellen over een asbak en een fotolijstje, over een gekleurd kussen en een vierkant bord. Hij bekeek elk voorwerp en wilde weten waar het vandaan kwam. Hij stelde vragen en noteerde modellen en adressen in een notitieboekje, een volgepriegeld schriftje. Ik had hem dan wel heel vriendelijk genoemd, maar soms gedroeg hij zich drammerig, ook al vond ik zijn gedrag niet abnormaal. Niet abnormaler dan hij al was. Ik vond hem vooral nieuwsgierig.

'Is dat een cadeau van een vriendin van u? Zou u haar kunnen vragen waar het vandaan komt? Heeft u het gekocht? Weet u nog in welke winkel? Weet u nog in welke straat? In welke wijk? Heeft u het bonnetje nog zodat ik de verkoopinformatie kan achterhalen? Dus het is een cadeau. Misschien kunt u het papier nog terugvinden waarin het verpakt zat, dan zou ik de winkel kunnen herkennen, hopelijk is het nog verkrijgbaar, hopelijk is het niet uit de collectie gehaald,' hij dronk zijn glas water op kamertemperatuur, maakte aantekeningen in zijn schriftje, bedankte me en vertrok met zijn kopje zout.

Het lukte me bijna nooit een boek waarnaar hij had geïnformeerd of een voorwerp dat hij graag leek te willen hebben, aan hem te slijten. Hij hield zich een tijdje koest, maar vervolgens begon hij opnieuw vragen te stellen.

'Deze tafel is mooi in al zijn eenvoud en de boekenkast ook. Herinnert u zich de naam van dit model? Is hij van Ikea? Het is toch geen Billy? Of is het een Linnarp zonder deurtjes? Ze lijken wel hetzelfde, maar de Linnarp heeft poten terwijl de Billy een soort plintjes heeft,' en hij schreef iets in zijn notitieboekje.

Na een tijdje realiseerde ik me dat hij over elk voorwerp in mijn huis vragen had gesteld, en ook over mijn huis zelf, namelijk over de kleur van de muren, over de granieten vloer, over de majolicategels en over het sanitair in de badkamer. Maar hij was altijd erg hartelijk. Ik had de indruk dat hij zoveel vragen stelde om zo zijn ongemak te maskeren, om zo even met mij samen te kunnen zijn aangezien hij vrijgezel was. Hij zag er goed uit voor iemand van net vijftig. Hij was barman geweest, zijn vader had hem een klein café nagelaten, maar daar werkte hij niet meer, hij had het aan een neef overgedaan die hem maandelijks een vast bedrag uitkeerde.

Hij zei 'ik kom niet eens meer in dat café. Mijn neef zie ik alleen 's zondags als we gaan vissen.'

Toen kwam hij met een cadeautje aanzetten.

Het kwam van zijn neef. Hij zegt 'hij is ook met broodjes en banket begonnen. Zijn ijs komt nog uit de fabriek, maar de gebakjes maakt hij zelf. En niet alleen maar voor eigen gebruik, er is inmiddels veel vraag naar. Hij heeft inmiddels een heus banketwinkeltje. Hij bakt 's nachts en voor dag en dauw rijdt hij in een bestelbus zijn bezorgrondje met taartjes en croissants.'

Als je gesorteerde gebakjes koopt, doen ze er ook altijd een tompoes bij, maar niemand eet die ooit. Als ik taartjes zou kopen, zou ik ze laten bederven, maar ik zou vooral die tompoes direct weggooien omdat ik die echt niet lekker vind en daar had hij er juist twee van meegenomen. Twee mokkapunten, twee chocoladetaartjes, twee slagroomgebakjes, twee kwarkpunten en twee tompoezen.

'Laten we ze een voor een opeten,' zei hij, 'ik heb er van elk twee meegenomen, dan hoeven we er niet om te kibbelen.'

En hij had ook limoncello meegenomen. Twee flessen.

'Een voor u en een voor mezelf, die neem ik mee naar huis. Dan hebben we allebei limoncello van hetzelfde merk,' hij was in z'n nopjes.

Ik dronk een half glaasje likeur en begon aan de gebakjes, maar na de mokkapunt kon ik alleen nog maar een half slagroomgebakje op.

'Eet maar lekker op,' spoorde hij aan, maar hij at ook niet verder. Daar zat hij, met zijn halve glaasje en zijn halve slagroomgebakje, 'laat me ze nou niet allemaal in mijn eentje hoeven opeten. Neem op zijn minst een hapje van de tompoes, dat is het lekkerste taartje van allemaal.'

Dus at ik die voor de helft op, dan is hij minder vies. Ook hij at hem voor de helft op, niet de helft die ik had overgelaten, maar zijn eigen helft. Het resultaat: er bleven twee halve slagroomgebakjes, twee halve tompoezen en twee chocoladetaartjes over.

'Het lijkt net alsof alle kinderen hetzelfde zijn,' zei hij die keer, 'maar je hebt kinderen die met pannetjes spelen omdat ze doen alsof ze koken, en kinderen die het leuk vinden om ermee te spelen omdat ze doen alsof ze volwassenen zijn die echt staan te koken. De eersten zijn kinderen die wel willen groeien, maar toch een beetje bang zijn omdat groei iets ondoorgrondelijks en mysterieus is, omdat alleen andere mensen merken hoe je verandert, terwijl jij denkt dat je altijd maar hetzelfde blijft; en ook als je vijftig bent en daadwerkelijk achter je fornuis een pastasaus staat klaar te maken, ben je ervan overtuigd dat het maar een spelletje is, dat je pan een emmertje is vol nat zand van het strand. Maar die andere kinderen, degenen die als kind al volwassen wilden zijn, zijn in staat die modder ook echt op te eten en te zeggen dat het saus is, "groeien" betekent voor hen alleen maar dat ze zich een rol eigen maken die hun altijd al toebehoorde, dat ze een huis kopen dat ze toch al huurden. Een kwestie van papierwerk, want het gaat er niet om dat ze ouder worden, maar dat ze eigenaar worden.

Ik ben van het eerste soort, mijn neef van het tweede. Als het aan mij had gelegen zouden er in dat café nooit taartjes zijn verkocht. Maar mijn neef is een zakenman met visie, hij komt met allerlei scenario's en strategieën, hij is iemand die bij zijn geboorte al volwassen was. Die bij een weiland aankomt en de flat voor zich ziet die er gebouwd kan worden, terwijl ik alleen maar onkruid zie.

Maar ze zijn lekker hè, de gebakjes? Hij maakt ze precies zoals ze horen te zijn. Ik zou het niet gekund hebben. Ik stond altijd tegen de tapkast geleund, maakte kopjes koffie en cappuccino's, en als de croissants en de sandwiches op waren, had ik het idee dat ze voor altijd op waren. Gelukkig had ik hem, hij belde de leveranciers, deed de boekhouding en bestelde koffie, decafé en suiker.

Het enige wat ik leuk vond aan dat werk waren de klanten, vooral de klanten die 'het gewone recept' namen. Altijd dezelfde espresso, dezelfde cappuccino met koude melk en dezelfde pizza met kaas en rauwe ham. Vooral de oudjes die zich op gezette tijden lieten zien. Vooral eentje die altijd netjes gekleed ging, in een jasje met stropdas, 's zomers en 's winters. U weet wel hoe sommige gepensioneerden zich kleden. Waarschijnlijk hebben ze maar één goed pak, maar dat dragen ze dan ook altijd. Ik heb hem nooit gezien met een knoopje dat niet dichtzat of in hemdsmouwen. Altijd als hij langs het kantoor van de neofascisten op de Via Quinto Pedio liep, bleef hij stilstaan en luisterde of hij ze hoorde, aangezien hij blind was.

Dan zei hij "wie van jullie biedt me een kop koffie aan?" en vervolgens namen ze hem mee naar mijn café.

Hij had zo'n telescopische stok die je als een hengel in elkaar schuift. Dat vertel ik u omdat ik vis en ik meteen aan een hengel moest denken toen ik het ding zag. Kortom, hij schoof die stok in elkaar en liet zich meenemen. Ze ondersteunden hem en letten erop dat hij niet struikelde. Destijds droegen ze allemaal hetzelfde soort kleren, leren jassen, donkere zonnebrillen en strakke spijkerbroeken. Ik maakte koffie voor ze terwijl ze elkaar het soort verhalen vertelden die toen populair waren. U bent jong, waarschijnlijk kunt u zich de jaren zeventig niet herinneren.

Ze hadden het voortdurend over knokpartijen, geschiet in benen, molotovcocktails en allerlei wapentuig, zodat ze wel beroepssoldaten leken. Ik snapte er niets van want ik vis. Dat is een andere tak van sport.

's Avonds iets na zevenen stond de oude man op, zei gedag, schoof zijn witte stok uit en ging naar huis. Maar zij bleven tot 's avonds laat en ik hoorde ze zeggen "hij is vast een aanhanger van de republiek van Salò, een oud-lid van de fascistische partij" en ze hadden waardering en respect voor hem. Eentje zei dat hij een Albanië- of Somalië-veteraan was.

Kortom, de jonge neofascisten die naar het café kwamen waren ervan overtuigd dat die oude blinde man een hoge partijfunctionaris was geweest, een of andere kolonel, iemand die tijdens het regime belangrijke verantwoordelijkheden had gehad. Ze hadden geprobeerd hem uit te horen, maar hij zweeg. Naast zijn mysterieuze blindheid droeg ook die zwijgzaamheid ertoe bij dat er een speciale sfeer rondom de oude baas ontstond. Ze noemden hem 'opa', en zeiden 'u' tegen hem.

Toen, op een dag, kwam de oude man niet meer opdagen en ze vroegen mij of ik iets wist, maar hoe kon ik het weten. Ik was slechts de barman. Ik wist niet eens hoe hij heette en zei "ik noem hem ook 'opa'." Dus mijn neef, die ene die nu het café runt, die deze taartjes heeft gemaakt, deze tompoes waar hij zo goed in is, kortom mijn neef gaat dus op onderzoek uit. En hij ontdekt dat de man zo'n last van zijn hart heeft gekregen dat hij naar het ziekenhuis is gebracht. Dus zijn we, op een woensdagmiddag toen het café dicht was, naar het Fatebenefratelli op het Tibereiland gegaan. Daar scheen hij te liggen. En dat was ook zo. We gaan er met dat hele stel jonge neofascisten naar toe en daar ligt-ie, in pyjama, met zijn in elkaar geschoven stok op het nachtkastje van aluminium en groene formica, naast een glas water. Hij zag eruit als een wrak, deels omdat hij mager was geworden, deels omdat hij zo'n gestreepte ziekenhuispyjama droeg. Direct viel onze blik op het opschrift op zijn arm. Van die getallen die je normaal gesproken in oorlogsfilms en in tv-documentaires ziet.

Ik moest haast lachen bij de gedachte dat ze hem voor een hoge partijfunctionaris hadden aangezien. Maar die neofascisten lachten voor geen meter. Ze zwegen en gingen weg zonder hem zelfs maar te groeten. Eentje was zo boos dat hij bijna een hoofdverpleegster sloeg die bezig was de overgebleven kadetjes te verzamelen om ze aan een kat te geven, want in een ziekenhuis heb je altijd katten. Vooral in Rome, dat is de kattenstad bij uitstek.

Maar ik bleef naast hem zitten.

Ik vroeg "is die tatoeage op uw arm echt?" Voordat ik me kon schamen was het er al uitgefloept. "Echt," zei ik tegen hem. Alsof het een merkhorloge was dat-ie om zijn pols had.

"Lange mensen gaan het eerst dood.

Dat was het eerste wat me opviel," zei de oude man die in z'n pyjama op bed lag. "Mijn broer was precies mijn vader. Ik ben klein, ik lijk op mijn moeder. Dat speelt al een belangrijke rol in mijn verhaal. Zij was er niet toen ze ons uit huis haalden. Ze namen ons drieën mee, de mannen. Het was oktober 1943, de zestiende. Ze stopten ons een blaadje in handen waarop stond dat we de deur op slot moesten doen en de sleutel mee moesten nemen en vervolgens brachten ze ons naar de militaire academie aan de overkant van de Tiber.

Op het toilet zag ik dat een van ons zijn kont afveegde met vijf lire-biljetten, die met het portret van de koning en de lictorenbundels erop. Ik snapte al hoe het af zou lopen. 'Staatsbiljet met wettelijke koers' staat er op dat biljet, en wanneer het als wc-papier gebruikt wordt, betekent het dat je je buiten de staat bevindt of dat de wet ver te zoeken is.

Na een paar dagen brachten ze ons naar het Tiburtinastation. In de wagon legde mijn vader een deken neer zodat we een soort afgeschermd hoekje hadden om onze behoeften te doen. In Birkenau scheidden ze ons van de vrouwen. Wij mannen bleven gedrieen samen. We kwamen door de eerste controle. In feite had alleen mijn broer er doorheen moeten komen, maar die eerste controle was oppervlakkig en we werden alle drie tewerkgesteld. Ze brachten ons naar een barak waar ze je lichaams- en hoofdhaar afschoren en je identificatienummer tatoeëerden. 3621. Dat was mijn naam, vanaf dat moment zou ik zo genoemd worden. Weet u wel op hoeveel manieren je dat kan uitspreken? Zesendertig eenentwintig, drieduizend zeshonderd eenentwintig, drie zes twee een, drie zeshonderd eenentwintig, en zo kan ik nog wel even doorgaan. En allemaal in het Duits. En wie niet antwoordde, werd afgeranseld.

Lange mensen gaan het eerst dood, dat heb ik al gezegd. Een boekhoudertje bij het kadaster maakt kans een forse houthakker uit de Maiellastreek te overleven. Het rantsoen dat genoeg is voor de eerste, is voor de tweede niet toereikend, die heeft minstens het dubbele nodig om een dag van zwoegen te doorstaan. Ik ben klein. Daarom kwam ik door dat eerste onderzoek. De Duitsers wisten dat het loonde om in kleine mensen te investeren. Maar de tweede keer dat ze me inspecteerden, stuurden ze me naar een barak. We wisten dat we dood zouden gaan. Toen evacueerden de Duitsers onverwachts het E-kamp. Dat van de zigeuners, die tot dan toe hun eigen kleren en hoeden nog hadden, die met mannen, vrouwen en kinderen bij elkaar zaten en op hun muziekinstrumenten speelden. De Duitsers wisten dat voor een zigeuner het uit elkaar halen van zijn familie hetzelfde is als doodgaan. Dus hadden ze zich de moeite bespaard om ze te scheiden en hun spullen af te pakken. We bleven de hele nacht in die barak. We hoorden geluiden, schoten en stemmen.

De volgende ochtend was het E-kamp verlaten. Achtduizend dode zigeuners in één enkele nacht.

Hun lichamen moesten uit de gaskamers worden gehaald, naar de crematoria worden gebracht en worden verbrand. Het *Sonderkommando* had maar weinig mensen voor die klus. En die waren moe. Dus riepen ze ons. We werkten een flink aantal dagen. Ze waren gestorven terwijl ze zich aan elkaar vastklampten en ze hadden tot op het laatst geprobeerd op die plekken in de kamer te komen waarvan ze dachten dat daar minder Zyklon B was. Gestorven waren ze toch, maar het weghalen werd zo een hele klus. Het was niet moeilijk, maar het duurde lang. Ook omdat hun lichamen nergens houvast boden, want ze waren helemaal ontkleed en kaalgeschoren. Naarmate hun lichamen verder afkoelden, werden ze stijver en verliep ons werk beduidend langzamer.

Daarna werden hun stoffelijke overschotten naar de crematoria gebracht. Ze zeiden dat ze er per dag wel tienduizend konden verbranden, maar in die tijd gingen er meer dood. Daarom waren er grote kuilen aan de rand van het kamp waar ze in werden gegooid, en als die vol zaten, staken we ze in brand. Ze lieten me in een van die grafkuilen werken, maar gaven ons weinig benzine. En dus vroeg ik een Duitser of we de metalen golfplaten mochten pakken die tegen een boom stonden. Misschien waren ze overgebleven na de bouw van een afdak. Op die platen verbrandden we de lichamen, en hoewel ze allemaal erg mager waren, hadden ze op sommige plekken nog wat vet. En het gesmolten vet dat uit het brandende vlees kwam, stroomde in de gleuven van zo'n metalen plaat en werd opgevangen in een kuip. We haalden het op in teiltjes en gebruikten het opnieuw. We gooiden het op de brandende lichamen om het vuur aan te wakkeren. De Duitser was tevreden. Toen alles in het kamp weer zijn gewone loop nam, werd ik beloond. De andere kameraden werden naar de barak teruggebracht en vervolgens vergast. Ik kwam in dienst van het Sonderkommando.

's Zomers en in het voor- en naseizoen kwamen er in de verte gemzen voorbij. 's Winters lag er sneeuw. We zeiden tegen de gevangenen dat ze zich moesten uitkleden, en dan lieten ze de schoenen en kleren achter die ze bij aankomst hadden gekregen. 'Ze zijn eigendom van het Derde Rijk' zeiden we. Ze gingen in de rij staan. Nadat ik een paar maanden Duits had horen spreken en gewend was geraakt aan de cijfers van mijn op alle mogelijke manieren uitgesproken nummer, hoorde ik iemand mijn naam roepen. Het was een lange man, naakt, midden in de sneeuw. Het was mijn broer.

Hij zei 'kijk of je wat kan doen.' Ik ging naar de Duitser die me redelijk goed gezind was, maar hij kon niets doen.

'Dat zou oneerlijk zijn ten opzichte van de anderen,' zei hij, maar hij vond het goed dat ik naar mijn barak vertrok. Telkens als we de kleren verzamelden van de naar de gaskamers afgevoerde gevangenen, doorzochten we hun zakken. Zelden vond je iets. Maar er gingen heel veel gevangenen door de kleedkamers en in dat geval is kwantiteit een variant van kwaliteit. Soms vond je een korst, een halve aardappel. Ik had een voorraadje en bracht een stuk brood naar mijn broer. Ik zei 'maak je maar geen zorgen, we brengen jullie naar de douches. We zien elkaar straks.'

Toen we ze weer moesten ophalen, vonden m'n kameraden het goed dat ik niet hielp met het verwijderen van de lichamen. Het was erg zwaar voor ze met een werkkracht minder, maar ik kreeg dispensatie. Ik verzamelde echter wel de kleren. Ik vond het stuk brood terug dat mijn broer niet had opgegeten. Hij had een vooruitziende blik.

Het Rode Leger kwam ons bevrijden. Ze maakten veel foto's en volgens mij ook een korte film. Ze namen de inwoners van de aangrenzende dorpen mee naar het kamp om hun de barakken te laten zien, de massagraven, het leven daarbinnen, als je het zo kan noemen. Ik werd opgevangen in Odessa.

Ik ging terug naar Rome, maar bleef er slechts een paar maanden. Ik vertelde dat ze me gedeporteerd hadden om loopgraven te graven. Verder niets. Daarna emigreerde ik naar Canada. Ik heb nooit andere overlevenden ontmoet. Ik houd niet van die bijeenkomsten waar ze zeggen 'waar was God toen wij doodgingen?'

Stel je nou eens een voetbalwedstrijd voor met een team dat zich onsportief gedraagt tegenover het andere. De spelers van het ene team schoppen de spelers van het andere, ze scoren vanuit buitenspelpositie en stoken de supporters op zodat er een vechtpartij ontstaat. De eerlijke spelers kijken om zich heen, verbaasd dat de scheidsrechter niet ingrijpt. Maar de arbiter is te goeder trouw. Hij is er zeker van dat hij geheel onpartijdig is want hij negeert zowel het ene als het andere team. Dat is zijn manier om eerlijk te zijn.

Onze geschiedenis zou beter geklopt hebben als God die ene dag Abraham wél zijn zoon had laten vermoorden.

Want in de eeuwen daarna is het altijd zo gegaan."

Ik vroeg "waarom komt u toch naar het café met die jonge neofascisten? Wat moet u nou met die types?"

Hij vertelde dat hij berouw had over zijn broer die niet ontkomen was, hij zei "niet dat ik zelfmoord wilde plegen. Ik wilde 'dood zijn', maar inmiddels had ik mijn kans gemist. En dus emigreerde ik naar Canada. Ik zou niet teruggekomen zijn als ik geen problemen met mijn ogen had gekregen. Ik had hulp nodig, en in Italië had ik nog een zoon en een kleindochter. Toen ik in Rome terugkwam, besefte ik dat ik, om van mijn huis naar het café te gaan, langs dat partijkantoor moest lopen. Aanvankelijk vond ik de swastika's en de lictorenbundels angstaanjagend. Ik dacht dat er in Italië in al die jaren niets veranderd was. Ik maakte lange omwegen om dat stukje weg met die gruwelijke symbolen maar te mijden. Toen ging ik steeds slechter zien. Onder die omstandigheden kon ik niet zomaar door de stad wandelen, ik moest de kortste weg kiezen. In het begin nam ik nog schaduwen waar, maar langzamerhand verdwenen die ook. Ontdaan van zijn decor kwam ook het fascisme grotesk op mij over, zoals zoveel wat me in het leven overkomen was. En bovendien ben ik hartpatiënt. Ik dacht dat me een kans werd geboden om dood te gaan. Want in het onbestemde duister was een plotselinge attaque voldoende: een duwtje en ik kon al een hartinfarct krijgen.

Maar bovendien gaf het me een vreemd gevoel niet herkend te worden, te zien dat ze tegen me praatten als tegen ieder ander, dat mijn geld nog waarde had, dat ik er gewoon koffie mee kon kopen, dat het geen wc-papier was, zoals die dag in de militaire academie. Het leek wel alsof zij ook blind waren, net als ik. Het leven hernam zijn gewone loop. Die niet de meest juiste is. Het is slechts de situatie die de minste inspanning vergt."

En toen is hij echt overleden.

Volgens mij is er niemand naar zijn begrafenis gegaan.

Volgens mij is er niet eens een begrafenis gewéést.'

Hij zei me zachtjes gedag, de buurman van het zout, tevens gepensioneerd barman.

Ik liep met hem mee naar de deur, en toen hij me bedankte, fluisterde hij. Deels vanwege de ernst van het verhaal dat hij me zojuist had verteld en deels om de echo van zijn groet niet door het trappenhuis te laten galmen. Hij had gebakjes meegenomen en nu vertrok hij met het gebruikelijke zout. Hij glimlachte, maakte geen aanstalten om zijn appartement binnen te gaan en hield het kopje met twee handen vast, als een groot boeket. In een opwelling keek ik erin.

Ik dacht: je zult zien dat ik me heb vergist en hem suiker heb gegeven, maar dat was onmogelijk. Ik drink mijn koffie zwart en ik wist in elk geval zeker dat ik geen suiker en geen thee in huis had, en ook geen koffie.

Hij keek naar me alsof hij wilde zeggen dat hij het leuk had gevonden.

Ik keek naar hem alsof ik wilde zeggen 'ik ook.'

Hij groette me met een blik alsof hij wilde zeggen dat we elkaar snel weer zouden zien.

Ik zwaaide hem gedag en draaide me om zodat ik niets hoefde te zeggen.

Ik ging naar het café.

Naar dat van zijn neef. Een aardige man met gerimpelde handen omdat ze de hele dag vochtig zijn van het glazen wassen en kopjes spoelen. Ik ging er even langs vanuit mijn werk. Vanaf het callcenter is het maar een paar haltes.

En dat terwijl ik over het algemeen niet tegen barmannen kan. Die types die je kwaad aankijken als je vraagt of je naar het toilet mag. Die je aankijken alsof ze willen zeggen 'je betaalt alleen maar voor een kop koffie en dan ga je ook nog gratis en voor niets naar mijn plee.' Het liefst zou ik dan zeggen 'de volgende keer dat ik een kop koffie neem en niet ga piesen, krijg ik dan korting?' Maar die neef had een vriendelijk gezicht en gaf je het idee dat hij je een kop koffie aanbood, gratis net als de suiker. En ik kocht ook een pak gemalen koffie in het café. Ik dacht: je zal zien dat de houdbaarheidsdatum verstreken is voordat ik de koffie zelfs ook maar uit de vacuümverpakking heb gehaald, maar toch kocht ik het. En toen ik thuiskwam, zette ik meteen een kop koffie. En die zat ik net op te drinken toen de buurman weer om zout kwam vragen.

Ik vroeg hem 'wilt u koffie? Ik heb net gezet, maar alleen voor mezelf, en helaas heb ik het net allemaal in deze beker geschonken. Maar ik zet zo nieuwe voor u.'

En hij antwoordde 'als u het niet erg vindt, neem ik alleen een slokje van die van u.'

'Maar vindt u het dan niet smerig dat ik er al van gedronken heb?'

Hij zei dat mijn hazenlip hem niet was opgevallen. Ik weet dat hij dat zei om me een plezier te doen, maar ik vond het wel prettig en we dronken de koffie samen uit dezelfde beker. Ik vertelde hem dat ik die koffie in zijn café had gekocht.

Maar die keer was vooral de keer dat mijn buurman me mee uit vroeg. Om naar de film te gaan. Dat hele verhaal, dat begonnen was met een kopje zout, eindigde met een uitnodiging voor de bios.

'Mijn neef, de barman met wie u heeft kennisgemaakt, komt ook. En zijn vrouw en wat vrienden.'

Waarom zou ik zijn aanbod afslaan? dacht ik. Hij is een aardige man, ik hoef me toch niet met hem te verloven, we kunnen best vrienden zijn. En bovendien is de buurman van het zout geen geile bok. Ik moet niet zo moeilijk doen.

Ik ben iemand die heel veel moeite met mannen heeft. Hebben mannen dat nou nooit? Ik heb dat altijd. Leeftijd heeft er niets mee te maken. Ook als klein meisje was ik al zo met schoolvriendjes. Ik hoef alleen maar te bedenken dat het wezen dat voor me staat een piemel heeft en dan gaat er bij mij een alarm af. Sterker nog, eigenlijk gaat dat alarm bij mij nooit meer uit net als dat rode bolletje van het tv-toestel, het antidiefstallampje in de auto en de gratis telefoonnummers op het scherm van de wekkerradio. Overdag in het zonlicht zijn ze onzichtbaar, maar zodra het nacht wordt komen ze weer tevoorschijn, net als spookschepen, onbetaalde schulden en familieleden met kerst.

Ik kan wel waardering opbrengen voor die Amerikaanse die hem er bij haar man heeft afgesneden. Volgens mij om een soort evenwicht te herstellen.

'Je kan het niet aan om een piemel te hebben,' heeft ze waarschijnlijk tegen hem gezegd, 'het is een hele verantwoordelijkheid, iets serieus, hij is ervoor om leven mee te scheppen, niet om mensen op kantoor mee te commanderen, de regering mee te leiden of de hele wereld mee toe te spreken, live vanaf het Sint-Pietersplein.'

Ze heeft hem afgesneden, is in de auto gestapt en heeft hem ver van de bewoonde wereld weggegooid, en die arme John Wayne Bobbit is op zoek gegaan naar zijn scepter van de macht, die magischerwijs was veranderd in een speld in een hooiberg, een haar in de boter.

'Als je het echt waard bent, zal je zien dat hij weer aangroeit,' zei ze tegen het arme gecastreerde katertje.

'Kijk, dat is nou een minister van gelijke kansen!' zeg ik. Plat gezegd 'mannen zouden zonder pik geboren moeten worden,' want tot een bepaalde leeftijd doet hij toch alleen maar dienst om mee te piesen. Vervolgens heb je voor het aftrekken iets nodig dat vergelijkbaar is met melk met een bepaalde houdbaarheidsdatum, misschien wel lang houdbaar, maar hoe dan ook een product dat bederft en dat je moet weggooien.

'Net als een reserveband' – dat zei ik ook tegen de schade-expert – 'u heeft er als man misschien meer verstand van dan ik, maar is het waar dat er van die reservebanden bestaan waarmee je, als je daarmee je lekke band vervangt, wettelijk niet harder dan tachtig kilometer per uur mag rijden? Je zou een reservepiemel moeten hebben voor gebruik tijdens de puberteit. Een melkpiemel die eraf valt om plaats te maken voor een exemplaar voor volwassenen, waarvoor je examen moet doen. Houdt u daar maar rekening mee bij uw schadeonderzoek naar het ongeluk dat die Patrizia is overkomen. Als er iets met een vrouw gebeurt, is er altijd een man in het spel. En als er een man is, is er ook dat stuk vlees waarvoor je een diploma en een wapenvergunning zou moeten hebben.'

Bij de mannen die ik gekend heb, leek het wel alsof ze hem van iemand gejat hadden om er 's zaterdagsavonds in de disco de show mee te stelen. Je zag meteen dat ze niet voor de test geslaagd waren, dat het oplichterij was. Maar bij die buurman van het zout leek het wel alsof hij hem thuisliet als hij bij me langskwam. Hij kwam ongewapend. Een piemel voor volwassenen, opgeborgen in een etui in een laatje, samen met de zilveren pen van zijn eerste communie en het gouden horloge van zijn vormsel. Ingelijst naast zijn diploma's. Een verdienste om trots op te zijn, maar met gepaste bescheidenheid, een met moeite verworven mijlpaal. Als hij naar mij toeging, nee, dan had hij hem niet nodig. Want je hebt geen piemel nodig als je om een kopje zout komt vragen. En ook dat hele verhaal over het café met zijn neef en over Duitsland, hoe kan je over verbrande doden praten met dat stuk vlees in je onderbroek?

Dus nam ik zijn uitnodiging aan.

Die dag ging ik bij mijn moeder langs.

Ik ging ook naar haar toe omdat bij haar in de flat mevrouw Scalisi woont die me soms aan oppaswerk helpt. In de periodes waarin ik weinig verdien, vraag ik haar of ze wat werk heeft. Een aardige vrouw, die Scalisi, altijd maar met de bejaardensoos op pad, uitstapjes maken naar Loreto, Pompeji of het heiligdom van Pater Pio. Mijn moeder niet, zij is zo'n vrouw die niet vaak het huis uitgaat. En als ze dat wel doet, gaat ze op haar pantoffels naar buiten en komt ze daar pas achter als ze al in de supermarkt is. Ze loopt rond met krulspelden in, met uitgroei in haar geverfde haar, ze gaat naar buiten en vergeet haar sleutels op tafel. Leeftijd heeft er niets mee te maken. Zo was ze ook al toen ze nog jong was. Zo is ze altijd geweest, alleen verschaft haar ouderdom haar nu een alibi. Ik ga bij haar langs. Ze loopt rond. Ze loopt de hele dag rond in haar huisje dat wel van schors en mos lijkt, net als de grot van een kerststal. Mijn moeder heeft altijd gelopen. Als ze vaker de deur uit was gegaan, zou ze al drie keer de wereld rond zijn geweest, maar nee, de wereld draait rond en mijn moeder blijft waar ze is. Net als spelende jongetjes die tegen de richting in de roltrap op rennen. Ze loopt rond door het huis en doet de lampen aan, ook die in de badkamer, die kleine boven de spiegel en de wandlamp. De lampen die in de gang aan het plafond hangen en de tl-verlichting onder de keukenkastjes. De bolvormige hanglamp en de plafonnière in haar slaapkamer. Ze houdt van die plafonnière, van zijn buitenlandse naam, van die lamp die Frans licht verspreidt. Ook overdag doet ze de lampen aan. Ze deed ze ook altijd aan toen mijn vader er nog was, ook toen wij nog klein waren, mijn zus en ik. Daarna deed ze ze een voor een uit en ging de deur uit om boodschappen te doen. Ze kocht liters melk en kilo's brood. Melk die zuur werd en brood dat beschimmelde.

Ik zei tegen haar 'we drinken al die melk toch niet op. Hij bederft. En het brood bederft ook.'

Ze antwoordde 'heb ik iets fout gedaan?'

Ik zei 'nee.'

'Nou, als ik niets fout heb gedaan, betekent het dat ik iets goed heb gedaan,' en daarmee was de kous af.

Ook als het regende ging mijn moeder altijd de deur uit om melk en brood te kopen. Ze liep dan op haar pantoffels naar buiten als een vergeetachtig oud vrouwtje. Kletsnat kwam ze terug.

'Waarom ben je met die regen naar buiten gegaan? Je had op zijn minst een paraplu kunnen meenemen en laarzen kunnen aantrekken,' zei ik.

'Heb ik iets fout gedaan?' vroeg ze.

'Nee,' antwoordden wij.

'Nou, dan heb ik iets goed gedaan,' en ze bleef maar staan kijken naar haar pakken melk, naar haar manden vol brood. Kletsnat, op haar pantoffels. Ze kon maar niet begrijpen dat het mogelijk was iets gewoon maar te doen... zonder dat het goed of fout was. Gewoon maar te zijn, zonder goed of slecht te zijn. Zo was ze nu eenmaal. Een losse schoen waarvan het niet uitmaakt of hij mooi of lelijk is. Hij ís gewoon.

Ik ging dus bij mijn moeder langs.

'Je bent een losse schoen,' zei ik tegen haar, 'maar misschien was papa een soort van stompvoet die blij was met een enkele schoen. Hij heeft je aangetrokken en vijftig jaar op je rondgelopen. Hij heeft je versleten en toen is hij overleden.'

Toen mijn vader was overleden, brachten we hem voor zijn cre-
matie naar de begraafplaats van Prima Porta. De mannen van de
begrafenisonderneming gooiden de kussentjes en de rouwkrans
op een hoop, op een pleintje dat al bezaaid lag met bloemen. Daar
stonden twee jongetjes met een Vespacar.

'Hun wachten tot jullie pleite zijn, laden dan de bloemen in en
verpatsen die aan restaurants voor bruiloften,' vertelde de doodgraver.

Dus toen mijn zus vertrok, zei mijn moeder tegen mij 'wacht
even' en we wachtten de Vespacar op aan het eind van de straat.

'Als iemand doodgaat, steek je in huis geen vuur aan. Maar we
moeten wel eten,' zei ze, en we volgden hen naar het restaurant.

Daar lag het vol bloemen. Er zat een jonge bruid met een man
die nogal behaard was, maar ook nog jong. Niemand vroeg ons
iets, dus trokken we onze jassen uit en gingen zitten. We aten overal van, van de garnalen in cocktailsaus tot en met de mimosataart.
De bloemenkransen waren uit elkaar gehaald en de bloemen
waren over de tafeltjes verspreid. Mijn vaders witte anjers lagen
ook op dat van ons. Toen het feest afgelopen was, trokken we onze
jassen weer aan. Het bruidspaar stond bij de deur en gaf alle ver-
trekkende gasten een paar bruidssuikers. De bruid viste ze op met
een zilveren lepel en stopte ze in je hand samen met een servetje
zodat je ze mee naar huis kon nemen. Toen we langs hen liepen,
zagen we dat ze een mooie dikke, ronde buik had.

'De dood brengt nieuw leven,' zei mijn moeder.

Op de binnenplaats stond een fotograaf die ons de foto's verkocht. Een dubbel kaartje, met van binnen aan de ene kant het
bruidspaar en de taart, en wij aan de andere kant, tagliatelle etend.
Het kostte acht euro, mijn moeder haalde een biljet van tien
tevoorschijn en gaf de rest als fooi. Die dag reed ze ook auto. Ik kon

nauwelijks nadenken, maar zij had de hele uitvaart georganiseerd, de doodgravers betaald en met het ziekenhuis het papierwerk afgehandeld. Ze had me zelfs mee uit lunchen genomen naar dat restaurant met tien gangen en een strijkorkestje en alles was goed gegaan.

'Voor jouw opa en oma heb ik het toen ook geregeld. Het is net fietsen, jong geleerd is oud gedaan,' zei ze.

Ze was een vrouw die niet eens fatsoenlijk boodschappen kon doen, ze verrekende zich bij de melk en bij het brood, liep op haar pantoffels de straat op en als het regende vergat ze zelfs haar paraplu, maar bij mijn vaders uitvaart was ze kalm en doortastend geweest.

Ze was een natuurtalent, het leek wel alsof ze ervoor in de wieg was gelegd om doden te begraven. Die keer dat ik bij haar langsging, wilde ik haar over mijn buurman vertellen, die van het zout. Ik probeerde het, maar ze kwam afwezig over. Ze slofte op haar pantoffels van kamer naar kamer, liep toen de keuken in, deed het licht aan en ging zitten.

Ik zei 'mijn buurman heeft me mee uit gevraagd naar de bioscoop, samen met zijn neef die barman is en diens vrouw.'

Ze luisterde niet naar me, 'dit is een somber jaargetijde,' zei ze, 'de dagen worden korter.'

'Heb je me gehoord, mama? Ik ben mee uit gevraagd naar de bioscoop. En bovendien is het nu lente, dit zijn de langste dagen van het jaar.' Ik deed het licht uit en opende de gordijnen. 'Buiten schijnt de zon nog,' zei ik. Ze liet de gordijnen open en keek naar buiten.

'Het is toch geen oorlog, we hoeven niet in het donker te zitten,' ze glimlachte en deed het licht weer aan.

We zwegen, en zo konden we wel een half uur blijven zitten.

Er bestaat een foto van mijn vader waarop hij door de lucht vliegt.

Als je bij de finish van een hardloopwedstrijd aankomt, staat er vaak een fotograaf die een foto van je maakt die hij vervolgens aan je verkoopt, net als op bruiloften. Mijn vader liep hard met onze buurtsportvereniging. Hij had ook de marathon van New York gelopen. Maar dit was een foto van een wedstrijd die hij in Ostia had gelopen. De fotograaf had de foto genomen precies op het moment waarop hij zowel met zijn rechter- als met zijn linkervoet los van de grond was. Ik vroeg mijn moeder om die foto.

'Die wil je zus ook,' antwoordde ze.

'Geef hem nou maar, dat regel ik wel.'

Ik bracht de foto naar het fotozaakje met 1-uursservice in het winkelcentrum. Cinecittà Due heet het. Het winkelcentrum, niet het fotozaakje. Het was een van de eerste van Rome. Er is een pleintje met een fontein, roltrappen en een glazen lift, winkeltjes en supermarkten. Het winkelcentrum is net een barbiehuis, voor poppen van vlees en bloed. Ik ken die plek goed want als ik naar mijn werk ga, kom ik eerst langs de supermarkt, de schoenmaker en de pizzeria, en neem dan de roltrap naast het café en ga naar boven. Ik loop langs de babyspeciaalzaak en de huishoudwinkel, ga door de glazen deuren naar buiten, steek een groot plein over en dan ga ik aan het werk in het grootste callcenter van Europa.

'Wat een prachtexemplaar ben je,' zei het hoofd human resources tegen me toen ik mijn cv liet zien, 'net een koe die de meeste melk produceert.'

'Of een koe die de meeste stront produceert,' wilde ik zeggen. Ik dacht toch dat ze me niet zouden nemen. Het 'hoofd human resources', zo noemen ze dat, alsof arbeiders en werknemers mineralen zijn die in mijnen worden gewonnen, alsof er een rivier is naast het callcenter waarin het bedrijf gaat vissen. Dat hoofd neemt een psychologische test bij je af, alsof je voor de NASA gaat werken, en het lukt me niet die vragen te beantwoorden.

'Waarom wilt u bij ons werken?' vroeg hij me aan het eind van het astronautische sollicitatiegesprek. En je kan echt niet tegen hem zeggen 'omdat mijn behoefte aan geld groter is dan de walging die ik voel als ik hier binnenkom,' in een enorme zaal waar honderd mensen gelijktijdig in een telefoon zitten te schreeuwen, waar je de dag niet van de nacht kan onderscheiden, waar je je ogen zes uur achter elkaar op het crt-computerscherm gericht houdt en waar je enige troost bestaat uit het kijken naar het verlaagde piepschuim plafond. Ik dacht: hier zou mijn moeder moeten werken, met haar pantoffels, haar uitgroei en haar krulspelden. In de rookpauze zou ze het plein oversteken en naar de supermarkt gaan om er brood en melk te kopen. Elke pauze een heel brood, en een liter melk in plaats van een sigaret. Mijn moeder die bij het raam gaat staan en als ze naar buiten kijkt altijd ziet dat het nacht is, ook midden op de dag. Die de lente een 'somber jaargetijde' vindt met kortere dagen. Ze zou het nu goed naar haar zin hebben onder dat plafond van grote piepschuim vierkanten met dagen die voor altijd ingekort zijn, met een lekker tl-zonnetje en neplucht. 'Hallo, ik ben de moeder van Marinella, waarmee kan ik u van dienst zijn?' En het gesprek rekken tot twee minuten en veertig seconden door maar te kleppen over tanden en kunstgebitten zodat ze een bruto salaris van vijfentachtig cent op kan strijken. Mijn moeder zou het prima vinden om haar dagen te slijten met het doen van boodschappen bij de barbiesupermarkt en in dat kippenhok te zitten dat in hoog tempo allemaal identieke telefoontjes produceert, perfect als eieren uit een kippenkont. 'Hallowaarmeekanikuvandienstzijn, hallowaarmeekanikuvandienstzijn, hallowaarmeekanikuvandienstzijn?' Mijn moeder die wel een Barbie op leeftijd lijkt, nadat ze haar Ken begraven heeft. Mijn moeder met haar gebrekkige dochter, die niet zoals haar zus naar het poppenzieken-huis wil. Want gelukkig is er nog die andere zus! Barbies lieve-lingsdochter die precies op haar mama lijkt, geproduceerd aan dezelfde lopende band. Die met garantie, copyright en keurmerk. Precies hetzelfde als het origineel, maar van nieuw plastic, met nylon haren die nog glanzen en allemaal nog aan het hoofd van buigzaam vinyl vastzitten. Mijn zus die naar petroleumderivaten stinkt en wanneer haar man bij haar naar binnen gaat, is het waar-schijnlijk net alsof hij een rijklare auto met allerlei handige acces-soires penetreert.

In het callcenter barst het van zulke mensen.

Vintage Barbies met krulspelden en nieuwe modellen, vers van de band en met een merkje. En verder zitten daarbinnen nog Ken, Big Jim, Superman, Winnie de Poeh, de Transformers, de Hulk, de Ninja Turtles en de Power Rangers.

Toen ik er begon, was er zes uur per dag en zes dagen per week werk. We huurden onze werkplek. We moesten een eigen BTW-nummer hebben en het bedrijf een factuur sturen. We werkten tegen stukloon, negentig cent bruto voor een telefoontje van drie minuten.

Op een dag in mei 2005 werd ons verteld dat bij twee minuten en veertig seconden een soort boete inging, oftewel, wie over de tijd heenging, werd vijf cent gekort. Maar bestaat er ergens ter wereld een baan waar het zo werkt? Is er ergens een lopende band waar ze me tien cent betalen om tien stukken te produceren, maar me slechts negen cent betalen wanneer ik er elf produceer? En de mensen die ons opbelden waren toch echt klanten. Mensen die hulp nodig hadden. Die misschien vijf minuten nodig hadden, maar die kon je ze niet geven, je kon niet voor niets werken. En dus stond die dag de boel op zijn kop. We stopten met werken en hielden een vergadering. Een vergadering zoals op school, zoals in een fabriek, zoals beschaafde mensen doen. En onze chefs, de floormanagers... zo laten ze zich noemen. Die afdelingsassistenten, die net iets meer verdienen dan wij, zijn weliswaar uitzendkrachten, maar de mannen komen in jasje-dasje en de vrouwen in mantelpak en ze hopen ooit in het café van het winkelcentrum een drankje te drinken met een of andere manager van het bedrijf, zo eentje die je nooit ziet en die je alleen maar van de e-mail kent, van zijn gelukwensen met Pasen en kerst. Die floormanagers, die we kapo's of korporalen, raven of jakhalzen noemen, gaven ons die dag van de staking het bevel weer aan het werk te gaan, maar toen we op de binnenplaats bleven staan en hen negeerden, wisten ze zich geen houding meer te geven. Het was de moeite waard om te blijven, alleen al om naar hen te kijken terwijl zij naar ons keken.

'We zijn projectmedewerkers,' zei Nicola, 'we kunnen onze dienst onderbreken wanneer we willen. We zijn zelfstandigen, net als loodgieters. We staan een sigaretje te roken.'

Hij draaide zich om en begon te zingen.

'Marina, Marina, Marina, kom dans nog een keertje met mij.'

Dat is nou een poppenstaking.

Het lijkt net alsof alle meisjes hetzelfde zijn.

Maar je hebt meisjes die met poppen spelen omdat ze doen alsof ze een baby verzorgen, en meisjes die het leuk vinden om ermee te spelen omdat ze doen alsof ze volwassen zijn, die echt moeder zijn. De eersten zijn meisjes die wel willen groeien, maar toch een beetje bang zijn omdat groei iets ondoorgrondelijks en mysterieus is, omdat alleen andere mensen merken hoe je verandert, terwijl jij denkt dat je altijd maar hetzelfde blijft en je, ook als je dertig bent en daadwerkelijk de billen van je kind staat schoon te vegen, ervan overtuigd bent dat het maar een spelletje is, dat de luier in je hand een accessoire is dat je hebt gevonden in de verpakking van een zeer realistische pop. En omdat je steeds omringd bent door neppoppen, ben jij ook nep geworden. Maar de andere meisjes, degenen die als kind al volwassen wilden zijn, zijn in staat om tegen een pop te praten en haar 'mama' en 'papa' te leren zeggen, om die pop haar vingers uit haar neus te laten halen, en 'groeien' betekent voor hen alleen maar dat ze zich een rol eigen maken die hun altijd al toebehoorde, dat ze een huis kopen dat ze toch al huurden. Een kwestie van papierwerk, want het gaat er niet om dat ze ouder worden, maar dat ze eigenaar worden. Mijn zus is van het eerste soort, ik ben van het tweede.

Die dag van de vijf cent keken we naar onze chefs die naar ons keken. Ze hadden ons wel uit elkaar willen halen om erachter te komen welk mechanisme er in de poppen kapot was gegaan, ze hadden ons wel met onze garantie terug naar de fabriek willen sturen. Kijk nou toch, Barbie wordt pissig en breekt haar perfecte huis af. Ze maakt runderstoofschotel in haar pannetjes en laat de slaapkamer van haar bazinnetje naar gefruite uitjes stinken. Op haar roze pleetje poept en piest ze echt, ze heeft water nodig om de stortbak te legen, en een aansluiting op het gemeenteriool zodat ze geen cholera oploopt. Ze wil een fatsoenlijk salaris waarmee ze fatsoenlijke kleding kan kopen in plaats van met glitters bezaaide vodden. Geld om naar believen uit te geven, aan een boek of aan een stuk brood, aan een fles wijn uit een goed jaar of aan een inferieur biertje, aan een reis naar Lourdes of aan ecstasy. Ze wil een vast contract en niet langer een twintig centimeter lange lieflijke schoonheid zijn die om een beetje liefdevol medelijden moet bedelen bij een verwend meisje dat naar aardbeiensnoepjes stinkt. Ze eist een dertiende maand en doorbetaalde vakanties zodat ze naar India kan gaan of zich twee weken lang kan afzonderen om banken bij Ikea uit te zoeken. Ze wil medische zorg wanneer ze ziek is, wanneer haar verloofde Ken haar hoofd vasthoudt zodat ze kan overgeven in een emmer naast haar bed.

En nu ze staakt, besef je dat ze geen pop was, dat je haar niet in de bek van je hond kan laten zitten die ermee speelt alsof ze een vod of een rubberen bot is.

'Ik betreur het ijverige meneer de afdelingsassistent, het spijt me alleraardigst bedrijf, ik vind het spijtig allerhoogste almachtige goede raad van commissarissen, het raderwerk van de muziekdoos is kapotgegaan en het is zinloos om aan het opwindmechanisme te blijven draaien, de bakelieten ballerina is gestopt omdat het mechanisme niet meer werkte.'

Een van hen kijkt ons verbaasd aan en zegt 'zijn zelfs de vrouwen gestopt?' Ach natuurlijk, de Baby Born-jongenspop is wel een pop, maar heeft in ieder geval een piemel. Terwijl Barbie helemaal glad is. Je loopt al schade op door een pop te zijn en daar komt dan ook nog eens de schande bij een vrouw te zijn. Een buigbaar juffrouwtje dat je een tangaslipje kan aantrekken en naar wie je van kinds af aan kan kwijlen.

Aan het begin van de zomer stuurden ze achthonderd mensen naar huis met als excuus dat er geen telefoontjes meer te plegen vielen. Er werd gestaakt en ze ontsloegen nog vier mensen.

We richtten zelf een werknemerscomité op en begonnen een krantje. Daarin schreven we over wat er binnen gebeurde. Er stonden ook spotprenten in en de man die me had aangenomen werd altijd met een borsalino op zijn hoofd afgebeeld, kortom als een maffioso.

De vijfde werd uitgerekend vanwege zijn spotprent met die maffiahoed door die Borsalino hoogstpersoonlijk de laan uitgestuurd en in mei 2006 kregen honderden mensen geen contractverlenging.

De pop ging kapot, want ze was geen pop.

Herinnert iemand zich Dokter Bibber nog? Dat spelletje met het speelbord en daarop een tekening van een man met een aantal gaten in zijn lichaam? In ieder gat zat een lichaamsdeel, bij Adamsappel zat er echt een appel in een opening in zijn keel, bij Schrijfkramp zat er een potlood in zijn pols, en zijn kuit zat aan zijn knie vast met een elastiekje dat je om twee plastic pinnetjes moest spannen. Er waren een heleboel stukjes met grappige namen die je met een ijzeren pincet uit de gaten moest halen zonder de zijkanten van het gat te raken, want anders hoorde je een gezoem en ging de neus van het poppetje branden. Dat ventje had zijn ogen open. Dat vond ik wel indrukwekkend omdat het net was alsof je hem opereerde zonder verdoving.

En zo kregen we in de gaten dat ze Dokter Bibber waren gaan spelen, stukje bij beetje en heel voorzichtig zodat de neus van de pop niet af zou gaan.

Medewerker Adamsappel vloog eruit, en Elektrisch Botje, Verstuikte Enkel en Wensbeentje werden met een pincet uit hun gaten verwijderd. Langzaamaan werd het bedrijfslichaam geopereerd en ontdaan van zijn lastigst te besturen organen. Alleen de makkelijke stukjes bleven over, die geen geluid maakten bij het in- en uitgaan van die blijmoedige patiënt van de blijmoedige Dokter Bibber van dat blijmoedige bedrijf, Europees marktleider en bloem in het knoopsgat van dat blijmoedige operetteland. En dus konden Kietelvlinder, Zwevende Rib of Gebroken Hart tot aan het eind van het spelletje in hun gaten blijven zitten, mits ze akkoord zouden gaan met stukloon en een tijdelijk contract, en ze ook op zondag zouden komen werken wanneer niemand belt. Inklokken of je badge scannen, door de poortjes, een enkel telefoontje plegen en terug naar huis om de rustdag in acht te nemen. Twee euro netto voor de tram van je verdiende vijfentachtig cent bruto. Ook 's zondags om je baas te vriend te houden, gezeten in je eigen roze huisje, met een bij het octrooibureau gedeponeerde plastic glimlach, 'hallo ik ben Barbie, waarmee kan ik u van dienst zijn?'

In mijn dienst zat een vrouw die haar zwangerschap tot de zesde maand verborgen had gehouden, en toen ze erachter kwamen, was haar contract al verlengd. Dus is ze bevallen, maar uit angst na twee weken al weer aan het werk gegaan. Haar gepensioneerde moeder zat elke dag zes uur lang met het jongetje in het winkelcentrum. En de brave medewerkster gebruikte haar pauzes om het borstvoeding te geven. Ze klokte uit, ging door de poortjes en liep het callcenter uit, stak het terras over, rende langs de etalage van de huishoudwinkel, de Benetton en de babyspeciaalzaak en ging dan naast haar moeder in het café tegenover de witgoeddiscount zitten om haar zoontje de borst te geven.

Ik rende langs de winkel met Zwitserse plastic horloges en zag die collega. Ik zag haar met haar moeder en haar jochie tegenover de flatscreens zitten, drie generaties ondergedompeld in de namaaklucht van het winkelcentrum en in het schijnsel van de lcd-schermen. In de periodes tussen twee borstvoedingen in deed de bejaarde vrouw boodschappen. Ik denk dat de mijne dat ook zo gedaan zou hebben. Haar plastic boodschappentassen vol broden uit Apulië en Duitse microgefiltreerde melk waarvan de datum toch ook een keer verloopt.

'Jullie moeten wel iets bestellen om hier te kunnen zitten,' zegt de ober.

En ze gehoorzamen, ze bestellen wat zodat ze een tafeltje en twee stoelen kunnen huren voor de duur van een borstvoeding, huur voor een beetje gedempt licht en voor lucht op constante temperatuur. De jongen van het café komt terug met zijn dienblad en misschien heeft ook hij, net als de telefoniste, een contract dat afloopt, variabel stukloon, een cent per borrelhapje, een percentage van de bestellingen, 'goedendag ik ben uw ober Ken, waarmee kan ik u van dienst zijn?' Een contract op projectbasis, net als de verkoopmedewerkers van de winkel met flatscreens aan de overkant, net als de caissière van de Coop op de begane grond, net als de als ijsbeer verklede ijscoman die de kinderen moet vermaken, net als de ouders van de kinderen die vermaakt worden. Ouders die in wegrestaurants en in ziekenhuizen werken, in kinderdagverblijven en in fabrieken en die contracten tekenen die aflopen, net als melk over de datum. Microgefiltreerde contracten, lang houdbare contracten die je bij thuiskomst in de vuilnisbak gooit.

Ik vlieg door de lucht, net als mijn vader.

Ik ren en vlieg het grootste deel van de dag van het ene naar het andere baantje en af en toe ren ik langs huis. Net als op die foto waarop hij bij de finish van de hardloopwedstrijd aankomt, alleen kom ík nooit aan. Als mijn dienst erop zit bij het callcenter, loop ik Cinecittà Due in en wip bij de fotozaak naar binnen.

'De afdrukken waren al na een uur klaar' zegt de medewerker.

Maar ik was op mijn werk, daar was ik zes uur lang. Ik betaal, pak mijn moeders origineel, de afdrukken voor mij en mijn zus, en ik vlieg ervandoor naar de metro. Daar staat een zigeuner die accordeon speelt en een liedje uit de jaren zestig zingt.

'Marina Marina Marina...' zingt hij, wat bijna mijn naam is.

Bij de bushalte wacht ik op de bus die me weer naar huis brengt.

'We spreken dus voor vanavond af? Om acht uur? Is er een film die u graag wilt zien?' zegt de buurman van het zout, die me voor mijn deur staat op te wachten.

Ik antwoordde hem dat ik de afgelopen maanden geen tijd heb gehad om naar de bioscoop te gaan en dat ik geen enkele van de pas uitgekomen films heb gezien. Kies er maar een uit. En eigenlijk had ik hem daarna moeten vragen of ik nette kleren, uitgaanskleding dus, aan moest trekken zodat we later misschien nog naar een of andere club konden gaan. Wat beter was, een rokje of een broek, maar ik had geen zin om door te gaan voor zo'n vrouw die mannen wil laten kwijlen door het dragen van een fuchsia tangaslip, ook al heeft ze die nog niet eens aan. Ik zou mijn kast opendoen en gewoon meteen iets makkelijks pakken. En hij zou hetzelfde doen omdat hij niet het type was dat naar een tepel in het decolleté van je truitje loert. Het eerste het beste. Ik zweer dat ik een douche heb genomen en dat ik het eerste het beste heb aangetrokken dat ik zag toen ik mijn kast opende. Om acht uur zat ik op mijn bed. Ik viel met mijn kleren aan in slaap.

Een agent maakte me wakker. Het was ochtend, ik lag op bed en had niet eens mijn schoenen uitgedaan.

'Ging u net de deur uit?' vroeg de brigadier me.

'Zoiets,' antwoordde ik.

'Kende u de heer Roberto Casoria? Zijn neef belde ons, ze zouden gaan vissen en Casoria kwam niet opdagen. De slotenmaker heeft de deur geforceerd. Weet u wel dat er in Italië ieder jaar meer dan drie miljoen mensen thuis een ongeluk krijgen? Hij is uitgegleden in de badkamer terwijl hij aan het douchen was.'

En zo stierf de buurman van het zout.

Zijn neef de barman droeg visserskleding.

Een mouwloos jack met grote zakken en een vormeloze hoed van groene stof net als op de foto's die in het café hangen, maar zonder zijn lieslaarzen en zonder de vissen die hij als trofeeën showt. Ik keek naar hem. Hij zat op de trap naast de deur.

Hij zat daar en dacht: je verzorgt je tanden goed, je poetst ze drie keer per dag na iedere maaltijd, je koopt een harde tandenborstel, je deelt je gebit op in verschillende zones, je poetst drie tanden per keer en je spoelt, je bestrijdt tandsteen en cariës, gebruikt tandenstokers, gorgelt met mondwater en priegelt met flosdraad tussen je tanden. Je laat bloed prikken om je triglyceride en cholesterol te meten, piest in een potje om achter de chemische samenstelling van die gele, door je nieren gefilterde vloeistof te komen, om uit te vinden hoe zuur die is. Je laat röntgenfoto's van je borstkas maken, gaat naar het Fatebenefratelli op het Tibereiland om een wrat weg te laten branden, laat de pilletjes van de homeopaat ruim voor of na je maaltijden onder je tong oplossen, Nux vomica en Achillea, Ignatia en calciumbromide. Je geeft met een sms'je een euro aan het kankeronderzoek en het aidsvaccin in de hoop dat het op een dag ook jouw leven zal redden, je schenkt een percentage van je inkomen aan de strijd tegen multiple sclerose, de pokken, lepra en de builenpest. 's Avonds eet je een lichte maaltijd, je ontzegt jezelf een kopje koffie of een glas wijn, stopt met roken en maakt bergwandelingen. Je steekt de straat over en kijkt naar links en naar rechts. En dan sterf je omdat je uitglijdt onder de douche. Als God bestaat is hij dronken of hij let niet op.

De agenten liepen heen en weer en vroegen hem niets. Het lichaam werd per ambulance afgevoerd.

Ik liep naar hem toe. 'Ik ben Marinella, we hebben elkaar in het café gezien,' zei ik en hij begon te huilen. Hij herinnerde het zich. Mensen herinneren zich mij, ze hoeven alleen maar naar mijn mond te kijken.

'We brengen hem naar het ziekenhuis,' zei de agent, 'geven jullie toestemming voor het verwijderen van de organen? Voor zover ik weet, halen ze alleen het hoornvlies weg. Zijn hart heeft te lang stilgestaan,' de neef huilde en ondertussen knikte hij.

'Kent u hem?' vroegen ze me en ze wezen naar de visser op de overloop.

Ook ik knikte omdat het niet helemaal waar was. Het hardop zeggen leek me overdreven, een onrechtmatige toe-eigening. Ik kende de buurman van het zout nauwelijks, toen de brigadier me had verteld dat hij Casoria heette, herinnerde ik me dat niet eens. Toen schoot me weer te binnen wat er bij zijn deurbel stond. Alleen maar omdat die naast de mijne zit en niet omdat ik wel eens bij hem heb aangebeld. Want ik heb ook nooit bij mezelf aangebeld, maar af en toe valt mijn blik erop. Kortom, ik knikte, klaar om hardop 'ik weet het niet meer' te zeggen. Want met agenten moet je oppassen. Ik dacht: misschien is het niet waar dat Casoria onder de douche is uitgegleden, misschien is hij wel vermoord. Ik dacht dat ze me naar het politiebureau zouden brengen om me een rij mannen te laten zien en me te vragen 'herkent u iemand?' En waarom zou ik ze moeten herkennen? Het is al heel wat dat ik de barman herken, de neef van de buurman van het zout. Met dat gedoe van die dode heb ik niets te maken, ik wilde Casoria niet eens heel graag leren kennen, om precies te zijn wilde hij juist míj leren kennen, stak hij elke avond de overloop over om me wat zout te vragen. Om me al die vragen te stellen over mijn moeders klok en over de Billyboekenkast, over de kleur van mijn wanden en over elk voorwerp in elke hoek van mijn huis. En als ze me meenemen naar het hoofdbureau om vanachter een spiegel een verdacht gezicht in een rij verdachte personen te herkennen, raak ik vast en zeker in de war en laat ik de verkeerde arresteren. En als ze merken dat je meineed hebt gepleegd word je zelf ook een crimineel, zo eentje die in de rij achter een spiegel wordt gezet, die de hele nacht op een stoel wordt vastgehouden met een lamp die in z'n ogen schijnt. Je foto komt op een aanplakbiljet te staan tussen dieven, hoeren en mensen die rechters opblazen en kinderen in zwavelzuur oplossen, die hun gezicht met een jasje bedekken terwijl ze geboeid bij de gevangenis aankomen. Je bent zo'n figuur op tv voor wie mensen wegzappen om hun kinderen niet een verkeerd voorbeeld te geven. Je bent het epicentrum van de aardbeving, de kleinste cirkel op het kaartje van het journaal, jouw leven is een kleurige puinhoop en een bulldozer schuift het puin in een kuil om plaats te maken voor een nieuwe antiseismische wijk.

Er wordt wel eens gesproken over de aantrekkingskracht van uniformen, maar mij jagen ze angst aan. Volgens mij hebben ze het uniform daarom uitgevonden. Waarom zou een normaal persoon anders met sterren op zijn overhemd, strepen op zijn broek en veren op zijn hoofd rondlopen? Iemand die er zo bijloopt zou toch door iedereen lachwekkend moeten worden gevonden. Maar nee, om blinkende helmen en kniehoge laarzen lacht niemand. Zoals niemand lachte om de kale gek die Griekenland onder de voet wilde lopen en die zich als een nar met geheven kin op het balkon aan het Piazza Venezia vertoonde. Niemand lachte om zijn Duitse kameraad, ook al leek die op Charlie Chaplin. En weet je waarom? Omdat niet de traan het tegenovergestelde is van de lach, maar de angst.

'Nou, dan moet u ook mee,' zei de agent op bevelende toon. 'Als u hem kent, doet u ons dan een plezier en kom met hem mee, laat hem niet alleen, er moeten allerlei formaliteiten worden afgehandeld,' en we reden achter de ambulance aan.

We gingen met een politieauto, waar ik nog nooit in had gezeten. Met een knipperend blauw zwaailicht en een sirene die bij elk stoplicht aanging om door rood te kunnen rijden. Ik zat achterin, net zoals die corrupte mensen van die smeergeldaffaire en het

Monster van Florence, net zoals Al Capone en Riina. Het klopt wat je in films ziet, de mobilofoon staat altijd aan, je hoort oproepen van de centrale, er wordt melding gemaakt van roofovervallen die gaande zijn en van schietpartijen à la Starsky en Hutch, alleen waren er op dat moment geen achtervolgingen of afrekeningen tussen gangsters. Er moest in Ostia worden geluncht bij een visrestaurant door een agent die bij ons in de auto zat en die een meisje van de centrale had uitgenodigd.

'Om twaalf uur zit mijn dienst erop,' zei hij, 'dan kleed ik me om en pik ik je op.'

'Is het een chique tent?' vroeg ze en ze stelde hem vragen over het menu, over hoe ze de vis klaarmaakten, of er in een portie gefrituurde vis allerlei zeevruchten zaten of alleen maar garnalen en inktvis, of het nouvelle cuisine was zodat je brood en worst in je tasje mee moest nemen om stiekem in de wc je honger te stillen, of dat je er at als op een bruiloft, een 'schransfestijn', zo noemde ze het. Ze zei het met de stem van iemand die wilde 'schransen', terwijl de agent naar de mobilofoon keek waar haar stem uitkwam in de hoop een glimp van een tepel van de op vis verzotte telefoniste op te vangen. Wie weet had die telefoniste op de dag dat ze Provenzano arresteerden het via de intercom wel over 'schransfestijnen' en nouvelle cuisine gehad. Uitgerekend bij die maffiabaas die beroemd is geworden vanwege het feit dat hij altijd ricotta en roodlof at.

En toen het gastronomische gesprek ten einde was, vroeg het meisje 'wat zal ik aantrekken? Zal ik me optutten?' en ze lachte. Maar de neef huilde onafgebroken.

In het ziekenhuis kwamen ze met een paar formulieren en die vulde ik in.

'Bent u familie?' vroegen ze. Ik schudde mijn hoofd, gaf ze aan de neef en het echte familielid tekende.

'U bent geen familie, maar kende u hem goed?' vroeg de agent van het gefrituurde zeebanket.

Ik antwoordde 'we kwamen elkaar wel eens tegen op de trap. Ik heb hem af en toe zout gegeven en een paar spullen, boeken, een lelijke klok met een hygrometer en andere dingen die ik, als het mogelijk is, graag terug zou krijgen.'

'Gaat u ze maar ophalen, de deur staat toch open. De slotenmaker heeft het slot opengebroken en we hebben de deur op een kier laten staan' antwoordde hij, alsof hij wilde zeggen dat hij liever een pittig mosselpannetje aan de boulevard van Ostia ging eten dan te moeten terugkeren naar onze flat om tegenover mijn appartement een openstaande deur te openen.

'Ik ben er nooit binnen geweest toen hij nog leefde en vind het een akelig idee om er naar binnen te gaan nu hij dood is,' en ik vroeg of ze alsjeblieft die paar spulletjes die ik hem geleend had voor me wilden ophalen. Ik vroeg de hoofdverpleegster om een stukje papier. Op zo'n velletje dat je altijd bij de dokter ziet liggen, met reclame voor medicijnen, maakte ik een lijstje.

'Breng ze maar wanneer het jullie uitkomt, ik heb geen haast. Als ik ze niet terug krijg, is het ook goed.'

Intussen brachten ze de buurman van het zout naar de operatiekamer. Hij was dood, maar ze behandelden hem als een verkeersslachtoffer dat snel moest worden geopereerd, ze duwden de brancard voort en riepen naar elkaar in de gang. Het leek op een spoedoperatie, maar dan zonder narcose. Ze hadden een hand in zijn keelgat kunnen steken zoals je je hand in een emmer steekt, een arm naar binnen kunnen duwen en zijn hart via zijn mond eruit kunnen halen, want hij zou toch geen pijn gevoeld hebben. Zijn Gebroken Hart. Ze moesten het Wensbeentje verwijderen, en ook de Adamsappel en het potlood in zijn pols dat Schrijfkamp voorstelde. Dokter Bibber kon dat achteloos doen, want de neus van deze Bibberpatiënt ging toch niet branden. Hij was een lichaam zonder batterijen, een kapot speeltje.

Op de gang kwam ik Nicola tegen.

Ik leerde hem in die tijd net wat beter kennen. Eerst werkte hij alleen 's nachts en kwamen we elkaar niet tegen, maar nu was hij ook overdag gaan werken. En bovendien schreef hij voor het actiekrantje en organiseerde hij stakingen. Hij kwam zijn kleine broertje ophalen. Hij vertelde dat er een ongeluk in hun flat was gebeurd. De gasinstallatie was ontploft en een bovenbuurvrouw lag in coma. Dat broertje was met alle buren naar het ziekenhuis gegaan. Ze waren woest op het gasbedrijf en toen ze de agenten zagen die met ons meegekomen waren, liepen ze naar hen toe. Ze wilden aangifte doen, een comité oprichten, maar de agent had haast, hij dacht aan zijn risotto met mosselen en venusschelpen en aan gefrituurde zeevruchten.

Eentje herhaalde steeds maar opgewonden 'we plukken ze kaal' en jutte ook de anderen op. Hij was vast arts want hij gebruikte vaktermen.

'Een coma is een verdedigingsmechanisme van het organisme. Het lichaam stopt ermee om de schade te herstellen. Maar ook als ze weer bijkomt kan haar hersenactiviteit onherstelbaar beschadigd zijn. Ze kan twintig jaar zo blijven. Ze kan zelfs doodgaan,' zei hij. 'En bovendien is er schade aan het pand. Ook onze appartementen blijken door de explosie te zijn beschadigd. We kunnen onze huizen toch niet in coma laten liggen in de hoop dat ze uit zichzelf herstellen. We willen aangifte doen. Het gasbedrijf gaat hier flink voor betalen!'

Nicola was op zoek naar zijn broertje. Hij was niet in de gang maar in de kamer van de bovenbuurvrouw. Hij zat daar met een oude vrouw. Ze hadden gebakjes meegebracht en een fles sinas, maar die was al helemaal op.

'Het spijt me. Alleen de bos bloemen is nog over,' zei Nicola's kleine broertje.

Bloemen voor dat meisje in coma. Ik had haar niet eens herkend met dat slangetje in haar neus.

'Dit is Patrizia,' zei Nicola, 'ze werkt bij ons.'

Als je in Rome onder de veertig bent, is de kans dat je bij dat bedrijf werkt of er ooit gewerkt hebt tamelijk groot. En bovendien herinnerde ik me Patrizia goed. De dag ervoor was ik er snel vandoor gegaan voor m'n afspraakje met de buurman van het zout en had ik mijn werkplek in het callcenter aan haar afgestaan.

De neef pakte de doos van de banketbakker en zei 'voor deze firma maak ik mijn gebakjes, ik heb ze vannacht gemaakt. Ik heb tot vijf uur gewerkt en toen ben ik de cafés langsgegaan om mijn taartjes en croissants af te leveren. Om op tijd te zijn voor mijn afspraak met mijn neef Roberto heb ik ze in mijn visserskleding bezorgd. Alleen mijn lieslaarzen heb ik niet aan. Zat er een tompoes bij? Was die lekker?'

De oude vrouw had een broodmagere zoon die op haar schoot lag te slapen. Ik noem hem haar zoon omdat zij hem zo noemde. Ze had het over haar zoon maar ik luisterde niet, want op dat moment besefte ik dat de neef gestopt was met huilen. Hij hield de doos van de gebakjes vast en was eindelijk bedaard. Hij had tranen met tuiten gehuild in het lege trappenhuis waar zelfs een van de trap rollende stuiver een hels kabaal maakt. Hij had hardop zitten huilen in de auto met de agenten en de Starsky-en-Hutch-mobilofoon waarop ze het over risotto en gefrituurde vis hadden. Hij had in het ziekenhuis gehuild terwijl ik het formulier invulde om het stoffelijk overschot van zijn neef officieel vrij te laten geven. Nu was hij muisstil, zodat ik de doos van de banketbakker, waar hij afwisselend met zijn rechter- en met zijn linkerhand aan zat te friemelen, kon horen knisperen. Zijn gezicht zag eruit alsof hij had gedoken zonder zuurstofflessen. Je zou niet zeggen dat hij alleen maar was gestopt met huilen, eerder 'hij is net weer boven water gekomen. Hij was aan het verdrinken, is weer boven gekomen en heeft nog wat water in zijn longen.'

Hij stond op om ervandoor te gaan, maar eerst gaf hij me nog een tas.

'Roberto had deze tas ingepakt voor het vissen,' zei hij, 'hij zou het vast leuk hebben gevonden als u hem aannam.'

'Dank u. Dus uw neef heeft het over mij gehad? Heeft hij verteld dat ik gisteravond met jullie mee naar de film zou gaan?'

Hij antwoordde 'op zaterdagavond werk ik. De hele nacht. Om vijf uur 's ochtends ben ik klaar en dan ga ik vissen.'

Vijfhonderd meter en ik ben bij de metro.

Ik loop dat stukje blindelings. Een paar jaar geleden ging ik vijf maanden lang bijna iedere dag heen en weer: lopend, met de auto of met de scooter. Mijn vader had ook in het Fatebenefratelliziekenhuis gelegen. Nu steek ik de straat over, loop langs de fontein met de obelisk en de galerij.

Voorbij de arcade duik ik het metrostation voor het Coinwarenhuis in. Een paar haltes en ik ben bij Subaugusta, loop naar buiten, het Cinecittàplein op, en ga het winkelcentrum binnen. Ik neem de roltrap omhoog en loop langs de witgoeddiscount. Daar zit de moeder van de net bevallen medewerkster. Ze loopt met het jochie voor de flatscreens heen en weer en kijkt naar programma's over depri vrouwen die op tv in depri middagprogramma's over hun depressies praten.

Mijn moeder kijkt ook naar die programma's. Shows met joelende vrouwen, volgepropt met reclame voor superhandige huishoudelijke apparaten, stofzuigers die korte metten maken met huisstof-

mijt, boenmachines die de vloer ook onder de bank laten glimmen.
Als mijn moeder depri is, maakt ze het huis schoon. Ze ontvet
haar fornuis. Met een tandenstoker peutert ze vetspetters van de
knoppen en als alles schoon is... begint ze weer van voren af aan.

Ik zeg 'mama, het is schoon!'

Maar zij 'weet je wel dat wetenschappers ontdekt hebben dat er
een oneindig klein deeltje bestaat? Een monstrueus klein levend
iets dat je met het blote oog niet kunt zien, een kolonie minuscule
insecten en bacteriën die we moeten uitroeien. En bovendien, ik
ben nu net lekker bezig om alles wat schoon is nog een keer schoon
te maken!'

Ze haalt een nieuw doekje uit de cellofaanverpakking en begint
opnieuw. Ze glimlacht terwijl ze het uitwringt.

Als mijn moeder depri is, maakt ze alles wat schoon is nog een
keer schoon.

En misschien popelt de moeder van de vlijtige medewerkster, de
telefoniste die het callcenter uitrent om in het bedompte café
borstvoeding te geven, ook wel om naar huis te gaan en daar onzichtbare, zich op het fornuis vermenigvuldigende bacteriën te
doden, kalk te verwijderen, de pleepot in een hygiënisch toilet om
te toveren en de schaduw op de vloer onder het ladekastje en onder
de buffetkast te laten glimmen. De schaduw die onder haar bed
slaapt.

's Zondags vrij hebben is in het callcenter een illusie. Ik moet dus
snel uit het ziekenhuis wegrennen om te beginnen aan mijn zon-
dagsdienst, al belt er toch niemand, al werk ik voor niets en heb ik
zeeën van tijd om te denken aan die tompoes met glazuur, gele
room en bladerdeeg. Ik denk aan mijn vader die door de lucht
vliegt en aan de bloemen van Prima Porta, aan priesters met het

lichaam van Christus en aan nonnen die ongeluk brengen, aan mijn moeder die het huis schoonmaakt en aan de barbieopstand in het Dokter Bibbercallcenter. En vervolgens aan de neef die, toen hij stopte met huilen, zei dat hij op zaterdagavond werkt. De hele nacht door.

'Om vijf uur 's ochtends ben ik klaar en dan ga ik vissen.'

Dat zei hij in de kamer van die Patrizia met dat slangetje in haar neus terwijl hij aan de doos van de banketbakker zat te friemelen. Zouden de buurman van het zout en ik dan alleen zijn uitgegaan? Stond hij ook te kwijlen? Stiekem, terwijl hij deed alsof hij om een kopje zout kwam vragen? Hij zou gezegd hebben dat zijn neef op het laatste moment iets anders had of we zouden vergeefs voor de bioscoop op hem gewacht hebben, vervolgens zouden we naar binnen zijn gegaan en gezegd hebben 'geen idee waarom hij niet komt opdagen,' en in plaats daarvan stond die arme barman in zijn banketbakkerij en mixte hij gele room, haalde bladerdeeg uit de oven en maakte er in zijn visserskleding tompoezen van.

's Avonds kom ik thuis en vind ik een gele doos voor mijn deur, zo een die ze op het postkantoor verkopen. Er zitten een paar boeken in, twee kopjes die ik de buurman had geleend om er zout in te doen en mijn moeders klok. Die doos had de agent voor me achtergelaten voordat hij met de telefoniste naar zee was vertrokken. Maar hij had waarschijnlijk flink veel haast gehad, want naast de spullen waar ik hem om had gevraagd, zaten er ook een paar notitieboekjes in die niet van mij waren. Van die boekjes die de buurman altijd meenam om in te noteren waar ik een stoel, de Billy-boekenkast, een boek of een grand foulard had gekocht. Ik dacht dat hij altijd in hetzelfde notitieboekje schreef, maar hij had er wel een stuk of zes volgeschreven. Een priegelig handschrift op bladzijden zonder lijntjes of ruitjes, maar keurig recht geschreven.

Meneer Casoria verveelde zich, hij werkte niet meer in zijn café en verveelde zich. Dus was hij gaan schrijven, net als gepensioneerde generaals die hun oorlogsmemoires schrijven. Hij schreef op wat hij zich herinnerde gehoord te hebben uit de tijd dat hij nog espresso's maakte.

Hij schreef over een bierdrinkende Albanees, oude kaartspelende mannen, een paar moppen, een live-uitzending van een wedstrijd van het nationale elftal met cafébezoekers, toeters en voetbalsjaals, en dat verhaal van de naar Polen gedeporteerde Jood. Dus daarom herinner ik me dat zo goed. Het was het enige fatsoenlijke verhaal in dat hele notitieboekje. Ik ben niet echt belezen, maar de andere leken me flutverhaaltjes, aantekeningen. Misschien was hij het uiteindelijk wel beu geworden om dat 'dagboek' van hem vol te pennen en kon hij er niet meer tegen om zonder werk thuis te zitten.

Ik zie hem voor me op pantoffels en in pyjama, hij staat op en loopt met ongekamd haar heen en weer in zijn appartement, hij maakt koffie, zet de tv aan, de ochtendprogramma's, boodschappentips, om half twaalf een recept voor ratatouille, zijn gebit vies door tandsteen en sigarettenrook, zijn eerste shot cafeïne irriteert zijn maagslijmvlies, verwijdt zijn bloedvaten en zijn slaapdronken, comateuze lichaam begint zachtjes te beven, en tegelijkertijd worden zijn synapsen geactiveerd en wordt zijn zenuwstelsel geprikkeld. Dat allemaal door één kopje koffie dat hem wakker schudt en hem aan zijn oude werk doet denken, aan zijn vader die hem het café nalaat, aan glazen planken met Fernet Branca, Martini en Amaro Lucano. Aan de kopjes met op de zijkant het koffielogo. Hij pakt zijn notitieboekje om zich tot de lunch aan de schone letteren te wijden. In de magnetron warmt hij een pizzapunt van de avond ervoor op, de tomaatjes drogen uit en raken aan de bovenkant gebarsten zoals een modderige straat in de zomer, de

mozzarella zweet en wordt lauw maar smelt niet. Door een ingewikkeld, onomkeerbaar natuurkundig proces blijft die voor altijd
hard, ook in je maag en in je darmen tot aan de uiteindelijke opening waar hij uit komt om het daglicht weer te begroeten, nog
net zo intact als toen hij door het bovenste gat naar binnen ging. Je
kan die pizza dus net zo goed niet opwarmen, je kan hem beter
koud opeten, rechtstreeks uit de bijbehorende kartonnen doos met
daarop een karikatuur van een pizzabakker, een adres en een tele-
foonnummer. De buurman van het zout trekt een blik bonen open
en laat het bruine vocht uitlekken in de wastafel omdat de gootsteen vol borden staat. Hij haalt cornedbeef uit een blikje, conser-
venrund, ingeblikte koe in gelatine. Hij pelt een banaan en zet een
tweede kop koffie. Het wordt avond en hij pakt zijn telefoon om
nog een pizza in een kartonnen doos te laten bezorgen, een paar
biertjes, doe er maar vier, een nazi-Cola light, patat en een ijsje.

'We hebben geen ijs,' antwoordt de telefoniste.

'Dan neem ik wel tiramisu,' zegt hij door de telefoon en terwijl
hij op het balkon een sigaret rookt en de komst van de bezorger
afwacht, herinnert hij zich dat hij zijn tanden nog niet gepoetst
heeft, vandaag heeft hij het overgeslagen, en gisteren misschien
ook wel. Hij kijkt naar de tafel in de kamer, op de rand balanceert
een askegel. Het overkomt hem vaak dat hij een peuk opsteekt, die
daarna ergens neerlegt en vergeet, maar er wel zin in blijft houden,
er weer eentje opsteekt en dan het kleine, smeulende puntje waardoor ook het laatste restje tabak opbrandt, ziet liggen, en daar staat
hij dan, tussen twee vuren.

Vroeg of laat steek ik het huis nog in de fik, denkt hij.

Dan komt de scooter met zijn nog warme, walmende pizza, hij
dooft zijn peuk en laat zijn kopje met een laagje koude koffie erin
op de vensterbank staan. Aan dat koffiedik is zijn hele dag af te
lezen, versleten pantoffels in de gang en troep in de keuken, de tv

met de ratatouille en de minister van de kalender op het nieuws. Koffiedik dat een heel leven bevat, met een door cafeïne opgewekte, chemische nepalertheid die twee uur later weer verdwijnt in een door vier biertjes veroorzaakte nepslaap, waarin alles door elkaar loopt, en die schone letteren komen morgen wel weer. Dan hebben we nog de neef die op dat uur al in de ruimte achter zijn café bladerdeeg en gele room voor de tompoezen staat te maken en die als het zaterdag was, zijn visserskleding aan zou hebben, en dan is er nog zijn vader de barman die dood is en achter een koperen urnplaatje rust.

Toen kwam hij me op een dag om melk vragen.

Hij had die keer geen pizza gegeten en wilde nog een cappuccino voor het slapengaan.

Hij trok zijn pyjama uit en zijn nette pak aan en stak de overloop over om kennis met me te maken. Er had een andere vrouw kunnen wonen, misschien een andere man of een heel gezin. Hij had er iemand kunnen aantreffen die net met pensioen was gegaan, zoals hijzelf. Iemand in pyjama met een kopje en een gedoofde peuk in het koffiedik, met achter zich een huis dat in de fik stond. Het had een leegstaand appartement kunnen zijn en misschien was hij niet naar een andere verdieping gelopen om daar op andere deuren te kloppen en was hij liever met een lege maag gaan slapen. Maar in plaats daarvan was ík er.

Ik was er, maar er was geen melk.

'Heeft u dan misschien een beetje zout?' vroeg hij me.

Ik gaf hem een kopje en sindsdien bleef hij me telkens om zout vragen. In zijn notitieboekjes staat dat hij die nacht van opwinding niet kon slapen. Er staat in dat hij de volgende ochtend door het kijkgaatje van zijn voordeur loerde en wachtte tot ik naar buiten kwam, en dat hij me in zijn auto volgde terwijl ik met de bus naar het metrostation Anagnina ging. Vervolgens parkeerde hij waar het verboden te parkeren is om met mij op de metro te kunnen stappen en volgde me tot aan mijn werk. De dag daarna nam hij bier en broodjes mee. Hij bleef zes uur op het plein tussen het callcenter en het winkelcentrum zitten. Hij volgde me naar de supermarkt, zelfs de boodschappen die ik deed had hij genoteerd. Hij volgde me naar mijn moeder en daarna naar de vriendinnen van mevrouw Scalisi die me altijd aan oppaswerk helpt.

Hij volgde me en maakte aantekeningen. En hij ergerde zich als een man die staat te wachten op zijn echtgenote die altijd te laat komt. En in zijn notitieboekje maakte hij me verwijten. Ik was altijd maar aan het rennen en vliegen, terwijl hij op een bankje in Cinecittà Due zijn broodje at en zijn bier dronk, hij stond voor de flatscreens van de witgoeddiscount te kijken naar middagprogramma's waarin vrouwen wedstrijdjes doen wie het meest depri is, hij likte aan een amfetamine-ijsje van de ijsbeer en in zijn notitieboekje behandelde hij me alsof ik een kutwijf was. Bier en broodje, ijsje en koffie. Op de bodem van het kopje zag hij het verleden, maar door het gaatje van zijn voordeur had hij zijn toekomst gelezen en die had hem onthuld dat er ook vrouwen van vlees en bloed bestaan en niet alleen maar van die exemplaren die je van internet downloadt, uit de krant knipt of op tv ziet.

Hij was me gaan volgen, maar wel stiekem, alsof hij altijd met zijn voordeur rondsjouwde, hij had mij achter dat piepkleine gaatje laten zitten en bleef maar naar me loeren. En als ik thuiskwam deed hij alsof hij me toevallig tegen het lijf liep, glimlachte en vroeg me waar ik een boek of een prulletje gekocht had, maakte een praatje om te laten zien hoe aardig hij wel niet was en ik bood hem een glaasje water aan.

'Ik heb wat koud staan in de koelkast,' zei ik.

'Nee, bedankt, van koud water raak je geconstipeerd' en dan gaf hij me een kopje voor zijn portie zout.

Ik moet zeggen dat ik door het lezen van de eerste pagina's toch ook wel geraakt werd. Hij was een beetje eigenzinnig en dom, maar hij was verliefd. En bovendien repte hij met geen enkel woord over mijn mismaakte mond. Geen enkel woord. Ik weet haast zeker dat het hem niet was opgevallen en als ik het toen niet had verteld, die ene keer dat ik hem koffie aanbood en hij uit mijn beker dronk, dan was hij me als volmaakt blijven zien, als een Barbie. Maar hoe meer ik las, des te kwader ik werd. Op hem, omdat hij me altijd achtervolgde en als een hond aan een riem aan me vastzat. En ook op mezelf, omdat ik een rotleven leidde. Als je het op al die pagina's teruglas, dan was het niet eens zoveel anders dan dat van mijn moeder. Ook ík was een losse schoen, maar zij had tenminste een man gevonden, twee dochters met hem gekregen en zijn as in een potje gestopt. Maar ik was te trots geweest toen ze me die mankepoot hadden voorgesteld en had hem laten glippen. Ik was overgebleven, zielig en smerig. En trots dat ik een losse schoen was, die rondliep in een stompzinnig leven dat zo vreselijk gehaast was dat je dat niet eens in de gaten had.

Ik was een rondrennende idioot. En hij verweet me dat voortdurend, hij schreef alsof hij tegen me praatte.

'Zeg toch je baan op, dan gaan we van het geld van het café leven!' schreef hij in zijn notitieboekje, 'waarom zou je nou je zondag opofferen voor die vijfentachtig cent' en 'ga toch niet meer naar die Scalisi.' En hij had ook op- en aanmerkingen over mijn moeder, 'laten we haar mee uit lunchen nemen, laten we je zus en haar man uitnodigen, laten we volgend jaar kerst bij ons thuis vieren.' Tot aan persoonlijke onderwerpen zoals dat het hem niet beviel dat ik in bed een pyjama aanhad terwijl hij naakt sliep, 'koop dan op zijn minst een nachthemd, een dunne nachtjapon, van zijde.' Hij klaagde dat ik 's nachts niet vaak genoeg zin had, dat seks het gevoel van liefde vervolmaakte en dat soort gelul. En ik bedacht dat hij waarschijnlijk een pop neukte, een opblaasbaar surrogaat. Hij was gedetailleerd in zijn beschrijvingen, hij had het over aan welke kant van het bed ik sliep, over spullen die ik liet rondslingeren, over mijn moeders klok die tikte en lawaai maakte zodat hij niet kon slapen, over de muren die een ander kleurtje nodig hadden, over dat er een mooi lampje voor op het nachtkastje gekocht moest worden, een leeslampje om 's avonds in bed de krant bij te lezen, over een zeepje dat hij smerig vond omdat iedereen er zijn handen mee waste en er zijn viezigheid op achterliet en over dat we een pompje met vloeibare zeep moesten kopen. Ik bedacht dat hij misschien mijn huis was binnengegaan als ik aan het werk was, maar als hij dat gedaan had, dan had ik er wel iets over in zijn notitieboekjes gevonden. In plaats daarvan schreef hij dat hij echt met me samen was, altijd, en dat hij zijn saaie leven aan mijn zijde doorbracht. Mijn leven was net zo saai als het zijne, maar zo vreselijk gehaast. Hij somde alle hoeken van het huis op waar we onze zinloze tijd doorbrachten, het gasfornuis waarop we het water voor de pasta kookten, de badkamer waar ik naartoe liep om de vuile was te verzamelen voor in de wasmachine terwijl hij zijn tanden poetste, de slaapkamer waarin mijn wekker afging die ik gezet had om naar mijn werk te gaan, waardoor ook hij uit bed sprong en vervolgens naar me keek terwijl ik me aankleedde, terwijl ik mijn lelijke pyjama uittrok en mijn hemdje in mijn slipje stopte.

Tot aan de laatste pagina.

Ik ben niet gek.

Maar ik zou het zo kunnen worden. Een vrouw die gek is loopt over straat en vraagt zich af: zit mijn gulp dicht? Ze blijft stilstaan, kijkt naar beneden, controleert de boel tussen haar benen en iedereen draait zich om en kijkt naar haar. Een vrouw die gek is blijft haar hele leven lang met haar hand aan haar rits voelen en iedereen vindt haar zielig en iedereen vindt haar smerig. Ik ben niet gek, ik merk het niet eens als mijn gulp openstaat. Maar na het lezen van die boekjes kon ik niet meer doorlopen, naar de straat kijken en met mijn hand aan mijn rits voelen alsof er niets aan de hand was. En dus liep ik mijn voordeur uit, stak de gang over, duwde de op een kier staande deur van de buurman van het zout open en ging zijn appartement binnen.

Het was ook mijn appartement. Want ze waren precies hetzelfde.

Hetzelfde model Ikeaboekenkast in dezelfde kleur met daarin dezelfde spullen en boeken die er op dezelfde manier waren ingezet. De vier stoelen rond het vierkante tafeltje, de tv met de afstandsbediening op hetzelfde kussen als ik ook heb, waarop ik elke avond zodra ik uit mijn werk kom in slaap val. In de keuken stonden geen vieze borden in de vaatwasser zoals ik me dat voorstelde in het huis van een alleenstaande man die in zijn eentje al die saaie tijd doorbrengt, en ook geen gedoofde peuken in het koffiekopje op de vensterbank of een nazi-Cola in de koelkast. Er stonden wel dezelfde borden als ik ook heb, die ik nooit gebruik omdat ik nooit thuis eet. En de voorraadkast was net zo leeg als die van mij, er stond alleen maar een beetje zout in, omdat zout niet bederft. En er stond ook koffie, dezelfde als ik bij zijn neef in het café had gekocht. En zijn koelkast was ook net zo leeg als die van mij. Zonder verse melk, zonder die blauwe fles die een week goed blijft omdat hij microgefiltreerd is, zonder het kartonnen pak met de lange houdbaarheidsdatum, dat toch nog bederft. Er stond alleen maar net zo'n fles water in als ik heb. Koud water dat hij toch niet dronk uit angst voor constipatie. Verder een fles limoncello, een half slagroomgebakje, een halve tompoes en een chocoladetaartje, die hij had meegebracht op de dag dat hij me over zijn café en over die vent in Polen had verteld. Halve, beschimmelde gebakjes.

Ik dacht: bij mij staan ze ook in de koelkast te beschimmelen. Ik heb ze ook nog niet in de vuilnisbak gegooid.

Aan de muur hing de tweelingbroer van mijn moeders klok met dat getik waaraan hij zich zo ergerde. Die wandklok met datum-aanduiding, thermometer en hygrometer om de vochtigheid te meten. Hij had hem eindelijk gevonden, en waarschijnlijk zou hij me de originele wel hebben teruggegeven. Ik liep de slaapkamer in die net als de mijne was, dezelfde deken en hetzelfde laken. Ik kan dit weten, want ik was doodop. Ik had de afgelopen nacht met mijn kleren aan geslapen, had niet eens mijn schoenen uitgetrokken, die agent had me gewekt. Daarna was er die tocht met de neef in zijn visserskleding naar het ziekenhuis. Toen naar het callcenter, een dag werken en daarna nog een halve nacht liggen lezen in de dagboeken van de buurman van het zout.

Ik trok mijn schoenen en kleren uit en viel in slaap.

's Ochtends ging de wekker af. Precies op hetzelfde tijdstip als waarop ik hem zet als ik naar mijn werk ga. Ik kleedde me aan en ging naar buiten. Ik liep de trap af. Ik trok de voordeur achter me dicht en keek naar de flat. Ik bedacht dat alle appartementen het-zelfde waren, niet alleen die twee op mijn overloop, maar ook die op de verdiepingen erboven en eronder, in andere flats, in andere wijken en in andere steden. Dat er niet één plek op aarde was waar een tafel een andere vorm had, waar de muur een andere kleur had. Dat een koelkast vol met melk die opgedronken wordt voordat hij in kaas verandert niet bestond. Dat het illegaal was om zonder een wandklok te leven die 's nachts tikt, dat het bij wet verboden was niet het luchtvochtigheidspercentage te willen weten. Ik dacht aan de schimmel die zich tegelijkertijd vormt rond overgebleven slagroomgebakjes in de constante temperatuur van Chinese, Afrikaanse, Braziliaanse en Australische koelkasten, net als in mijn koelkast en in die van het appartement aan de overkant. Een eindig, maar reusachtig en onvoorstelbaar aantal aan dezelfde lopende band geproduceerde standaardexemplaren, slechts één gedeponeerd patent, beschermd door keiharde advocaten, betaald door de raad van bestuur van een beursgenoteerd bedrijf, een alles producerende multinational. Koffie en sigaretten, pizza's in kartonnen dozen en magnetrons, wekkers die iedere dag afgaan en metro's die je naar je werk brengen, visserskleding met rubberen lieslaarzen en bloem voor het bladerdeeg, slagroom voor de gebakjes en de schimmel die erop groeit. Een bedrijf dat vocht in de lucht verspreidt en hygrometers verkoopt om dat vocht te meten, dat zich met elk deel van het leven van elk individu bezighoudt, van de adel met hun vele dubbele namen tot de gedeporteerden die zijn gereduceerd tot vier op hun arm getatoeëerde cijfers. Een bedrijf dat stoelen en tafels ontwerpt, deuren en ramen, crucifixen en condooms, beeldhouwwerken en landmijnen, schommelstoelen en elektrische stoelen, viagrapillen en atoombommen, wortels en stokken, billen en hersens, tumoren en orgasmes.

Een bedrijf met filialen in elk land zodat alles op dezelfde manier uitgevoerd wordt, alom aanwezig, net als God en de zwaartekracht.

Maandag is mijn vrije dag.

Ik ging naar mijn moeder en zei 'kleed je aan want ik neem je mee uit.'

Ze antwoordde 'ik ben al aangekleed' met haar pantoffels aan en krulspelden in.

Overal in huis was het licht aan, in dat schone huis dat zelfs onder de bank glom. Het was een hele opluchting dat het er niet precies hetzelfde uitzag als dat van mij. De koelkast stond vol melk en in de voorraadkast lagen minstens vijf broden.

Ik zei alleen 'oké, ben je klaar?' en we liepen de deur uit.

De kist met de buurman van het zout stond midden in de kerk. De pastoor zei dat hij een goed christen was geweest en dat hij een leven lang het voorbeeld van Christus had gevolgd. Maar ik vond hem een kwijlebal en het enige voorbeeld dat hij gevolgd had, was de inrichting van mijn appartement.

Samen met z'n neef die nog steeds zijn visserskleding aanhad brachten we hem naar Prima Porta, we reden achter de lijkwagen aan die een klein stukje stapvoets aflegde, zoals dat bij begrafenissen gaat, maar even later reden we de ringweg op en scheurden in vliegende vaart naar de begraafplaats.

'Dit is een Mercedes, als je hem flink op zijn staart trapt haalt hij tweehonderdveertig,' vertelde de man achter het stuur. 'Hij kost ons zestigduizend euro, twintig procent direct en de rest in termijnen. Maar wel gratis onderhoud tot honderdtwintigduizend kilometer, ook al halen we dat niet met ons soort werk. Na vier jaar verloopt de garantie, zelfs als je hem alleen maar in de garage laat staan.'

Op het plein voor de begraafplaats stapten we uit, de doodgravers zetten de kist in een opslagruimte neer en gooiden de bloemen op een hoop. Met die visser en met mijn moeder op pantoffels en met krulspelden in leek het wel de begrafenis van Prins Carnaval.

Bij het hek bleven we staan, de neef vroeg 'waar wachten we op?'

'Als iemand doodgaat, steek je in huis geen vuur aan. Maar we moeten wel eten,' zei mijn moeder.

Twee Albanezen met een Vespacar hadden de bloemen ingeladen. We volgden hen naar een goed restaurant aan de boulevard van Ostia. Er zaten allemaal oudjes.

'Is het geen bruiloft?' vroeg ik aan de ober die onze jassen aannam.

'Die hebben ze vijftig jaar geleden al gevierd. Dit is hun gouden huwelijksfeest,' antwoordde hij. 'Communies en bruiloften doen we op zaterdag en zondag. Doordeweeks hebben we gouden en zilveren huwelijksfeesten, bedrijfsetentjes en verjaardagen.'

Hij gaf ons een eigen tafeltje. Hij had door dat wij geen familie waren en wilde niet dat we ons ongemakkelijk zouden voelen.

Aan het einde van de lunch zei de zeventigjarige bruid 'er is nog wat lasagne over en bijna de hele jachtschotel met konijn. Het is zonde om het in de vuilnisbak te kieperen.'

De ober bracht de ovenschalen naar de zaal en de dames gingen in de rij staan om de restjes onder elkaar te verdelen. De een had een plastic bordje, een ander een aluminium bakje en weer een ander een paar sneetjes brood, zo namen ze het konijn en de lasagne mee. Wij namen ook ons deel mee, de ober wikkelde het in papier en stopte het in een plastic tas, samen met wat fruit, een paar stukken mimosataart en bruidsuikers in een tulen zakje met goudkleurige magnoliaversiering. Rolando en Maddalena heette het bruidspaar.

We gingen met z'n drieën naar het strand. We trokken onze schoenen uit en liepen een stukje het water in.

'Waar heeft u Roberto's tas gelaten?' vroeg de neef.

'Volgens mij heb ik die op mijn werk laten staan,' antwoordde ik.

'U kunt de zijderupsen er maar beter zo snel mogelijk uithalen. Die moeten in de koelkast. U kunt ze ook weggooien als u niet weet wat u ermee aanmoet.'

Volgens mij knikte ik, maar ik had geen flauw benul waar hij het over had. En toen stonden we met onze voeten in het water, er scheen een lekker zonnetje en we bleven vlak bij de vloedlijn op het strand liggen. Op een meter of tien van ons vandaan lag een aangespoelde kwal.

Een jongetje was bezig hem met een roeispaan dood te slaan.

Ik bracht mijn moeder terug.

Ik zette haar thuis af en ging naar het callcenter om die tas op te halen. Ik stapte uit bij de halte Subaugusta en liep het winkelcentrum door. Boven aan de roltrap kwam ik de medewerkster tegen die haar kind de borst geeft, samen met haar moeder die tv kijkt op de flatscreens van de discountwinkel tegenover het café. Naast haar stonden nog meer medewerkers, Nicola stond er ook.

Hij zei 'ze laten ons niet naar binnen. Er is een probleem met de hygiëne. Ze sluiten alles af om de boel te desinfecteren.'

We liepen samen over het terras naar het kantoortje van de beveiliging.

'Vanochtend hebben ze een kamer vol vliegen aangetroffen, echt barstensvol,' zei de beveiliger bij wie je nooit weet waar hij naar kijkt omdat hij altijd een donkere zonnebril opheeft, ook 's nachts. 'De floormanagers snapten er niets van. En na die vliegen verschenen er krekels en ook meelmotten. Iemand heeft de politie gebeld. Die heeft de gezondheidsdienst gebeld en die heeft het gebouw ontruimd en afgezet. Borsalino zat met zijn handen in het haar en zei "wat is dit nou toch, de plagen van Egypte?" Ik weet wel wat er aan de hand is, ik ben visser. Het gaat om van die rupsjes, en niet alleen die. Iemand heeft in een lollige bui een emmer visaas meegebracht. Een pak wormenmix, kent u dat? Ze worden ook wel maden of larven genoemd. Ik noem ze rupsjes. Die beesten doen je versteld staan. Wist u dat ze er in de oudheid wonden mee genazen? Ze voeden zich met rottend vlees, genezen infecties en stoppen koudvuur. Het zal wel door de warmte zijn gekomen, maar die beestjes hebben zich ontpopt en nu zitten we hier op de hele eerste verdieping met vliegen, krekels en oorwurmen. Ik vis liever met pieren, voor de prijs van drie kopjes koffie koop je een heel dozijn, voor mij is dat genoeg en ik hou zelfs nog wat over. Als ik vliegenlarven koop, ben ik misschien minder kwijt maar dan krijg je vervolgens wel dit soort kafkaëske metamorfoses.'

Wormen zorgen ervoor dat de multinational van de telefoontjes, de fabriek van tijd is geld, moet sluiten. Een emmer wormen kan een bankgebouw met meelmotten vullen. Een kruiwagen met larven zorgt voor een enorme zwerm bromvliegen die een heel winkelcentrum in bezit nemen en onrustig heen en weer vliegen tussen de tl-lichten en de etalages, over schoenen, kleren en Zwitserse horloges trippelen en broodjes en nazi-Cola's onderkwijlen en onderkakken. Een mand houtwormeitjes verandert de Ikea in een berg zaagsel. Kleine, van nature revolutionaire insecten.

En dus liepen we terug naar het winkelcentrum. In het café dronken Nicola en ik een kop koffie, ik vertelde hem dat ik woonruimte zocht, dat ik weg moest waar ik nu zat.

'Die dooie van gisteren, toen we elkaar in het ziekenhuis tegenkwamen, de neef van de banketbakker, was echt verliefd op me en ik had niks in de gaten. Daar was hij heel pissig over en ook dat had ik niet in de gaten. Hij heeft me meegevraagd naar de film en zei dat we samen met zijn neef en diens vrouw zouden gaan, maar dat was helemaal niet zo. Hij hield een dagboek bij, ik heb het gelezen. Op de laatste pagina heeft hij geschreven dat hij me zou meenemen tot buiten de stad, zo ver mogelijk, en dat hij zou zijn doorgereden totdat ik ongerust zou worden. Dan zou hij z'n auto aan de kant hebben gezet en me hebben gewurgd. En in plaats daarvan is hij uitgegleden onder de douche.

Ik ben blij dat hij dood is. Het lijkt me beter zo. Hij volgde me en terwijl ik van het ene naar het andere baantje vloog, hield hij me in de gaten zonder ook maar iets uit te voeren. Hij verdeed al zijn tijd, terwijl ík altijd tijd tekort kom, ik heb niet eens tijd om een glas melk te drinken. Maar hij permitteerde het zich zijn nog niet geconsumeerde tijd weg te gooien, als een halve in de vuilnisbak gegooide pizza met daarin een halve sigaret, uitgedrukt in walmende mozzarella die nog niet onomkeerbaar is veranderd.

Wie zei ook alweer dat tijd geld is? Een filosoof, een bankier of een klokkenmaker? Hij had een bankrekening vol tijd, een ongelimiteerde creditcard. Terwijl ik mijn zakken binnenstebuiten keerde op zoek naar minuten, minuten van een halve cent, zodat ik zittend kon piesen en niet altijd onderweg, als een demarrerende wielrenner. Eén van ons tweeën moest dood. Liever hij dan ik. Niet dat zijn dood rechtvaardig is, maar het lijkt me in ieder geval iets minder verkeerd. Vind je dat een slechte gedachte? Het is misschien cynisch, maar niet gemeen. Dit is klassenstrijd.'

'Kom bij ons wonen,' zei Nicola, 'de flatbeheerder zegt dat "die arme mejuffrouw Patrizia" zoals hij haar noemt, voorlopig niet zal ontwaken. Haar appartement staat te huur. Haar vader is langs geweest en zei dat hij het meteen ontruimt als we hem een handje helpen de verbrande spullen weg te halen. Hij stelde een heleboel vragen. Hij zegt dat hij voor een verzekeringsmaatschappij werkt. Dat het beter is om er niets aan op te knappen zolang hij de schade nog onderzoekt, zodat hij kan zien hoe het door de gasexplosie is beschadigd. Ze zoeken iemand die er gaat wonen zonder het op te knappen. In de huidige staat zal het vast niet veel kosten.'

We stonden op en liepen samen naar de metro.

Hij ging richting Anagnina. Ik de andere kant op. Hij groette me, haalde zijn pasje uit zijn zak tevoorschijn en ik zag dat zijn

gulp openstond. Ik zei er niets van. Ik dacht dat hij zich dan opge-
laten zou voelen. Toen hij wegliep, controleerde ik de mijne, die
stond ook open en ik begon te lachen.

Ik nam de metro en ging terug naar mijn moeder.
'Blijf toch bij mij slapen' zei ze. Ik knikte. Ik was moe.
Ik had waarschijnlijk iedereen hetzelfde antwoord gegeven.

Ja tegen de mankepoot die met me wil trouwen.
Ja tegen mijn zus die een filmsterrenmond voor me koopt.
Ja tegen gemicrofiltreerde melk die over een eeuw bederft.
Ja tegen een halve sigaret, op een halve pizza, in een tijd die
altijd opraakt.
Ja tegen het fuchsia slipje en een glimp van een tepel in een
decolleté.
Ja tegen het tijdelijke, pijnlijke, misselijke contract.
Ja tegen de boenmachine die de doffe schaduw onder mijn bed
bestrijdt.
Ja tegen de heilige hostie die staat voor het lichaam van Barbie
en het lichaam van God.
Ja tegen het stuk vlees dat wereldwijd op tv verschijnt.
Ja tegen John Bobbit die op de dag des oordeels met alles erop en
eraan herrijst om kwijlend door de supermarkt van het hemelrijk
te lopen.
Ja tegen de kalender van Barbie met de glimmende billen.
Ja tegen de gluiperige grootaandeelhouder van het Dokter Bib-
ber bedrijf.
Ja tegen de vakbond van Bazooko Circus.
Ja tegen de nazi-Cola en de harde boer die ons zal overleven.

We warmden melk op.

We doopten er wat brood in en dronken onze bekers leeg. Daarna liep m'n moeder een rondje door het huis om de lichten uit te doen, kleedde zich uit en ging naar bed. Ik kleedde me ook uit. Ik trok mijn schoenen uit en legde ze achter het nachtkastje in de glimmende schaduw, die flauw verlicht werd door de plafonnière, van dat Franse licht dat mijn moeder zo mooi vindt. Ik trok mijn broek uit, vouwde hem op en legde hem op de stoel. Ik trok ook mijn bloesje uit en hing het over de rugleuning. Ik haalde mijn hemdje uit mijn slipje en trok ze allebei uit.

Ik kleedde me uit en voelde me licht. Ik zou me nog verder hebben uitgekleed als dat had gekund. Ik hield van het uitheemse licht in die kamer en van de oudevrouwengeur die mijn moeder verspreidde. Ik zou mijn huid als een jas uitgetrokken hebben en hem op een kleerhanger gehangen hebben. Op school leren we dat we vierhonderd spieren hebben. Ik zou ze één voor één uit mijn lijf getrokken hebben, als vieze zakdoekjes uit mijn zakken. En onze botten? Dat zijn er wat minder en in de loop van ons leven groeien sommige aan elkaar, maar het zijn er nog steeds veel. Alleen al in je voet zitten er tweeënvijftig. En ik zou ze in een emmer naast het bed hebben gestopt. Mijn aderen zou ik er ook uitgetrokken hebben, ik zou ze hebben opgerold en in een la gelegd. En vervolgens zou ik me hebben ontdaan van mijn vermoeidheid die zo zwaar als een trui woog en van alle gedachten die ik met me meedroeg, en ik zou ze op de grond hebben gelegd.

Mijn moeder zou voor dag en dauw wakker zijn geworden en de was hebben gedaan. Zij weet hoe je alles moet wassen. Mijn moeder heeft veel geduld. Ze weet welke kleuren je bij elkaar in de trommel kan stoppen, wat de juiste temperatuur is, wanneer je beter niet kan centrifugeren, hoe je bleekmiddel en wasverzachter gebruikt, hoe je het wasgoed moet strijken zodat er een vouw in komt en wat je moet doen om het niet te laten verkleuren als het in de zon te drogen hangt.

Mijn wekker zou zijn afgegaan, ik zou uit bed zijn gestapt en alles weer aangetrokken hebben. Mijn gebleekte botten ruiken naar lavendel, mijn spieren zijn zacht als een kasjmieren sjaal, mijn aderen zijn helder en mijn bloed is van een kleur rood die helemaal niet verschoten is, maar juist weer als nieuw, mijn huid heeft geen vlekken en zit goed strak over mijn hele lichaam, geen enkele foute plooi. Ook mijn gezicht is goed strak. Ook mijn mond. Zelfs mijn onvolmaaktheid is verdwenen, mijn hazenlip, mijn gebrek. Maar niet door een operatie van de dokter van Barbie. Om mijn mismaaktheid weg te nemen waren mijn moeders waardevolle handen nodig.

Ik zou uit bed zijn gekomen en voordat ik mijn schoenen en kleren zou hebben aangetrokken, zou ik goed hebben gecontroleerd of ik elk onderdeel op de juiste plaats had teruggestopt. Heel mijn leven met al die schoongewassen, gedroogde en gestreken stukjes. Mijn haat en mijn nagels, mijn geheugen en mijn haren, mijn angst en mijn tong, mijn woede en mijn tanden, mijn schone en heerlijk geurende geweten.

Deel III

Nicola, de grote broer

De wolk had de vorm van een pik.

Sorry voor mijn taalgebruik, maar toen we die wolk zagen, vonden we echt dat hij iets vulgairs had. Mijn vader probeerde er dan ook snel iets anders van te maken en zei dat hij op een kanon met wielen leek, of op een vrucht of een of andere groente. Maar hoe meer hij het over bananen, komkommers en courgettes had, hoe gênanter het werd. Mijn moeder lachte terwijl hij dat vunzige woord probeerde te omzeilen. Waarom moest een maagdelijk witte wolk nou zo pornografisch zijn? Wolken lijken helemaal nergens op, hoogstens op een pluk watten of een berg sneeuw. Ook nemen ze wel de vorm aan van een wollig schaap, van een vogel met dik verenpak of van een hondenkop, maar nee, dit exemplaar was een pik, groter dan de zon, rechtop, midden in de lucht. Je kunt boos worden op een onbekende die in de plee van een wegrestaurant een vies plaatje heeft getekend, je kunt op tv naar allerlei vunzigs kijken en dan wegzappen. Je kunt, als je in huis rondloopt, je edele delen verbergen, maar je kunt de lucht geen onderbroek aantrekken. Die wolk had beter de vorm kunnen hebben van een borst met een tepel, doorkruist door een vlucht vogels, of van een enorm achterwerk, doorkliefd door een opstijgend vliegtuig. Daar had mijn vader mee om kunnen gaan, dan had hij het zelf ook grappig gevonden, want een borst is onschuldig en een achterwerk is lachwekkend. Maar nu moest hij er een of andere draai aan zien te geven, terwijl mijn moeder schudde van het lachen met haar dikke buik waarin nóg een jongetje zat, dat gelukkig nog niet om uitleg vroeg. Mijn vader moest ernstig blijven en het recht praten. De mannelijke seksualiteit was zijn domein.

Dit gebeurde een week voordat mijn broertje geboren werd en mijn moeder stierf.

Ik ben Nicola en werk in het callcenter.

Als je naar het callcenter belt waar ik werk en je krijgt mij aan de lijn, dan hoor je mijn stem 'hallo, waarmee kan ik u van dienst zijn?' want ik kan je van dienst zijn. Als je minder dan twintig seconden met me praat, verdien ik niks, dan bewijs ik jou een gunst en doe ik liefdadigheidswerk voor dat rotbedrijf waar ik werk. Maar als we een minuut lang aan de lijn blijven, verdien ik dertig cent bruto, waarvan na belastingaftrek ongeveer eenen- twintig cent overblijft. Als het me lukt om het gesprek te rekken tot twee minuten, dan strijk ik ongeveer zestig cent op, waarvan na belastingaftrek iets meer dan veertig cent overblijft. Als we twee minuten en veertig seconden aan de telefoon blijven, door toeval, door de complexiteit van het probleem waarvoor je me inschakelt, of doordat jij het moeilijk uit kunt leggen, of vaker door mijn bekwaamheid in het volkletsen van de tijd door het stellen van overbodige vragen, of door een samenspel van deze factoren, vul ik mijn zakken met vijfentachtig cent bruto. Maar als we drie minuten aan de lijn blijven – altijd nog beter dan drie uur, drie dagen of drie maanden zonder ooit op te hangen – dan verdien ik aan het eind van het telefoontje een bruto bedrag van... nog steeds vijfentachtig cent. Daarom duurt je telefoontje naar het callcenter over het algemeen twee minuut veertig, waarna een klik volgt en de verbinding wordt verbroken. Want ik werk voor niemand gra- tis.

Ik werk sinds acht jaar bij het callcenter.

Ik draai de voor mij onmisbare nachtdienst. 's Nachts bellen de seksmaniakken. Klanten die net een pizza hebben gegeten, direct uit de doos en met plastic bestek, en die het gratis nummer op het blikje nazi-Cola lezen – de cafeïne activeert hun synapsen, stimuleert hun zenuwstelsel – en dan de daarop vermelde cijfers intoetsen. Armoedzaaiers die geen geld voor een sekslijn hebben en op zoek zijn naar een vrouwenstem zodat ze de wolk in hun onderbroek ter hand kunnen nemen.

Wanneer er zo'n maniak belt, neem ik op met 'hallo, waarmee kan ik u van dienst zijn?'

'Als je me van dienst wilt zijn, verbind me dan door met een vrouw,' fluistert zo'n maniak.

Ik antwoord dan 'dit is toch echt geen sekslijn, dit is een callcenter en ik kan je niet doorverbinden.'

En hij weer 'wat nou, werken er bij jullie geen vrouwen?'

Ik zeg 'jawel, maar daar kan ik je niet mee doorverbinden.'

'Nou, beschrijf er dan eens eentje.'

En dan geef ik een uitgebreide beschrijving van Marinella, een medewerkster van het callcenter die alleen overdag werkt, 's nachts slaapt ze. Maar mij staat ze 's nachts helder voor de geest. Ik beschrijf Marinella's handen, voeten en haren. Ik vertel hem over haar dijen en tepels. Haar kont, tieten en kut. Kortom, ik draai voor die seksmaniak een complete telefonische pornofilm af, en hij trekt maar aan zijn opstandige wolk en begint in de telefoon te hijgen als iemand die een rubberboot opblaast. Nou ja, een film... het is eigenlijk een videoclip, waar na twee minuten en veertig seconden abrupt een einde komt. Klik.

Want ik kan het me niet veroorloven om gratis te werken.

Helaas zijn er een paar jaar geleden 's nachts ook vrouwen in het callcenter komen werken. Sindsdien hangen de maniakken elke keer op zodra ze een mannenstem horen. Ze hangen op en bellen terug in de hoop een vrouw aan de lijn te krijgen.

Dus heb ik Marinella's stem opgenomen toen ze overdag een keer zei 'hallo, ik ben Marinella, waarmee kan ik u van dienst zijn?' Ik heb hem met m'n mobieltje opgenomen. Toen er een telefoontje binnenkwam en ik op mijn computerscherm het nummer van een seksmaniak herkende, hield ik m'n mond en speelde ik de opgenomen stem af 'hallo, ik ben Marinella, waarmee kan ik u van dienst zijn?' en de seksmaniak begon in de telefoon te hijgen als iemand die een rubberboot opblaast. Elke dertig of veertig seconden liet ik Marinella's opgenomen stem weer even horen terwijl hij een hele pornofilm in zijn vunzige hoofd afdraaide. Een pornofilm waaraan na twee minuten en veertig seconden een eind kwam. Klik, the end. Want ik werkte niet gratis, zelfs niet wanneer Marinella's opgenomen stem voor me aan het werk was.

Ik noem het een win-winsituatie die voor iedereen bevredigend uitpakte. De seksmaniak was tevreden, want als hij snel was, lukte het hem in twee minuten en veertig seconden een pornofilm voor zich te zien.

Bovendien was hij dubbel zo tevreden omdat hij geen geld uitgaf, aangezien het een gratis nummer was.

Marinella was tevreden, want die lag thuis te slapen.

En ook ik was tevreden, want ik verdiende vijfentachtig cent bruto zonder ook maar een woord te zeggen.

Idealiter had ik volgens mij op dat nachtelijke uur in bed gelegen om uit te rusten, zodat ik dan vroeg wakker kon worden om fatsoenlijk werk te gaan doen.

Idealiter had volgens mij ook de seksmaniak in bed gelegen.

Misschien wel om te vozen met een vrouw van vlees en bloed, misschien wel met Marinella.

Maar nee, ik was wakker en zat aan de telefoon, te kijken naar de tijd die versprong op de display. Bij elk telefoontje dat binnenkwam tekende ik een rondje op een velletje papier. Na elk telefoontje dat ik rekte tot twee minuten en veertig seconden zette ik een kruisje door het rondje. En dan klik.

Mijn eerste doel was meer dan honderd rondjes op een blaadje te krijgen. Mijn tweede was ervoor te zorgen dat er evenveel kruisjes doorheen stonden. Zo'n blaadje zou een modern meesterwerk zijn dat me een bruto bedrag van ongeveer honderd euro zou opleveren. Maar meestal stond er op m'n blaadje een miezerig begraafplaatsje van kruisjes, omringd door een dozijn rondjes. Een kunstwerk dat minder waard was dan het blaadje waarop ik het getekend had.

Terwijl de maniak met z'n leeggelopen wolk zat.

Terwijl Marinella sliep, maar wel alleen.

Want Marinella heeft een 'gebrek', zoals ze zelf zegt.

En de liefde bedrijft ze niet, niet echt en ook niet gespeeld.

Maar mij was haar mismaakte mond helemaal niet opgevallen.

Zo noemt ze hem. Haar hazenlip. Maar ik lette er niet op, want ik was altijd aan het werk in die periode, ik kwam nooit meer buiten. Want zodra ik naar buiten ging, zat ik met mijn gedachten alleen maar bij de telefoon. Ik dacht aan het telefoontje dat binnenkwam. Ik dacht: als ik daar zat, had ik nu een rondje getekend en dan drukte ik in gedachten een stopwatch in. Ik deed ook wedstrijdjes met mezelf. Ik keek op m'n horloge. De kleine wijzer van de uren stond stil, ook de grote van de minuten leek niet te bewegen, maar toch bewoog hij een beetje. Dan was er nog die van de seconden die snel ronddraaide. Terwijl ik het callcenter uit liep, keek ik naar de wijzerplaat, zei in gedachten: start! en begon te tellen. En als ik dan weer op mijn horloge keek, stonden de uren stil, maar waren er wel minuten verstreken en ook seconden, en misschien geen twee minuut veertig, maar ik zat er niet ver naast.

Dan dacht ik: nu zet ik een kruisje. Ik bedacht dat als ik op mijn plaats had gezeten, ik nu een telefoontje zou hebben afgerond. Maar nee, mijn dienst zat er net op. Vijfentachtig cent foetsie. Ik liep naar het metrostation en dacht: weer een rondje. Ik liep naar beneden, liet mijn pas zien of stak mijn kaartje in de automaat, stapte de metro in, weer een kruisje, weer vijfentachtig cent. Ik opende mijn schriftje en keek naar het kunstwerk dat ik op mijn werk had gemaakt. Als het een kunstig borduurwerk was van doorgekruiste rondjes, dacht ik: wat stom van me dat ik al die tijd gebleven ben, ik had eerder weg kunnen gaan en van een mooie, zonnige dag kunnen genieten. Maar op het blaadje van m'n schrift stond bijna altijd een minibegraafplaatsje, dat niet veel meer waard was dan een retourtje met het openbaar vervoer.

Shit! Ik had beter nog een half uurtje kunnen blijven. Misschien stromen de telefoontjes nu wel binnen. Allemaal tegelijk, dacht ik. Een kleine ramp is al voldoende, een boom die in Alto Adige op een hoogspanningsmast valt en chaos veroorzaakt in een heel gebied dat zonder stroom komt te zitten. Alle inwoners bellen het gratis nummer en melden de gebeurtenis bij mijn collega's die net hun dienst zijn begonnen, collega's die een schriftje vol kruisjes mee naar huis nemen. Ik dacht aan allerlei kleine incidenten waardoor mensen verontrust raken en naar de telefoon grijpen. Everzwijnen die een supermarkt binnenlopen en uitgerekend tegen de plank met Barillapasta opspringen, ik bedacht dat ze de pakken rigatoni en spaghetti onder teken en luizen bedolven en dat de klanten niet wisten hoe snel ze vol afkeer het gratis num-

mer moesten bellen om hun beklag te doen. Ik wilde meteen omkeren en nog wat telefoontjes afwachten. Net als gokkers die aan-
voelen dat het die keer raak is.

Ik stond die keer op de metro te wachten.

Er stapte een zigeuner met een accordeon uit.

Hij zong het liedje 'Marina Marina Marina, kom dans nog een
keertje met mij.'

Dat stukje zong hij in het Italiaans en de rest verzon hij erbij in
zijn eigen taal.

Hij vroeg me zelfs om geld.

'Wil je vijfentachtig cent?' wilde ik zeggen. 'Zing je dan een liedje voor me van twee minuten en veertig seconden?'

Vervolgens stapte hij in de metro die op het punt stond weg te
rijden.

Ik bleef op een bankje zitten.

Toen de metro wegreed, liep ik tegen de richting in de roltrap
op, terug naar het callcenter.

Echt waar, het verbaast me dat ik in een flits omkeer.

Voordat ik het in de gaten heb, loop ik door het poortje en ben ik
weer op kantoor. Ik zet mijn headset op, log in, toets mijn wachtwoord in en ga weer aan het werk.

Ik zeg bij mezelf: ik ben trouwens helemaal geen echte gokker.
Ik verlies heus geen geld als ik niet win. Er valt hier niets te verliezen, dit is geen roulette. Het is net het kinderspelletje 'rara, in welke hand', waarbij je vader iets in zijn hand verstopt houdt en jij
moet raden of het in zijn rechter- of linkerhand zit. Je wint wel of
je wint niet, maar je kunt er geen geld mee verliezen, hoogstens
tijd. Wie zei ook alweer dat tijd geld is? Een filosoof, een bankier of
een horlogemaker? Iemand die, als hij wil weten hoeveel tijd er is

verstreken, niet naar de langzaam bewegende grote en de schijnbaar stilstaande kleine wijzer kijkt, maar naar zijn portemonnee grijpt. Hij haalt een uur uit de pinautomaat. Maar ik niet. Mijn portemonnee is altijd leeg, voor mij verstrijkt de tijd nooit. Mijn tijd wordt alleen maar geld als ik een rondje teken en het onder een kruisje begraaf. Soms zit ik wel een halve dag op een telefoontje te wachten, en als er niemand belt, verdien ik niets. Maar verstrijkt er dan wel tijd?

Het is niet waar dat tijd geld is.

Het enige wat waar is, is dat tijd tijd is en geld geld, en soms hebben die twee dingen juist niets met elkaar te maken. De tijd die ik verlies, is geen geld en ook niet niets. Het is alleen maar verloren tijd. Een soort pauze, een reclamespotje. Net als wanneer je naar een film op tv kijkt die, omdat Berlusconi hem vol reclame propt, je hele avond in beslag neemt, ook al duurt hij amper een uur. Als mijn dienst erop zit en ik rondjes en kruisjes tel, realiseer ik me dat ik in zes uur film vier videoclipjes heb gestopt, vier rondjes en drie kruisjes waarvoor ik nog geen drie euro krijg. Want mijn tijd heeft maar gedurende een paar minuten geld opgeleverd. Maar soms wijs ik de juiste hand aan, dan valt er een boom om in Merano en belt heel Trentino. En hij hoeft maar één keer om te vallen, je hoeft maar één keer de juiste hand van je vader te kiezen, en dan denk je daar altijd aan terug. Ik loop het callcenter uit en droom van die boom in Merano. Ik droom van overheerlijke everzwijnen die in plaatselijke supermarkten hun luizen uitschudden over pakken Barillapasta, en van half Toscane dat zich met één hand loopt te krabben en met de andere aan het bellen is. Aan het bellen is met mij, en dat ik dan antwoord 'hallo, waarmee kan ik u van dienst zijn?' en een rondje teken. Ik zeg gedag, zet een kruisje en laat die Toscaan met zijn pak pasta zich lekker krabben. Ik droom terwijl mijn dienst erop zit, terwijl ik het callcenter uitloop. Ik denk aan een everzwijn. Ik denk aan die boom in Tirol, loop terug en ga direct weer aan het werk.

Ik denk: Marina Marina Marina, en hou mijn hand op om vijfentachtig cent te ontvangen. Een denkbeeldige hand in een ether vol telefoontjes die elkaar razendsnel opvolgen.

Daarom ging ik weer terug naar mijn werk.

Omdat ik het bedrijf nooit uit mijn hoofd kon zetten. Zelfs als ik mijn eigen mobiele telefoon opnam, zelfs als er iemand aanbelde, zei ik 'waarmee kan ik u van dienst zijn?' Zodra ik door het poortje was gegaan en in de metro stapte, zodra ik wegliep van mijn plek, was de tijd niet langer geld waard, de tijd die de filosoof in staat stelt naar de bank te gaan om geld op te nemen en er een horloge van te kopen.

Buiten het bedrijf draaien de kleine wijzer, de grote en de snelle secondewijzer vergeefs. Er tikt alleen maar nutteloze tijd weg, net als de eerste twintig seconden van het telefoontje, wanneer het rondje een zwart gat is, een gravitatieveld waar ik in word gezogen, voorbij de waarnemingshorizon. Iets uitzonderlijks waardoor de klok in een vergiet verandert en de tijd er als straaltjes koud water uitloopt. En als je met je gedachten altijd bij je werk zit, dan ga je denken dat je er ook beter fysiek aanwezig kunt zijn.

De eerste keer dat ik al na een paar minuten weer op m'n plek terugkeerde, schaamde ik me bijvoorbeeld. Ik zei tegen de bewaker met zijn zwarte zonnebril 'ik heb iets laten liggen.' Vervolgens ging ik zitten en nam opnieuw telefoontjes aan. Toen ik hem rustig zag zitten en doorhad dat het hem geen reet kon schelen dat ik een minuut na mijn vertrek alweer terug was, keerde ik steeds vaker terug.

Hij mompelde wat, stak als groet twee vingers op en sloot zich dan weer op achter zijn zonnebril. Volgens mij heb ik zijn ogen nooit gezien. Volgens mij heeft hij een Ray Ban op zijn gezicht getatoeëerd.

En ik zag dat het mijn collega's evenmin veel kon schelen als ik terugkwam om meer uren te draaien, en dus meer geld te verdienen.

Ik zei bij mezelf: daar zul je het everzwijn hebben. Nu valt er in Merano een boom om en grijpt heel Tirol naar de telefoon.'

Ik werkte 's nachts, maar in die tijd ging ik ook dagdiensten draaien. En zo kwam ik Marinella tegen. Ik werkte al acht jaar in het callcenter, maar ik dacht dat ik minder tijd verspilde door 's nachts te werken. Ik ging dan ook altijd snel naar huis. Ik vond het heerlijk om in de winter om zes uur 's ochtends naar buiten te lopen, de metro te nemen, een bus, en dan weer thuis te komen. Als ik voor zonsopgang mijn bed in kroop, leek het alsof ik de hele nacht had geslapen. Maar toen ging ik ook overdag werken en zag ik haar.

Mijn collega's zeiden 'ze is net een demarrerende wielrenster, ze stopt geeneens om te piesen.'

Die schriften van haar staan vast vol kruisjes, dacht ik.

Mijn broertje vraagt of ik haar heb geneukt.

Hij wil het altijd met mij over seks hebben. Theorie en praktijk. Ik moest hem zelfs meenemen om naar de hoeren in Tor di Quinto te kijken. Net een schoolreisje naar Pompeji. We zagen er eentje die op de buurvrouw van vijf hoog lijkt. Een oude vrouw van over de zestig die eruitzag als tweehonderd. Die werkelijk een fossiel leek.

Ik dacht: die heeft nog dinosauriërs gepijpt, en vertelde mijn broertje dat ze beroemd was.

'Ze is een hoer voor fijnproevers. Er is geen enkel wegrestaurant tussen Rome en Florence waar geen gore zin over die oude slettenbak staat geschreven.'

Ik vertelde hem dat ze een keer met een dronken vrachtwagenchauffeur had geneukt. Ik zei dat ze in slaap was gevallen terwijl ze hem lag te pijpen, en dat hij de hele nacht met zijn snikkel klem had gezeten. En hij geloofde het omdat hij achterlijk is.

Ik zeg wel 'achterlijk', maar dat is een grapje. Ik weet heus wel dat hij gaat studeren, doctorandus wordt, en precies zo eindigt als ik, als een telefonische pornoacteur bij het callcenter.

Maar toen we die avond van ons tripje naar de hoeren thuiskwamen en de deur openden, werd mijn oom wakker door de klik van het slot.

'Ik heb honger,' zei hij.

In zijn hand hield hij een bord met een restje bonen. Salvatore opende nog een blikje, gaf hem nog een paar lepels erwten, hij at ze op en viel weer in slaap. Het appartement boven ons was nog niet ontploft, en Salvatore ging er elke middag naartoe om de geraniums water te geven. Hij had een la vol slipjes ontdekt en bleef me maar vragen stellen over hoe kutjes roken. Terwijl mijn oom zat vastgeroest op zijn stoel. Terwijl ik zo naar mijn werk moest, waar ik verder zou uitwijden over kutjes en billen tegenover een onbekende klant in een of ander afgelegen dorpje of stad, met wie ik in telefonische verbinding stond. Honderd jaar geleden zou zo iemand een schaap of een kip hebben begeerd, hebben gefantaseerd over een vrouw, een kruising tussen de Heilige Maagd en zijn zus in lange onderbroek die hij door het sleutelgat van de latrine op het erf bespiedde, en nu zat hij op zijn gemak aan de telefoon te kwijlen. En terwijl mijn kleine broertje me zijn ontdekking van die middag vertelde, kwijlde ook ík bij de gedachte aan de schatkist van die Patrizia, de onverwachte eigenaresse van zo veel slipjes. Door uit het meest puberale deel van mijn brein te putten, oefende ik alvast voor mijn erotische telefoonperformance in het callcenter, met die smeerlap op zwart zaad.

Een paar dagen later zou de flat exploderen. Vuurwerk op basis van methaan, dat het appartement met daarin Partizia, geraniums en slipjes de lucht in liet vliegen.

Maar toch stonden ook wij te kwijlen.

En de maniak? Misschien was hij wel een supermarktmedewerker in tijdelijke dienst, met een contract van drie maanden om liters nazi-Cola te verslepen. Of een glimlachende barman in het winkelcentrum, zo eentje die tegen je moet zeggen 'als u op die stoel wilt zitten, moet u wel iets bestellen.' Of hij was Ronald, de clown van McDonald's, de eland die kortingsbonnen uitdeelt bij Ikea, of de ijsbeer die ijs vol adrenochroom verkoopt. En na zijn smerige videoclipje zou hij overlijden in de badkamer die zijn moeder of zijn vriendin brandschoon had gepoetst. Of er zou een dakpan op zijn hoofd vallen, net als in tekenfilms. Of zijn appartement zou de lucht in vliegen. Ook hij staat te kwijlen, zich niet bewust van een toekomst die razendsnel heden wordt en waarop hij geen invloed heeft.

Ook hij wast zijn auto een half uur voor de zondvloed.

Dus daarom vroeg mijn broertje, met zijn neus in gedachten nog in Patrizia's slipjes, of ik geslachtsgemeenschap met Marinella had gehad. Dus daarom vroeg die schapenhoeder om twee minuten en veertig seconden telefonische porno. Dus daartoe dient de globalisering van seks. Ter geruststelling van de mensheid, wachtend op de knal.

Dat zei ik ook tegen de schade-expert die na de explosie van het appartement kwam lopen zeiken. Ik zei hem dat godsdienst de opium van het volk is, maar dat seks een effectievere drug is.

'Ik snap het, maar heb je nou met Marinella geneukt?'

Ik antwoordde bevestigend.

Maar eigenlijk knikte ik alleen, want het was niet waar. Het leek me nogal overdreven om het hardop te zeggen, een onrechtmatige toe-eigening. Ik wist nauwelijks hoe ze heette. En ik had haar gezicht ook nooit goed gezien. En haar mismaakte mond was me ook nooit opgevallen. Ik zat in het callcenter en dacht aan iets anders. Acht jaar lang zat ik daar en nu gingen ze me ontslaan. Daar dacht ik aan. Ik wilde zoveel mogelijk geld opstrijken, werkte dag en nacht en keek niemand aan. Ik wachtte op Borsalino die me de laan uit kwam sturen.

Want de wet die hem verplichtte me voor onbepaalde tijd aan te nemen, gaf hem ook de macht me met een schop onder m'n kont op straat te zetten. En weet je waarom? Omdat ik een projectmedewerker ben. Dat betekent dat de baas op je eerste werkdag, als je net bent aangenomen, naar je toe komt en iets in je zak stopt.

Ik vraag 'wat is het?'

'Maak je geen zorgen, het is maar een bom. Het is een tijdbom, hij ontploft niet nu, maar pas over drie maanden.'

Dus ga ik rustig aan het werk. Ik bedenk dat als hij pas over drie maanden ontploft, het geen bom kan zijn. Dat het over drie maanden pas een bom wordt.

Ik hoor het getik en denk: net een klok, een Zwitserse klok.

Ik hoor het getik en denk aan Zwitserland. De Zwitsers zijn nauwkeurig. Je moet wel nauwkeurig zijn om net als Willem Tell een appel op het hoofd van een jongetje te kunnen raken. Je moet wel nauwkeurig zijn om miljarden dollars op bankrekeningen te kunnen tellen. Ik denk aan de boogschutter die appels met pijlen erin opraapt, aan klokken en aan banken, aan chocola en aan lila koeien. Ik bedenk dat technologie een goede zaak is, die ervoor zorgt dat dingen werken. En ze maken nu ook intelligente bommen die in arme landen democratie brengen.

Ik bedenk: als dit nou eens een chirurgische bom was, dan zou hij, zodra hij ontploft, mijn mazelen genezen en me een bloedtest afnemen.

Ik ga aan het werk met die bom op zak en na een tijdje hoor ik het getik niet meer. Hij maakt wel geluid, maar ik let er niet meer op. Net als mensen die dicht bij het spoor wonen. Ik woon bijvoorbeeld in de buurt van Ciampino, waar een station is. Een vriend van me woont naast dat station.

'Hoe kan je 's nachts slapen met al die treinen die aankomen en vertrekken?' vraag ik als ik bij hem langsga.

Hij antwoordt 'treinen? Ik ben het gewend en hoor ze niet meer. 's Nachts slaap ik.'

En hij slaapt inderdaad, maar 's ochtends wordt hij wakker met kringen onder zijn ogen, zoals die masturberende panda. Hij slaapt wel, zij het onrustig. Maar het is waar dat hij de trein niet meer hoort. En nadat ik een tijdje met die bom op zak heb gewerkt, schenk ik ook geen aandacht meer aan het getik. Ik wen eraan.

Maar na een maand zet ik na het beëindigen van een of ander telefoontje een kruisje door een rondje en dan hoor ik mijn bom weer.

Ik denk: shit! Ik was die bom vergeten, die bom in mijn zak. Maar er is pas één maand voorbij. Ik heb er nog twee voordat hij ontploft, en ik probeer weer rustig aan het werk te gaan.

'Marina Marina Marina,' zing ik om ergens anders aan te denken.

Er komt nog een telefoontje binnen en ik teken een rondje, 'hallowaarmeekanikuvandienstzijn?', ik rek weer tijd om de twintig gratis seconden voorbij te laten gaan, en na een tijdje hoor ik het getik niet meer. Net als mensen die dicht bij een vliegveld wonen.

Die zweren dat ze geen acht meer slaan op brullende vliegtuigen. 'Geluidsvervuiling' wordt het genoemd, omdat die vliegmachines geluidsafval voortbrengen. In Ciampino heb je trouwens ook een vliegveld. De mensen die in Ciampino wonen, zijn dan ook een beetje afgestompt. Ze brengen er callcentermedewerkers groot, op trein- en vliegtuiggeraas afgerichte burgers.

Een vriend van me woont achter dat vliegveld. Daarop vliegen lowcostmaatschappijen. Elke drie minuten vliegt er een over.

Tegen die vriend zeg ik 'hoe kan je leven met al die vliegtuigen die aankomen en vertrekken?'

'Welke vliegtuigen?' zegt hij. 'Ik hoor ze niet meer, ik ben eraan gewend.'

Het is inderdaad waar dat hij ze niet meer hoort, maar als hij je koffie aanreikt, trilt zijn hand al voordat hij een slok genomen heeft. Hij is eraan gewend, maar woont niet bepaald rustig. Het is inderdaad waar dat hij ze niet meer hoort. Net als ik wanneer ik werk met die bom in mijn zak. Na een tijdje raak ik eraan gewend, er komt een telefoontje binnen, ik teken een rondje en ga rustig aan het werk.

Dan gaat er nog een maand voorbij en hoor ik, als ik even pauze heb, weer het getik van dat explosief.

Ik denk: shit! Nu zijn er al twee maanden voorbij, ik heb er nog maar een over!

Ik doe mijn best positief te blijven, zeg tegen mezelf: waarom zo pessimistisch? Waarom het glas altijd halfleeg zien, terwijl je het beter halfvol kunt zien? Ik moet eigenlijk zeggen dat er 'pas' twee maanden voorbij zijn, dat er 'nog' een maand over is.

'Marina Marina Marina,' vol goede moed hou ik mijn denkbeeldige hand op.

'Hallowaarmeekanikuvandienstzijn,' ik ga aan het werk, teken een rondje en smacht naar een kruisje. Dan gaat er nog een week voorbij, nog twee, drie weken. Wanneer ik nog maar een paar dagen heb voordat mijn contract afloopt, ben ik niet meer optimistisch. Het glas is bijna helemaal leeg. Ik hoor het getik, het lijkt wel luider dan gewoonlijk. Net als die nieuwe generatie dieselauto's waarover ze zeggen 'tot tweehonderdduizend kilometer rijdt hij zonder lawaai te maken,' maar zodra je over de tweehonderdduizend komt, wordt het een tractor uit de jaren vijftig. Ik bedenk dat dit misschien wel een dieselbom is. Dat is waar ik aan denk als mijn contract bijna afloopt, heus niet aan Zwitserland en aan klokken, aan Willem Tell die op appels schoot. Als die boogschutter in Ciampino was geboren, dan had hij zijn pijlen gericht op banken die miljarden verdienen aan treinen en aan chartervliegtuigen. Op bankiers die zeggen 'tijd is geld' en alleen maar de filosoof uithangen omdat ze een Rolex hebben.

Als ik nog één dag heb voordat mijn contract afloopt, is het getik angstaanjagend geworden. Ik moet mijn handen tegen mijn oren houden om het niet te horen. Wanneer ik nog een paar uur heb, denk ik aan de zigeuner die 'Marina' zingt, terwijl hij naar de douches in Auschwitz wordt gebracht.

Maar een paar minuten voor de knal komt de baas, hij pakt de bom, ontmantelt hem, hernieuwt mijn contract, geeft me een klap op m'n schouder en stopt iets anders in mijn zak.

Ik kom tot bedaren en word weer optimistisch.

Dan vraag ik hem uit nieuwsgierigheid 'die bom heb je eruit gehaald, maar wat heb je nu in mijn zak gestopt?'

De baas antwoordt 'rustig maar... het is een nieuwe bom! Maar ook dit is een tijdbom. Hij ontploft over drie maanden.'

Dus ga ik weer aan het werk met mijn nieuwe contract.

Ik neem op, 'hallowaarmeekanikuvandienstzijn?' en teken een

rondje. Ik werk en hoor het getik. Ik doe alsof er niks aan de hand is, er gaan twintig seconden voorbij, ik kruip uit het zwarte gat, denk aan iets anders, werk weer verder, vul mijn tijd, stop reclame tussen mijn videoclipjes, praat over Marinella's billen tegen de seksmaniak. Ik vul de tijd tussen een rondje en een kruisje. Maar als ik 's ochtends wakker word, heb ik kringen onder mijn ogen.

Ook ík tril al voordat ik m'n kop koffie uit de automaat ophef.

En in de criminele voedselketen waarin de grote vis de kleine opeet en waarin de kleine, om niet ten onder te gaan, op zoek moet naar een nog zwakkere vis, stopte ook ik een bom in iemands zak. Een tijdbom die ontplofte in de zak van de klant. Een explosie, ingesteld op drie minuten of net iets minder. Genoeg tijd om een rondje te tekenen en er dan een kruisje doorheen te zetten. En alles liep goed, totdat het bedrijf ons op een dag in maart meedeelde dat voor elk telefoontje van twee minuten en veertig seconden het stukloon vijfentachtig cent bleef, maar dat als we over deze kritieke drempel heen gingen, de baas ons met vijf cent zou korten. Dus legden we ons werk neer. Want zo gaat dat als er iets onherroepelijks gebeurt. Mijn oom zegt dat er tegen alles een remedie is, maar niet tegen de dood.

'En niet alleen niet tegen de dood,' zegt hij altijd, 'ook niet tegen het onherroepelijke. Je potlood valt, de stift breekt en het is nooit meer een goed potlood. Als je je best doet, kan je er nog net mee schrijven. Maar het zal nooit meer het potlood zijn dat het eerst was. Sommige dingen zijn onherroepelijk.'

Met onze kapotte potloden stonden we op van onze werkplekken. We legden het werk neer en vergaderden. De zaalmanagers bevalen ons terug te keren naar onze telefoons. Er stonden 'telefoontjes in de wacht', de boom in Merano was op een hoogspanningsmast in Tirol gevallen, everzwijnen schudden hun luizen uit boven pakken Barillapasta en heel Italië had naar de telefoon gegrepen.

Maar toch legden we het werk neer.

'Zo raken we ze kwijt!' schreeuwden ze door de gangen, net als in een operatiekamer wanneer een patiënt dreigt te sterven onder de handen van de chirurg.

Maar wij bleven staan en keken hoe ze schreeuwden.

'Zo raken we ze kwijt!' en ze hadden het over de telefoontjes van de geachte klanten die het beu waren te wachten tot iemand van ons hen te woord zou staan.

Maar nog steeds bleven we waar we waren.

'Zo raken we ze kwijt!' en ze smeekten ons op autoritaire toon, zoals wanneer je je hond probeert mee te sleuren, weg van een loops teefje. Ze bevalen het ons met tranen in hun ogen. Bazen blijven altijd macht uitoefenen, zelfs als ze machteloos zijn.

'We zijn projectmedewerkers,' zei ik, 'we kunnen ons werk onderbreken wanneer we willen. We zijn zelfstandigen, net als loodgieters. We staan een sigaretje te roken.'

Ik draaide me om en begon te zingen.

'Marina, Marina, Marina, kom dans nog een keertje met mij.'

'Ik snap het, maar heb je nou met Marinella geneukt?'

Ik knikte.

'Heb je haar van achteren geneukt, net als in die filmpjes op internet?' vroeg die achterlijke broer van me en ik knikte nogmaals.

'Heb je vaseline meegenomen? Nivea? Heb je een poedertje in haar sinas gedaan of heb je haar sterkedrank gegeven?'

Ik vertelde hem dat in het callcenter de eerste ontslagen waren gevallen en dat we dus een petitie hadden opgesteld om de arbeidsinspectie te laten komen. Ik vertelde hem dat dertien werknemers de petitie hadden ondertekend, maar dat we minstens met z'n vijftigen waren. En dat de arbeidsinspectie in San Lorenzo zat, in de buurt van de universiteit waar hij op een dag gaat studeren om doctorandus te worden, of op z'n minst ingenieur.

'In de Via De Lollis staat ook een studentenhuis. Marinella kon een kamer van een vriendin gebruiken. Daar gingen we heen om een bord pasta te eten met onze actievoerende collega's, die ervandoor gingen toen ze begrepen dat we alleen wilden zijn.

Ik ging erheen voor de goede zaak en had me niet voorbereid met sterkedrank en poedertjes.

Gelukkig stond er een wel een fles drank, een door de Calabrese grootmoeder van haar vriendin gemaakte notenlikeur, die we hebben opgedronken. Er hing een geur van vieze kleren en zweetsokken, maar ook van gefruite uien. Het was de kamer die stonk, want Marinella was juist schoon en rook naar kut, zelfs haar haren. En nadat ik haar op bed had gelegd, was ze enkel nog bedekt met haar haren. Dat en het haar dat ze, niet te opvallend, tussen haar benen had. Het was geen op de Via del Corso gekochte nertsjas, geen prijswinnende rashond. Het was iets dat bij haar hoorde, dat ze van jongs af aan bij zich had gedragen, op school toen ze samen klein waren, dat ze mee op vakantie had genomen en dat ze had verzorgd als haar tanden, nagels en oren. Nu ze ouder was, zag ze het als een apart onderdeel, als een stuk gereedschap, een vijl, een hamer of een Engelse sleutel. Een instrument met een eigen specifieke functie. Een timmermansschaaf, mooi gemaakt en vlijmscherp, maar verre van obsceen.

Hoe meer ik haar beklom, des te gigantischer werd ze. Ook ik dijde uit te midden van die stank van snacks etende en zich nauwelijks wassende studenten, ook ik was King Kong, maar zij was de wolkenkrabber midden in New York, het oerwoud in Belgisch Congo, een majestueus continent, enkel bedekt met schaam- en hoofdhaar, een naakt Afrika met haar hoofd in het Colosseum, haar billen op de Esquilijn en haar voeten op de Veranobegraafplaats. Ik kon er uit wandelen gaan, er vrienden mee naartoe op vakantie nemen. In elke hoek van dat lichaam zat een appartement. Eindeloze, platgetreden oppervlakten, driedubbele badkamers, vakantiedorpen, kathedralen en tempels van verdwenen beschavingen, rivieren tussen baaien, kliffen, bergtoppen, hoogvlaktes, valleien en rotsspleten, een landschap van vlees zover je kon kijken. Ze zei niet "neuk me, pak me, neem me." Ze keek niet geil zoals actrices die in de camera knipogen terwijl ze met hun voeten iemand aftrekken. Door haar enorme omvang was haar seksuele gedrag geologisch van aard, als aardschokken, vulkaanuitbarstingen en zeebevingen. Er was een archeoloog nodig voor het voorspel, om een onder het puin verborgen, erogene necropolis bloot te leggen.

Ik wierp een blik op de Ikeaplank naast de slaapbank en zag de Nivea. Een pot van een kilo, een emmer vol crème. Een dosis voor botergeile olifanten. Ik dompelde me er in onder als een diepzeeduiker. Waarschijnlijk pakte ik te veel, want ik gleed bij haar naar binnen zonder het te willen.

Niet alleen met m'n geslacht, maar met m'n hand en met m'n arm. Binnen een seconde zat m'n been erin. Nadat m'n hoofd en m'n schouder erin waren verdwenen, werd ik helemaal naar binnen gezogen. Zoals iemand die andersom geboren wordt, zoals iemand die afdaalt in een kelder' zei ik tegen mijn achterlijke broer.

'Zo lagen we op bed. Languit, op die middag vol zweterige plastic tennisschoenen en gefruite Calabrese uitjes. Daarna kleedde ze zich aan, ging de kamer uit, liep naar buiten, het stukje naar de metro. Ze had haast omdat ze niet te laat op haar werk wilde komen, ze vloog ervandoor.

In de metro zat de zigeuner met z'n accordeon.

"Marina Marina Marina," zong hij en het was net alsof hij het over haar had.

Bij de halte Subaugusta stapte ze uit. Ze liep door het winkelcentrum. Ze kwam langs de Coop, ging naar de bovenverdieping waar de witgoeddiscount zit, en het bedompte café en de ijsbeer van de ijsjes. Ze stak het terras over, kwam langs de receptie, scande haar badge, het poortje ging open en ze ging op haar plek zitten. Ze logde in, voerde haar wachtwoord in en het eerste telefoontje kwam binnen. "HalloikbenBarbiewaarmeekanikuvandienstzijn?" En ik zei zachtjes bij mezelf "ik heb je als een kledingstuk aangetrokken".'

Mijn oom zat in zijn leunstoel.

De leunstoel naast de buffetkast. Nog een paar dagen en het goede glasservies zou aan diggelen gaan. De familieglazen, een overblijfsel van toen we nog kippen en hoenders hadden, gered uit handen van onze schuldeisers, meegebracht uit het dorp en mooi uitgestald. Nog een paar dagen en ik zou het opvegen, samen met de huisstofmijt en de broodkruimels.

'Hij zat in zijn leunstoel.'

Dat zou je over hem kunnen zeggen en dan was je uitgepraat. Maar toen was er die toestand met Patrizia.

'Waar was jij op dat moment?' hadden we elkaar voor de rest van ons leven kunnen vragen.

Net als Amerikanen in de jaren zestig met de moord op Kennedy. Net als de westerse wereld met de Twin Towers. Ónze elf september had plaatsgevonden op de eerste verdieping van onze flat. Ik zat op mijn werk, mijn broertje leerde vloeken op zijn kamer. Mijn oom zat in zijn leunstoel. Hij deed hetzelfde als wat hij de rest van de dag en van de week en van zijn hele leven deed, gedurende zijn laatste jaren en de tijd die hem nog restte.

En waar was ik op dat moment?

Ik zat op mijn werk. Ik zat toen altijd op mijn werk.

Ik werd gebeld en ging naar het ziekenhuis om mijn broertje op te halen. Hij zat in de kamer van Patrizia samen met de buurvrouw van de vijfde verdieping en haar broodmagere zoon die op haar schoot lag te slapen. Iemand had gebakjes meegenomen. Misschien wel die kerel in visserskleding. Hij zei dat hij banketbakker was. En hij was samen met Marinella, die voor een buurman van haar was gekomen. Ze vertelde me dat ze een huurwoning zocht en ik bedacht dat ze wel bij ons in de flat kon komen. De beheerder vond het prima. Hij zocht iemand die in het appartement wilde wonen zonder dat het werd opgeknapt. En voor haar was het ook prima, want ze hoefde maar weinig huur te betalen. Zo kwam ze bij ons terecht. Ze nam niets mee. Alleen een foto van haar vader. Volgens mij was hij atleet. Iemand die ook in Amerika heeft hardgelopen. Een foto waarop hij door de lucht vloog.

Zij kwam dus, en er kwam ook af en toe een schade-expert bij ons langs. Hij kwam vragen stellen. Op een keer liet hij een kat bij ons achter, hij zei dat hij die gevonden had. Het beest was voor Patrizia. Hij zei dat hij haar vader was. Daarna zagen we hem niet meer terug. Hij vertrok. Ik vroeg hem nog waarheen. Hij noemde de plaats, maar ik verstond het niet.

Onze tijdbom stond ingesteld op begin juni.

Als er bommen in het spel zijn, gaan die altijd af als het lekker weer is. De dag van de kanonschoten op Bava Beccaris aan het eind van de negentiende eeuw was in mei. De bomaanslag op de Piazza della Loggia en in Capaci was in mei. In juni het vliegtuig van Ustica. In juli vloog de Via D'Amelio de lucht in. In augustus was de aanslag op het station van Bologna en op de Italicus. En dan heb je nog de wereldoorlogen. De eerste begon in juli, de tweede in september. De atoombom viel begin augustus. Dus altijd in het seizoen waarin er veel bosbranden zijn, vandaar dat sommige bommen ook wel 'brandbommen' worden genoemd.

Onze tijdbom stond ingesteld op begin juni.

Tegen het einde van je contract hoorde je dat het getik van de dieselbom was veranderd in het geronk van een tractor, je ging naar je werk, zette je computer aan en voerde je wachtwoord in. Als het je lukte om in te loggen, kreeg je het formulier voor je nieuwe aanstelling te zien en kon je klikken op 'accepteren'. Zo niet, dan verscheen er alleen maar EXIT en ging je terug naar huis. Vervolgens besloot het bedrijf dat de contracten echt getekend moesten worden. Zwart op wit, met inkt op een vel papier. Dus wanneer je op het punt stond de lucht in te vliegen, ging je in een kantoortje in de rij staan om dat explosieve velletje papier op te halen. Nadat je een ochtend in de rij had gestaan, noemde je je naam tegen een medewerker die je opzocht op een lijst. Als je contract er was, kon je het tekenen, anders exit.

In juni 2006 ontploften er vierhonderd bommen.

Maar de zwaarste ontplofte een paar maanden later.

We waren eind augustus allemaal in Rome toen de controle door de provinciale arbeidsinspectie werd afgerond. De inspecteur schreef dat slechts vierhonderd van de vierduizend werknemers een echt contract hadden, een dat niet ontploft. Alle anderen waren project- of interim-medewerkers. De inspecteur schreef dat het illegaal was ons op die manier in dienst te nemen.

Hij schreef dat het bedrijf ons en de staat bestolen had door minder premie af te dragen voor pensioen en arbeidsongeschiktheidsverzekeringen.

Hij schreef dat het ook de schuld was van de vakbond die de contracten altijd ondertekende.

Hij schreef dat het bedrijf nu vierduizend medewerkers in dienst moest nemen.

De baas wilde weten hoeveel het hem zou kosten om de boetes en de achterstallige premies te voldoen, en het advocatenkantoor berekende dat het hem driehonderd miljoen euro zou kosten.

Nu heeft de baas een bom in z'n zak, dacht ik. Nu is hij degene die trilt als-ie koffie drinkt.

Ondertussen was ook het appartement van Patrizia ontploft.

Voorlopig was dit de enige bom die een knal had gegeven. Een paar dagen erna stond ik voor de omgevallen buffetkast, in de kamer die bezaaid lag met glasscherven. Ik was niet aan het werk, ook al was het zondag, één van mijn werkdagen, want mijn vrije dag is woensdag.

De Almachtige schiep de wereld en op de zevende dag ging hij op vakantie. Dat kon hij doen omdat hij zelfstandig ondernemer was. Als hij op maandag terug naar zijn werk was gegaan om hier en daar nog ergens de laatste hand aan te leggen, zou de wereld misschien een beetje beter gelukt zijn, maar nu moeten we het er maar mee doen, alle fabricagefouten incluis. Hij was ook maar een arbeider en hij had recht op een vrije dag, reken maar dat ze in die tijd geen tijdelijk werk en uitzendbureaus hadden. Volgens mij had God, als hij in het callcenter had gewerkt, ook op woensdag vrij gekregen.

Maar die zondag was ik naar mijn werk gegaan en daarna meteen weer terug naar huis. Iemand had er een tas vol visaas neergezet. Levend aas dat in het microklimaat van ons bedrijf in krekels, vliegen en motten was veranderd.

'Meelmotten' zei de bewaker in zijn kantoortje terwijl hij naar een gelig insect wees.

Hij was een visser en sprak er, verstopt achter z'n zwarte zonnebril, als een deskundige over.

Hij deed gewichtig omdat Marinella erbij was, anders had hij ook wel minder wetenschappelijke zaken aangesneden. Een gesprek dat hij eigenlijk niet in het bijzijn van een vrouw kon voeren, al was zij toch niet iemand op wie hij viel. Als ze er niet bij was, zei hij 'als je iets met haar wilt, moet je een kussen op haar gezicht leggen, ik zou haar nog niet eens pakken als ik geld toe kreeg.'

We mochten niet naar binnen van hem omdat er gedesinfecteerd moest worden.

Dus ging ik terug naar huis en ruimde de buffetkast op. Het bij elkaar vegen van al die scherven maakte een hoop lawaai en mijn oom werd wakker.

'Ik heb honger' zei hij, en ik gaf hem een restje kikkererwten uit blik van de avond ervoor.

Hij werd wakker en at. Mijn achterlijke broer gaf hem altijd waar hij om vroeg. Die ouwe zei dat hij honger had en mijn broer trok een blikje open zodat zijn bord weer vol was.

Mijn broertje at alleen maar blikjes. Tonijn, bonen, kikkererwten, doperwten, pens in saus, sardientjes. Alles wat je maar kon inblikken. Hij at het zelf en gaf het ook aan onze oom te eten.

Ik niet. Af en toe zei ik nee tegen oom. Ik zette hem op dieet omdat hij dronk en pieste, at en kakte, en wij hem 's avonds moesten wassen. En dan was er nog van alles op de leunstoel achtergebleven. Die was zo smerig en afstotelijk dat het leek alsof hij daar ook op had gekakt.

Ik schepte de kikkererwten op zijn bord en hij vroeg 'hoe ligt juffrouw Patrizia er eigenlijk bij?'

'In coma' antwoordde ik.

'Wat bedoel je?'

'Ze ligt in coma. Ze eet wat de pot schaft. Ze kakt en piest zich onder. Net als jij wanneer je slaapt.'

Mijn oom 'wat jammer. Vind je Patrizia leuk? Vertel es... heb je een vaste vriendin?'

En ik 'soort van.'

'Wat nou soort van? Een soort van dier? Heeft ze een snavel en veren?'

'Soort van.'

'En vrij je met haar?'

'Dat zeg ik niet. Ik wil het er niet over hebben.'

'Dat betekent dus dat je niet met haar vrijt. En vrij je wel met andere meisjes?'

'Er zijn geen anderen. Ik kijk niet naar andere meisjes.'

'Het is net als wanneer je het kippenhok ingaat. Als je maïs bij je hebt en je er een van kunt laten eten, kun je ze er allemaal van laten eten.'

'Ik heb het wel eens met een oude vrouw gedaan.

Het is ook een oud verhaal, maar oude mensen vertellen nu eenmaal oude verhalen,' zei mijn oom altijd als hij van wal stak en hoestend en proestend zijn keel schraapte. 'Wees maar niet bang, het duurt niet lang. Het is misschien wel het laatste verhaal dat ik vertel.

Goed, de oorlog was al voorbij toen we het kippenbedrijf hadden overgenomen. En op een dag kwam die oude vrouw langs. We kenden haar omdat ze altijd pluimvee bij ons kwam kopen. Ze werkte voor een stelletje Fransen en ze wilde een levende kapoen. Ze vertelde dat haar bazen kwamen en gingen, en ze durfde het beest niet dood mee naar huis te nemen.

Ze zei "als die Fransen dan weer vertrekken, bederft-ie. Geef mij maar een levend beest, dan maak ik hem zelf wel af als ik hem moet bereiden. Kom hem vanmiddag maar brengen."

Ik hielp toen in de zaak, net als je vader. Ik bracht de kapoen naar haar toe, en dat was inderdaad beter, want haar bazen waren er net vandoor gegaan en zij was alleen.

Ze vroeg "wil je een glaasje rozenlikeur?"

Ik zei "nee bedankt."

"Een beetje wijn dan?"

Ik antwoordde "ik drink niet." Ik was een jonge knul.

Ze zei "een kop koffie?"

Ik knikte, hoewel ik het eigenlijk niet echt wilde maar het onbeleefd vond steeds te weigeren. Ze zette de koffiepot op het vuur en we zwegen. Ik wist niet wat ik moest zeggen. De volgende dag zou ik gaan trouwen, maar over de bruiloft kon ik het niet hebben. Wat wist ik nou van haar? Misschien was ze wel een ouwe vrijster of was haar man kort daarvoor overleden en gaf ik haar een ongemakkelijk gevoel. Toen hoorde ik de kapoen in de tuin. Hij kraaide. Weet je wat voor geluid een kapoen maakt? Net als een haan, maar dan wat nichteriger. Heel grappig.

Dus begon ik maar over dat beest te kletsen, dat onderwerp was me op het lijf geschreven en ik kon er op niveau over praten. Ik praatte een half uur. Ik was wetenschappelijk, geschiedkundig en zelfs vermakelijk. Ze luisterde aandachtig, lachte en was geïnteresseerd in elk onderdeel van mijn uiteenzetting.

"Het geluid van de kapoen is iets heel bijzonders," zei ik tegen haar, "als kuikens zijn vrouwtjes en mannetjes gelijk, er is een getraind oog voor nodig om ze uit elkaar te houden, maar als ze groot worden, vertonen ze een uitzonderlijk verschil. Een haan krijgt een kam op zijn kop en lellen aan zijn kin, sporen en strijdlust. En bovendien kun je hem herkennen aan zijn felgekleurde veren, aan zijn loopje, aan zijn territoriumdrift en aan zijn gekraai, dat zo kenmerkend is voor het platteland. Het gekraai van de haan is ons symbool. Wanneer je zijn ballen eraf snijdt, verliest hij zijn trots. Een gesneden haan, noemt de dierenarts dat. Na de operatie behoudt hij zijn veren, maar zijn kam gaat slap hangen. En bovenal verliest hij zijn stem. Daarom zeg ik dat het gekraai van een kapoen iets bijzonders is om te horen. 's Ochtends klimmen de hanen met toebehoren op het laddertje om de boeren te wekken. De kapoenen niet. Die scharrelen als suffe kippen wat in het rond. Weet u hoe ze dat doen?" zei ik tegen de oude vrouw die koffie voor me aan het zetten was. "Ze doen een soort elastiekje om zijn scrotum of zetten er een knijper op zodat de bloedtoevoer stagneert en zijn ballen uitdrogen, en ze doen het ook wel door ze eraf te snijden, maar daar is een vakman voor nodig".'

Mijn oom lachte heel af en toe.

Mijn vader lachte altijd, maar hij niet. Hij zweeg. Maar nu moest hij lachen om het geslacht van hanen alsof het een grapje was. Hij lachte hysterisch toen hij terugdacht aan die dag waarop hij al zijn kennis had tentoongespreid. Hij lachte toen hij eraan dacht dat hij op dat moment vond dat hij een onschuldig onderwerp had aangesneden maar langzaamaan had doorgekregen dat hij meer dan een half uur over seks had zitten praten. Hij had met geen woord over zijn bruiloft gerept om niet onbeleefd te zijn, en in plaats daarvan had hij het over pikken in allerlei soorten en maten gehad.

'Als ik metselaar was geweest, had ik over muren gepraat,' zei hij toen hij bijkwam van het lachen, 'was ik smid geweest, dan had ik over lasnaden en smeedijzer gepraat, maar wij hadden een kippenhandel. Ik praatte over pikken en had het idee dat ik over mijn werk aan het praten was.

Toen roken we een enorme stank en zij zei "o mijn God, de koffie!" Het rubber was gesmolten omdat ze de koffiepot zonder water had opgezet.

Ze zei "die koffiepot kan ik nu wel weggooien, ik kan geen koffie voor u zetten. Wilt u een glaasje wijn?" Ik had al nee gezegd. Maar nu knikte ik om haar niet voor het hoofd te stoten. En deels door de wijn, deels doordat ons hoofd vol zat met al die hanenpikken... zijn we in bed beland.

Voordat ik wegging, zei ik "morgen moet ik trouwen."

"Wil je met mij trouwen?"

"Nee, met een ander."

"Gefeliciteerd. Zeg er maar niets over tegen je bruid, anders snijdt ze je ballen eraf, net als bij die kapoen."

De volgende dag trouwde ik. We gingen met een rijtuig naar het restaurant. We aten kip, kapoen, haantjes en kippensoep. Allemaal eigen fabricaat. Alleen de taart had geen veren. Ik sneed hem aan en daarna verdeelden we hem samen in stukken. We gingen met een mand bij de uitgang staan om bruidssuikers aan de familieleden uit te delen. Bruidssuikers geef je in oneven aantallen.

"Het rijtuig staat er niet" zei je tante.

"We lopen wel terug" antwoordde ik.

Onderweg zei ik "dit is onze huwelijksreis."

Ik was bang dat die oude vrouw terug naar onze zaak zou komen, dat ze er iets over zou zeggen. Iedere dag dacht ik: nou komt ze en zet ze me te kakken tegenover iedereen, familie en klanten. Na een week kon ik er niet meer tegen en ging ik bij haar langs. Ik wilde mijn verontschuldigingen aanbieden, haar smeken haar mond te houden. Ik nam zelfs wat bruidssuikers in een servetje voor haar mee. Haar Franse bazen waren thuis en ik wist niet eens hoe ze heette.

Ik zei "waar is die oude vrouw?"

Maar ze verstonden me niet. Ik bleef aandringen, maar ze antwoordden in hun eigen taal. Toen bedacht ik dat ze me misschien al antwoord hadden gegeven, maar dat ik hén ook niet had verstaan. De Franse kindertjes speelden met de kapoen. Ik wilde net weggaan toen ik hem hoorde kraaien. Een beetje schril hanengekraai, maar wel trots. Het moest wel een bijzonder beest zijn dat hij zoveel geluid voortbracht.'

'Misschien was ze van ouderdom gestorven,' zei ik.

'Ik denk het niet. Ze was dertig.'

'Maar dan was ze dus helemaal geen oude vrouw.'

'Wel voor mij. Ik was zeventien. Als je jong bent, lijken alle mensen oud, alsof ze nog maar een paar uur te leven hebben. Daarna breekt het moment aan waarop je iedereen jong vindt. Dat betekent dat je zelf oud bent geworden. Dan ben jij degene die nog maar een paar uur te leven heeft.'

Ik luisterde naar mijn oom die het over seks en kippen had, en ondertussen dacht ik: wie beantwoordt al onze telefoontjes nu het bedrijf dicht is?

Ik was thuis de scherven van het glasservies bij elkaar aan het vegen, omdat ons callcenter door vliegen was overspoeld, en op datzelfde moment nam een Milanees of een Albanees, een Roemeen of een Palermitaan in mijn plaats de telefoon op met 'waarmeekanikuvandienstzijn?'

'Werk maakt vrij.'

Dat staat op het hek van Auschwitz geschreven.

'Zou dat ironisch bedoeld zijn?' vroeg ik aan de verzekeraar, tevens de vader van Patrizia, voordat hij voorgoed verdween, nadat hij zijn schadeonderzoek bij de beheerder van de flat en een kat bij Marinella had afgeleverd.

De verzekeraar vertelde dat zijn vader ook naar Duitsland was gedeporteerd.

'Ze hadden ze uit hun huizen gehaald,' zei hij, 'en een papiertje laten zien waarop stond "Huis afsluiten. Sleutel meenemen." Net zoals wanneer je op vakantie gaat en bang voor dieven bent. Vervolgens hadden ze twintig minuten gekregen om hun boeltje te pakken.

Er wordt gezegd dat Duitsers niet over ironie beschikken, maar ze beschikken juist over een speciaal soort. Een ernstig soort ironie, waarvan je het niet in je broek doet, en ook niet in je vuistje moet lachen. Het is de ironie van de geschiedenis, die maakt dat je verder kunt leven zonder dat je leven nog zin heeft, zelfs als alles moeilijk is en je nergens meer van kunt genieten.

De smid die de uitdaging aannam om dat stukje smeedijzeren vakwerk te vervaardigen, verschilde niet veel van mij. Hij had kunnen schrijven "Laat varen alle hoop, gij die hier binnentreedt" of eenvoudigweg "zoek het lekker zelf uit!", maar nee, er staat die zin die in het Duits luidt "Arbeit macht frei".'

Die afgezaagde zin 'wij zijn de geschiedenis' is waar. Niet voor Hitler met wie het slecht afliep en die zichzelf opblies in een ondergrondse vijfsterrenbunker in Berlijn.

Maar wel voor de Jood Fritz Haber die Zyklon B uitvond, of voor de smid die de tekst op het hek van Auschwitz smeedde. Dat is de geschiedenis, en die blijkt een door onschuldige mensen veroorzaakte klotezooi te zijn. De elektricien van de elektrische stoel, de messenslijper die de beulsbijl scherpt en de arbeiders die de atoombom in elkaar zetten. Wij allen, onvermoeibare dienaren van de staat of van een bedrijf, wij die netjes ons werk doen. Een scheikundige, een smid en een callcentermedewerker. Hamsters die het rad draaiende houden.

Ik veeg de scherven van mijn ooms gebroken glazen bij elkaar zoals ik de scherven van de Kristallnacht bij elkaar had kunnen vegen.

Mijn oom zat in zijn leunstoel.

Tien jaar lang zag ik hem zo zitten. Elke dag. Zesendertighonderdtweeënvijftig dagen, de schrikkeljaren meegeteld. Ik zag hem als ik wegging en als ik thuiskwam, eerst om naar school te gaan en later naar m'n werk. Twee keer per dag. Zevenduizend ontmoetingen met die man en zijn leunstoel, en ik herinner me ze allemaal omdat het vooral de laatste jaren altijd hetzelfde liedje was. Het slot klikte en hij werd wakker. De helft van de keren kwam ik binnen, de andere helft ging ik weg. Hij zei 'ik heb honger.' Als ik thuisbleef, gaf ik hem te eten. Als ik wegging, deed ik alsof ik gek was. Hem maakte het geen zak uit.

Die dag veegde ik de scherven van het goede glasservies bij elkaar. Ik ging niet weg en kwam niet thuis. Hij was wakker. Wakkerder dan normaal. Hij stelde me vragen over seks en wilde eten. Hij hield een bord vast. Een vies bord van de dag daarvoor en van de week daarvoor en van de eeuw daarvoor. Op de vloer lag een sausvlek. Ik dacht aan de pikvormige wolk, omdat die vlek ook ergens op leek. Op een hondenkop. Ik bedacht dat het huis schoongemaakt moest worden, dat het niet voldoende was om alleen de scherven op te ruimen. Maar ik bedacht ook dat ik het glas halfvol moest gaan zien, want in het rapport van de arbeidsinspectie stond dat ze ons allemaal in dienst moesten nemen.

Ik bedacht dat we nieuwe glazen zouden kunnen kopen aangezien ze me nu een contract voor onbepaalde tijd zouden geven en ook mijn achterstallige loon zouden betalen. Acht jaar lang was het niet uitgekeerd, dat is een flinke smak geld. En dan zouden ze ons nog een dertiende maand geven en doorbetalen bij ziekte en vakantie. Met dat geld kon ik in mijn vakantie met mijn broertje naar China gaan om papa te zoeken, terwijl er bomen op hoogspanningskabels vielen en half Tirol opbelde. Terwijl de inwoners van Toscane zich beklaagden bij medewerkers die betaald werden om hun problemen met teken en everzwijnen op te lossen en die schijt hadden aan seksmaniakken. Die in twintig seconden antwoordden als er maar twintig seconden voor nodig waren. Die een antwoord van twintig minuten gaven als het nodig was. Die praatten zonder rondjes en kruisjes.

En als mijn oom vroeg 'heb je een vaste vriendin? Vrij je met haar?'

Als mijn broertje wilde weten 'heb je haar van achteren geneukt?'

Dan zou ik knikken en ja zeggen, want het zou waar zijn. Wie weet zou Marinella het zelf wel zeggen, want zij zou met haar betaalde vakantiedagen óók meekomen en niet alleen haar op mijn mobieltje opgenomen stem 'halloikbenMarinellawaarmeekanikuvandienstzijn?' Ze zou misschien wel meekomen met haar zwangere buik, want ondergeschikten met een echt contract mogen ook gewoon zwanger zijn, en dan hoefden ze dus niet meer te vragen of ik haar had geneukt. Mijn Chinese vader zou het doorhebben, en mijn oom in zijn ondergekakte leunstoel, en zelfs die achterlijke broer van me. En ze zouden niet naar haar mismaakte mond kijken omdat haar buik de aandacht trok.

Mijn oom zat in zijn leunstoel.

Hij zei 'ik heb honger.' Ik gaf hem zelfs een schoon bord en trok een blikje tonijn in olijfolie open. Het was een blikje, maar wel duurder dan normaal. Ik bedacht dat ik er ook wel een hapje van kon nemen, omdat het toch een beetje feest was, en zei 'eet smakelijk' en toen 'komt papa nog terug uit China?'

'Er bestaat geen remedie tegen het onherroepelijke.'

'Maar denk je dat papa nog leeft?'

'Als hij nog leefde, schreef hij wel.'

'Hij heeft een brief geschreven. We hebben hem uit ons hoofd geleerd. "Lieve Nicola en Salvatore, beste broer, ik ben naar China vertrokken, enzovoort".'

'Die heb ík geschreven' antwoordde hij, en hij stak van wal, maar zonder dat riedeltje over dat het een oud verhaal was zoals oude mensen vertellen, zonder hoestend en proestend zijn keel te schrapen, te brommen en te zeggen dat het misschien wel zijn laatste verhaal was.

Dat deed hij allemaal niet, omdat hij wist dat ik dat zelf wel begreep.

Hij zei 'toen je opa overleed, waren jullie aan zee, alleen. In het huis boven l'Accricco in Lavinio. Ik wilde dat je vader het jullie in z'n eentje zou vertellen, maar hij stond erop dat we samen zouden gaan. We gingen zelfs met onze kleren aan de zee in. Weet je nog? Hij had een paraplu. Toen was de begrafenis, zonder dode. In China was die ramp met de op het plein vermoorde studenten en de machthebbers lieten geen hond het land uit. Toen we de beschikking kregen over de boekhouding van het kippenbedrijf, werd duidelijk dat we een berg schulden hadden. Dat je opa het in China geprobeerd had, maar dat het slecht was afgelopen. Ik wist dat we dat gat met verzekeringsgeld konden dichten, maar dan moest de beesten een ramp overkomen. Diefstal zou ook kunnen, maar wie zou al die kippen stelen? Er was dus een brand of een roedel zwerfhonden of zoiets voor nodig om de kippen allemaal om zeep te helpen, maar dan zou de verzekering misschien denken dat het een truc was om aan geld te komen. Ik zat dus te denken aan rode-palmkevers die palmbomen laten uitdrogen, aan krekels die in Frankrijk de wijnranken ruïneren en aan cochenilleluizen die witte sneeuw op takken maken. Maar nee, je vader wilde dat we naar China zouden gaan.

"We laten de boel de boel en vertrekken," zei hij.

Als ik naar hem had geluisterd, had hij me weten te overtuigen, dus deed ik alsof mijn neus bloedde. Ik schudde mijn hoofd en hij werd boos. Hij noemde me een klootzak. Ik antwoordde niet, praatte niet eens. Dus toen kocht hij tickets, voor zichzelf en voor jullie tweeën.

Die avond laadde ik de kippen in de koelwagen. Het moest allemaal 's nachts gebeuren. De kippen levend invriezen, ze terugleggen op hun plek in de kippenren en een paar dagen weggaan. Bij thuiskomst zou ik aangifte doen en als de dierenarts kwam, zou hij zien dat de beesten, die alweer een tijdje ontdooid waren, een hartstilstand hadden gehad. Ze zouden ze opensnijden en onderzoeken. Het belangrijkste was dat ze geen vergif vonden. Ze moesten niet denken dat ik ze om zeep had geholpen. Zodra het donker was, laadde ik het pluimvee in de vrachtwagen. Ik sloot de deur en reed weg. Automatisch zette ik de radio aan, dat deden je vader en ik altijd zodat we de motor van de koeling niet hoorden, en misschien ook vanwege de beesten die waarschijnlijk zouden gaan krijsen. Ik reed meer dan drie uur rond. Toen stopte ik, zette de motor uit en draaide de radio zachter. Er kwam geen geluid uit de laadbak van de vrachtwagen.

Ik startte weer, keerde om en reed terug. Uit angst dat iemand me zou zien, laadde ik het pluimvee uit in het donker. Het was een zooitje daarbinnen. De beesten waren allemaal op een hoop gaan zitten op het stukje vloer waar de temperatuur waarschijnlijk het langzaamst was gedaald. Er lagen bergen veren en het was één grote kluwen kippen. In het donker laadde ik die bevroren beesten uit en toen vond ik een schoen. Dat gebeurt altijd. Ook bij auto-ongelukken verliest er altijd iemand een schoen. Ik zette de deur van de vrachtwagen op een kier en deed het licht aan.

Toen zag ik je vader.

Hij zag er netjes uit.

Hij was niet verfomfaaid zoals de rest van het bevroren pluimvee in de koelcel. Afgezien van de schoen die hij was kwijtgeraakt, was hij netjes doodgegaan. Alsof hij de situatie had geaccepteerd. Misschien had hij geschreeuwd en tegen de wanden gebonsd, en had hij al snel begrepen dat ik hem niet kon horen. Dus was hij in een hoek gaan zitten, netjes. Hij zag er zelfs kalm uit. Hij had niet de gelaatsuitdrukking van iemand die mij veroordeelde. Hij was ook niet meer de broer die me klootzak noemde. Nu was hij alleen nog maar een probleem dat snel moest worden opgelost. Ik kon hem niet het huis in slepen en mensen laten geloven dat de kippen en ook mijn broer op dezelfde dag waren doodgegaan. Kon hij ook slachtoffer van die epidemie zijn? Voor een kippenziekte rukt de politie niet uit. Maar zijn dood was een ander verhaal. De dood van een mens ligt een stuk ingewikkelder. Ik kon zeggen dat het zelfmoord was, maar iemand die zichzelf van het leven wil beroven, spendeert geen fortuin aan drie vliegtickets. Ze zouden gaan graven en ontdekken dat het mijn schuld was.

Ik zette jullie in de wagen om jullie ook in te vriezen. Er waren die tickets naar China. Ik zou zeggen dat jullie met je vader waren meegegaan. Ik moest een manier vinden om die tickets uit zichzelf te laten vertrekken, maar daarvoor hoefde ik alleen maar een zigeuner te betalen om ze voor me te verkopen. Ik zette de radio aan en reed de snelweg op.

De koelcompressor heeft een aparte motor. Wanneer je op een boot of ergens binnen geparkeerd staat, kun je die niet gebruiken, dus schakel je de stroom in, 380 volt. Maar als de koelmotor aanstaat, maakt hij een hels kabaal, en dus moesten we altijd de radio op tien zetten om hem niet te horen. Ik had hem aangezet, maar de brandstof was opgeraakt en hij was onderweg uitgegaan zonder dat ik het merkte. Na bijna drie uur stopte ik bij een wegrestaurant, zette de radio uit en hoorde dat jullie aan het spelen waren.

Ik had mijn broer per ongeluk vermoord, en nu ik het met jullie expres had willen doen, was het me niet gelukt. Dus liet ik jullie uitstappen en bestelden we cappuccino's en croissants. Weet je nog?

De dag erna gaf ik de vliegtickets aan een zigeuner die me er honderdduizend lire voor vroeg. Voor tweehonderdduizend nam hij ook jouw vader mee. Vervolgens haalden de schuldeisers al onze spullen weg en legde de bank beslag op het huis. Toen de verzekering uitkeerde, gingen we naar Rome en kocht ik de conciërgewoning. Alleen de kristallen glazen waren nog over, ik wikkelde ze in papier en stopte ze in een grote doos, we reden naar de stad, ik haalde ze uit het papier en zette ze in de buffetkast. Ik werd conciërge en elke dag dacht ik dat ik mezelf moest aangeven, het moest opbiechten. Maar waar was ik schuldig aan? Ik zou wel schuldig zijn geweest als ik jullie had vermoord, maar dat was me niet gelukt. Wat had ik moeten opbiechten? Was ik schuldig aan het invriezen van jullie vader zonder dat ik het wilde, of schuldig aan het willen invriezen van jullie zonder dat het me lukte? Kan je een misdaad begaan zonder een misdadiger te zijn? Is de intentie hebben alleen al genoeg? Ik was altijd voorzichtig, keek altijd om me heen zodat ik tegen niemand zou opbotsen, reed altijd dertig op de snelweg zodat ik niet eens een kat zou overrijden, net als die boeddhistische monniken die zich verontschuldigen voor het per ongeluk onder hun schoenzolen pletten van onzichtbare insecten.

En toch was mijn broer dood. Dat had ik niet gewild, maar het was gebeurd. We praatten al dagenlang niet, maar we hadden geen ruzie. Het was mijn schuld, maar niet mijn verantwoordelijkheid. Ik had het gedaan, maar niet gewild. Toen ik hem zag, zo bevroren, leek het alsof hij dat ook had begrepen. Je hebt mensen die in de douche uitglijden, die een dakpan op hun hoofd krijgen. Dat gebeurt. Het speet me, maar bovenal verbaasde het me dat hij er zo netjes uitzag. Hij was zelfs mooi. Hij leek eerder reclame te maken voor een bedrijf dat lijken verkocht, dan een dode. Het was onherroepelijk.'

Mijn oom zat in zijn leunstoel.

Hij hield op met praten, boog zijn hoofd en begon zijn tonijn te eten. Ik bleef zwijgend naar hem zitten kijken tot hij zijn bord leeg had. Daarna leunde hij tegen de zijkant van de stoel en viel in slaap. Toen Salvatore uit school kwam en de deur openmaakte, klikte het slot.

Oom zei 'ik heb honger.'

'Je hebt net gegeten,' antwoordde ik, terwijl ik met zijn vork op het bord sloeg om hem duidelijk te maken dat hij net zijn bord leeg had.

Sinds die dag gaf ik hem niets meer te eten.

Hij keek naar de sausvlek op de vloer.

Op tv ging het over ons.

Het ging over ons in zo'n uitzending waarin mensen pissig op de overheid zijn. Dat kwam waarschijnlijk omdat het augustus was, komkommertijd. Ze zeiden dat het bedrijf naar de rechter was gestapt, die de beslissing van de arbeidsinspectie niet rechtsgeldig had verklaard. Dat de centrumlinkse regering er iets over moest zeggen. Maar de regering was bezig met het herschrijven van de financiële wetgeving, waarbij artikel 178 kwijtschelding voor het callcenter zou beteken. Er stond in dat bedrijven die hun arbeiders in vaste dienst zouden aannemen, volgens de wet de helft zouden moeten terugbetalen van wat ze tot dan toe hadden gestolen. En verder specificeerde het artikel dat arbeiders een schikkingsovereenkomst moesten tekenen om aangenomen te kunnen worden.

Alsof de politie een dief die m'n tas steelt in de kraag vat, en in plaats van hem achter de tralies te zetten tegen hem zegt 'ga naar huis, breng die tas terug, maar de portefeuille mag je houden' en tegen de bestolene 'teken een document waarin je zweert geen aangifte tegen die tasjesdief te doen, anders geven we je nog niet de helft terug van wat hij van je heeft gejat.'

Er zal vast wel iemand zeggen 'maar in ieder geval hebben jullie een echt contract gekregen, een dat niet afloopt. Wees maar tevreden!'

En ik antwoord dat de arbeiders die ermee instemden een parttime contract kregen van 550 euro per maand. Voor dat bedrag huur ik in deze stad een bed in een tweepersoonskamer. En wie de schikkingsovereenkomst niet tekent, wordt op straat gezet. Nog even het voorbeeld van die dief, stel je voor dat de politie je niet je tas teruggeeft, ook al hebben ze de dief gevonden, en dat ze bovendien bij je langskomt om ook je kettinkje te jatten. Het was wel duidelijk wie de tijdbom uit de zak van de baas haalde. Het was een liefdadigheidsactie. 'Stuur een euro per sms en adopteer een baas!' En iedereen vloog naar zijn telefoon.

Sommigen wilden wel tekenen omdat ze nog een ander parttime baantje met een tijdelijk contract hadden, maar bij deze baan kregen ze in ieder geval een aantal rechten, zoals vakantiedagen. Er was een vrouw die een paar maanden geleden een zoontje had gekregen en over een tweede kind dacht. Met het eerste had ze zich weten te redden door borstvoeding te geven in het winkelcentrum. Haar moeder zat daar de hele dag in het café of keek naar de flatscreens in de witgoeddiscount. Nu zou ze zwangerschapsverlof kunnen opnemen zonder bang te hoeven zijn dat ze haar baan kwijt zou raken.

Er waren wat studenten die met een paar centen tevreden waren, omdat ze dan een bed in de buurt van de universiteit konden huren. Wat huisvrouwen die net konden rondkomen van het salaris van hun man, en die met het geld van het callcenter een jurk en een paar schoenen konden kopen. Maar voor de rest van ons was het de zoveelste keer dat we belazerd werden, alleen gebeurde het deze keer legaal.

Toen ik met de metro naar mijn werk ging, las ik Renato Curcio, hij had het over 'uitkleden'. Hij zei dat er vanaf de jaren tachtig gesproken werd over een andere manier van werken, met flexibele werktijden en zonder vaste contracten, waarbij het proletariaat werd uitgekleed, maar hij zat nog in de gevangenis en schreef dat het woord 'uitkleden' daarom wel meteen onaangename beelden bij hem opriep. 'Bijvoorbeeld de woorden van een politieofficier die op kille toon beval "Uitkleden, en voorover buigen! Naar beneden met die rug, in een rechte hoek van negentig graden. Begrepen?" En vervolgens de hand van een cipier gehuld in een latex handschoen.'

We keken naar de mensen die in de rij gingen staan en met een getekend contract naar buiten kwamen. Twee- of drieduizend mensen die moesten instemmen of weigeren. Parttime in dienst blijven of weggaan en voor onbepaalde tijd werkloos blijven. Huisvrouwen en studenten, jongeren van twintig met opgelapte spijkerbroeken in de rij naast heren van vijftig, keurig in jasje-dasje.

Marinella zag ik ook.

Flexibel, glimlachend naar de vakbond, in een hoek van negentig graden voor het hoofd personeelszaken met een borsalino op en een latex handschoen aan. 'Hallo meneer Borsalino waarmee kan ik u van dienst zijn?' En heus niet om een man uit Tirol te woord te staan bij wie er een spar op een hoogspanningsmast is gevallen, of een man uit Toscane die pasta met luizen eet. Maar om floormanager te kunnen worden en op zaterdagmiddag in het café van het winkelcentrum met de chef een cocktail te kunnen drinken, een bloody mary met echt bloed van de Heilige Maagd of een Campari met bijtende soda waarmee je zelfs een artesische put kunt slaan. Van haar eerste salaris koopt ze een mantelpakje, van haar tweede een paar schoenen en een tas, van haar derde een halskettinkje met haar naam en een kruisje, en daarna legt ze geld opzij om haar mond te laten doen. Na een jaar vindt ze een man met een SUV, een terreinwagen voor stadse boeren, van die types die hun vrouw in een beautyfarm stallen.

Om zes uur 's ochtends loop ik het callcenter uit.

Als ik de schikkingsovereenkomst niet teken is het een van de laatste nachten geweest dat ik naar mijn werk ging. 's Winters worden de dagen korter, op dit tijdstip is de zon nog niet op en ik vind het fijn dat het donker is als ik naar buiten loop. Dan lijkt het net alsof ik uit eten ben geweest en naar huis ga om te slapen. Ik loop door de parkeergarage van het winkelcentrum, ga het metrostation in dat net weer open is en neem de metro voor twee haltes. Op dit uur slaapt de zigeuner. De zigeuner verdoet zijn tijd niet door in de metro voor slechts één klant te spelen, en hij zit ook vast en zeker niet te bellen met een of andere telefoniste om zich ondertussen af te kunnen trekken. Hij slaapt in z'n eentje of heeft echte seks met 'Marina Marina Marina.'

Ik stap uit bij Anagnina, het eindpunt. Daar zit bar Tex. In de jaren tachtig, toen het in zwang was om naar een broodjeszaak te gaan, gingen we daar altijd een broodje eten. We vonden het een mooie zaak. Tegenwoordig kom je er Roemeense metselaars tegen die op hun voorman staan te wachten om vervolgens in de laadbak van de vrachtwagen te worden gestopt en naar de bouwplaats te worden gedeporteerd, 'Arbeit macht frei'. Zij zitten daar en je mag er zelfs roken.

Ik drink een kop koffie, inhaleer wat gratis tweedehands rook en loop daarna naar buiten om de bus te nemen. De 551. Onderweg van Anagnina naar mijn huis zie je alleen maar velden, een paar winkelcentra en hier en daar een nieuw en half onbewoond flatgebouw. Er staat niemand bij de haltes, niemand die in- en uitstapt, ik heb nooit geteld hoeveel het er zijn. Ik moet eruit bij de Zweedse telefoonfabriek die vroeger Fatme heette. Toen hebben ze naast de neonblauwe tekst 'door Ericsson' gezet. Maar iedereen noemde de fabriek nog steeds Fatme. Daarna hebben ze Fatme weggehaald en bleef alleen Ericsson staan, maar toch bleef iedereen hem Fatme noemen. Behalve mijn oom die hem Fricsson noemde, omdat hij de F en de E door elkaar haalde. Toen kwam er een voetbaltrainer naar Rome die het elftal van het magische AS Roma trainde, een Zweed, net als bij Fatme. Ericsson heette hij, net als het opschrift, maar toch bleef iedereen de fabriek Fatme noemen. Vervolgens gingen ze bij Ericsson mobiele telefoons maken en tegenwoordig noemt iedereen de fabriek Ericsson. En nu we die naam eindelijk onder de knie hebben, houden ze ermee op. De Zweden gaan terug naar Zweden en laten hun telefoons in China maken.

Hoe dan ook, ik stap uit bij de halte voor de fabriek. Ik kijk naar de bus die in het donker verder rijdt. Ik bedenk hoe fijn ik het vind in het donker thuis te komen. Ik bedenk dat als het me lukt naar bed te gaan voor de zon opkomt, het net lijkt alsof ik de hele nacht heb geslapen. Zelfs als ik mijn ogen openhoud.

Ik sta op het punt om de straat over te steken als ik een hond hoor blaffen. Ik hoor het en zet het op een lopen. Mijn oom zegt dat je niet weg hoeft te rennen als er een hond naar je blaft. Hij zegt dat een blaffende hond banger is voor jou dan jij voor hem. Als het waar is wat mijn oom zegt, betekent het dat die hond doodsbang is, want ik schijt in mijn broek. En dus ren ik weg. Mijn oom zegt dat het geen zin heeft om voor een hond weg te rennen, omdat hij toch wel achter je aan rent en je te pakken krijgt. Hij zegt dat de mens een beest is dat zich niet kan meten met de dieren. Dat de vogel beter vliegt dan de mens, ook al heeft de mens het vliegtuig gebouwd. Dat de vis beter zwemt dan de mens, ook al heeft de mens de onderzeeër en de vleugelboot uitgevonden. Dat het konijn beter neukt dan de mens, ook al heeft de mens viagra uitgevonden. Mijn oom zegt dat de hond harder rent dan de mens.

'Een mens kan maar één ding goed,' zegt hij, 'stil blijven staan. Als een mens stil zou blijven staan, zou hij het beste dier van de schepping zijn. Maar nee, hij rent weg en wordt door de hond gebeten!'

Maar ik ren toch en het lukt me de voordeur van onze flat te bereiken.

Ik was sneller dan de hond.

Of misschien was hij langzamer dan ik.

Misschien was het een klein hondje. Misschien was hij wel wat aan de dikke kant, want zwerfhonden eten onze restjes op. Vroeger hadden de mensen in onze buurt weinig te eten en gooiden ze niets weg. Tegenwoordig eten de honden de restanten op van de asbestbiefstukken en de tumorbroodjes waar wij dik van worden. En dus worden zij ook dik. Ze worden dik van tumorvet.

Misschien was de hond ook mank. In onze buurt schieten we

's nachts op honden omdat we denken dat ze zwarte katten zijn die ongeluk brengen. Om het ongeluk van de zwarte kat te bezweren, moet je ze afschieten, maar soms vergis je je 's nachts en schiet je een hond in zijn poot. Sommige honden hebben zelfs twee manke poten. Soms zelfs wel drie, omdat ze keer op keer langs je huis lopen, en als je ze de eerste keer voor een kat aanzag, blijf je je vergissen. Sommige honden zijn ook aan een oog blind. Want 's nachts kun je een hond en een kat niet uit elkaar houden, laat staan dat het je lukt er goed op te mikken.

Misschien was de hond die me achterna rende wel klein, mank, dik en blind. De arme stakker. Als ik dat had geweten, was ik niet weggerend, maar had ik hem opgetild en naar een dierenarts gebracht. Of ik had hem verkocht aan een freakshow, of meegenomen om een tv-ster van hem te maken.

Hoe dan ook, ik was sneller dan hij en nu loop ik de trap op. Met drie treden tegelijk. Nee, met twee tegelijk. Maar één voor één is ook goed, ik kom er toch wel. Ik loop de kamer in waar mijn broer en ik slapen. Mijn broertje, die achterlijk is.

Hij vraagt 'wat is er?'

En ik zeg 'er rende een enorme hond achter me aan!'

Ik zeg dat mijn hele leven aan me voorbij trok terwijl ik voor die hond wegrende.

Hij vraagt 'je hele leven? Ook van toen we als kleine kinderen naar zee gingen? Ook van toen oom zei dat je niet moet wegrennen voor blaffende honden?'

'Alles! Het is net alsof je van de derde verdieping naar beneden valt. Ze zeggen dat je in een tel tegen de grond te pletter slaat, maar in die tel herbeleef je je hele leven.'

En mijn broertje zegt 'en wat als je van de tiende verdieping naar beneden valt?'

'Dan doe je er langer over. Dan doe je er minstens drie tellen over. Dan herbeleef je je leven minstens drie keer.'

'En die mensen die van de driehonderdste verdieping uit de wolkenkrabbers in New York sprongen, op die dag dat die gestoorde Arabier vliegtuigen op ze afstuurde?'

Ik zeg wel dat mijn broertje achterlijk is, maar hij heeft toch een punt. Bij de mensen die op elf september naar beneden stortten, leek het heel langzaam te gaan omdat ze honderden meters naar beneden vielen. Het leek traag te gaan, maar ze vielen juist snel naar beneden.

Ik zeg 'ze hebben er vanaf de driehonderdste verdieping wel minstens honderd tellen over gedaan. Die mensen hebben hun leven honderd keer achter elkaar herbeleefd.'

'En als dat nou een kloteleven was?'

'Wat maakt het uit? Het verschil zit 'm in het aantal tellen, echt niet in de kwaliteit van het leven.'

'Getver,' zegt hij, 'dus het is alleen maar een kwestie van tellen? Dus een kloteleven blijft klote, ook al herbeleef je het honderd keer achter elkaar?'

'Wat zou jij doen als ik van de driehonderdste verdieping zou vallen?' vroeg ik.

'Dan zou ik je filmen met mijn telefoon en je op YouTube zetten met het liedje 'Volare' eronder,' zei hij. 'Een vriendje van school heeft dat gedaan met de Amerikanen die uit de Twin Towers sprongen. Hij heeft de filmpjes geüpload en er muziek onder gezet, maar zijn vader is erachter gekomen en heeft hem op z'n donder gegeven. Die vriend heeft een hele zooi filmpjes van internet. Filmpjes van mensen die doodgaan. Van Saddam, van Carlo Giuliani en van al die gegijzelden die ze in Irak en Afghanistan hebben onthoofd. Hij heeft ook het filmpje waarin die ene Italiaan zegt "ik zal jullie

eens laten zien hoe een Italiaan sterft." Sommige dingen ruilt hij
online met Amerikanen of Japanners, heeft hij me verteld. Ze hebben ook een blog. Het is een soort verzameling. Hij zegt dat het net
zoiets is als bidprentjes. Hij zegt dat ze Sint Sebastiaan met pijlen
doorboorden, maar er niet in slaagden hem te doden. Ze hebben
hem met stokken moeten slaan en in een greppel moeten gooien.
In die tijd hadden ze nog geen mobieltjes. Ze maakten er schilderijen van. En als het kon, werd zo'n heilige helemaal gemummificeerd, en anders namen ze genoegen met een vinger of wat haar.
Eigenlijk werkte het dus net als YouTube.'

Hij liep op oom af en schudde hem wakker.

Die deed zijn ogen open en zei 'ik heb honger,' en ik gaf geen
antwoord.

Salvatore keek me aan.

Oom herhaalde drie of vier keer 'ik heb honger.'

Ik liep naar hem toe, sloeg met een vork op zijn bord zodat hij
hoorde dat het leeg was en antwoordde 'je hebt net gegeten.'

We bleven naar hem kijken totdat hij zijn hoofd liet zakken en
weer in slaap viel. Mijn broertje snapte dat ik hem zo wilde laten
doodgaan, langzaam, alsof hij van een miljoen verdiepingen viel.
Een miljoen tellen zodat hij een miljoen keer zijn kloteleven zou
herbeleven. Zodat hij een miljoen keer mijn vader zou vermoorden
en op het eind zelf ook zou doodgaan. Slechts één keer.

'Denk je dat ik het doorheb als het zover is?' vroeg hij. 'Dan
maak ik er een filmpje van en geef ik dat met kerst aan die vriend.'

Wanneer je iemand zoent, blijft er een beetje spuug in je mond zitten.

Van de ander. Maar als je iemand gezoend hebt, betekent het
dat je die persoon niet vies vindt. Ook niet als hij net gerookt heeft,

of groente tussen zijn tanden heeft. Als je iemand omhelst, blijft er alleen een beetje van zijn of haar geur achter, of misschien een haar op je jasje.

Het appartement zag eruit alsof het op sterven lag, net als mijn oom. Alles was een beetje morsig door het aftakelingsproces. De kristallen glazen waren al naar de andere wereld geholpen, en met het meubelstuk waarin ze hadden gestaan zou snel hetzelfde gebeuren. Daarna zouden ook deuren en ramen overlijden, het bed waarin we sliepen, het water in de kraan, de spiegel in de badkamer en vervolgens de leunstoel en dat stuk stront dat erin zat. Oude mensen weten dat. Daarom wordt er in huis geen vuur aangestoken en niet gekookt wanneer er iemand doodgaat. Want als de eigenaar van het huis doodgaat, gaat het hele huis met hem dood. Samson en de Filistijnen.

Zo ging het ook toen mijn moeder stierf. De dokter zei dat er een complicatie was opgetreden, dat ze naar de intensive care was gebracht. Hij liet ons de baby zien. Er lagen er een heleboel. In een heleboel aluminium ledikantjes. Sommigen hadden haar, anderen waren kaal. Sommigen waren ontroostbaar, anderen sliepen. Sommigen hadden een roze of blauw dekentje met wat borduursel, maar de meesten hadden een ziekenhuislakentje.

De dokter wees in die zee van baby's er een aan, zei 'die is het,' maar mijn broertje had niets bijzonders en we snapten het niet.

'De hoofdverpleegster moet iets met jullie bespreken' zei hij zonder ons aan te kijken.

We gingen een kamertje in waar de verpleegster ons koffie aanbood en ons vertelde dat mijn moeder dood was.

Toen we naar buiten liepen, kwamen we in de lift de dokter tegen.

'U wist het,' zei mijn vader, 'waarom hebt u het ons niet verteld?'

'Vrouwen zijn daar beter in.'

Salvatore bleef drie dagen in het ziekenhuis. Al die tijd hielden we thuis de spiegels bedekt, de ramen gesloten en aten we in het café op de hoek. Ook wij gingen een beetje dood. Zo gaat dat. En zo ging het nu ook met mijn oom. Een dag of tien lang bleven we met hem doodgaan. Af en toe tilde hij zijn hoofd op, wilde hij eten. Maar steeds minder vaak. Op een avond dacht ik: morgenochtend kom ik thuis en dan is hij dood. Terwijl ik daaraan dacht, ging ik naar mijn werk met een beetje dood op zak.

Acht jaar werkte ik er al.

Nu stonden ze op het punt me de laan uit te sturen, omdat ik de schikkingsovereenkomst niet had getekend. Ik keek naar de lange rij telefonisten die hun naam en achternaam onder hun contract gingen zetten, twintig uur per week, vijfhonderdvijftig euro, plaatsing in schaal drie. Ik niet. Na acht jaar 's nachts gewerkt te hebben, zat ik mijn laatste telefoontjes te beantwoorden. Ik wachtte op Borsalino die me er legaal uit kwam smijten, juist nu het bedrijf iets minder illegaal aan het worden was. De bom stond op ontploffen en ik luisterde met trillende handen en met kringen onder mijn ogen naar het getik. Toen de maniak belde, zette ik een rondje in mijn schriftje en nam op.

'Hallo, waarmee kan ik u van dienst zijn?'

'Als je me van dienst wilt zijn, verbind me dan door met een vrouw.'

'Daar kan ik je niet mee doorverbinden.'

'Nou, beschrijf me er dan eentje.'

En ik begon Marinella te beschrijven.

Ik had het al veel vaker gedaan, maar nu stond ze voor me, als zaalassistent van de nachtdienst. En waarschijnlijk had ze zich niet gerealiseerd dat er in de nachtelijke uren allemaal van dat soort telefoontjes binnenkwamen. Acht jaar lang had ze een rol gespeeld in mijn telefonische videofilmpjes van twee minuten en veertig seconden. Ik had Marinella altijd op zak, als mijn persoonlijke pornoster. Maar tot die nacht was het slechts virtuele pornografie geweest. Nu bestond ze uit vlees en huid, uit haar nieuwe mantelpakje. Alsof de minister uit de kalender stapte die in de wc aan de muur hangt. Alsof ze tevoorschijn sprong uit de maand maart, zuigend op een citroen, en door de plee begon te lopen. Ik vertel een doorsnee verhaaltje dat begint met de beschrijving van een voet, langzaam verder omhoog tot aan een fuchsia slipje. En dat eindigt met een vrouw die ermee instemt zich aan willekeurig welk menselijk of dierlijk schepsel te onderwerpen.

Toen de klok op mijn computerscherm twee minuten en veertig seconden aangaf, verbrak ik de verbinding en zette ik een kruisje door het rondje. Ik deed mijn headset af, logde uit, sloot mijn schriftje en stopte het in mijn tas. Ik stond op en liep naar het eind van de zaal. Marinella zei niets.

Ik opende de nooddeur door de stang omlaag te duwen, liep de trap af, haalde mijn badge door de scanner, groette de bewaker - de achter zijn zwarte zonnebril verstopte visser - en liep naar buiten. 's Nachts reed de metro niet. Ik ging staan wachten op de nachtbus die bij dezelfde haltes stopt.

Ook Marinella verliet het callcenter. Ze bleef op een meter of tien van de halte staan. De nachtbus kwam eraan. Er zat iemand in die sliep. Zoals je overdag de zigeuner hebt die eindeloos zijn 'Marina Marina' herhaalt, zo mag 's nachts de slapende man niet ontbreken, die op dat nachtelijke uur deel uitmaakt van de voor het openbaar vervoer kenmerkende stedelijke fauna. Net als de katten in het Colosseum en de meeuwen op de vuilnisbelt.

We stapten uit bij de halte Anagnina. We gingen naast elkaar zitten in het bushokje voor bar Tex. We moesten bijna twee uur wachten. Marinella zweeg. Ik dacht dat het moment was aangebroken waarop ze in woede zou uitbarsten. Ik had verwacht dat ze in het callcenter al zoiets als 'klootzak' of 'schoft', of allebei, zou hebben geroepen. Zoals mensen die ruzie maken en met borden gooien. Maar in die zaal bij ons valt er niets te gooien. Er staan computers met toetsenborden en stoelen op wieltjes bij iedere werkplek. Ik dacht dat ze dan misschien buiten iets zou zeggen, wachtend op de bus. Het beste moment om elkaar verrot te schelden, is op dat uur, voor het viaduct met voorbijrijdende auto's en vrachtwagenlawaai. Niemand die stopt, niemand die uit z'n raam kijkt, en het gevloek sterft weg in een kakofonie van achtergrondlawaai. Maar nee, we bleven gewoon zitten. Ieder in zijn eigen, waardeloze tijd.

Dieren veranderen van vorm en kleur om in hun omgeving op te gaan. Tussen de bladeren worden ze groen, op het zand van het strand geel en op het asfalt van industrieterreinen grijs. Wij passen ons aan de mensen of dingen aan die ons omringen. Zoals het spreekwoord zegt 'wie met pek omgaat, raakt ermee besmet.' Sinds jaar en dag werkten we in dat criminele barbiehuis, en we mochten dan wel vinden dat alles er verkeerd en schandelijk was, een klotezooi, maar we maakten er wel deel van uit.

Wie met monsters omgaat, wordt zelf monsterlijk.

We stapten voor de Ericsson-fabriek uit. Zelfs de hond sliep op dit tijdstip. We liepen de hal van de flat in en namen de trap. Toen we op de eerste verdieping aankwamen, zat mijn broertje op de grond voor de deur met zijn telefoon in zijn hand.

Hij zei 'op een gegeven moment is hij gaan gillen. Hij is zelfs gaan staan en heeft zijn bord op de grond gesmeten. Hij zwaaide wild met zijn armen en probeerde me met zijn vork te vermoorden. Hij was zo vies dat hij door al dat bewegen overal in de kamer een smerig soort drek verspreidde. Daarna sloeg hij tegen de grond. Ik heb het gefilmd met mijn mobiel,' en hij liet ons het filmpje zien. 'Ik ga daar echt niet meer naar binnen' zei hij.

'Ik ook niet,' en ik liep met Marinella naar de verdieping erboven.

Het huis van Patrizia was door de klap zwaar gehavend. Dat had die schade-expert, haar vader, aan me verteld voordat hij verdween.

Het moest zo blijven totdat de papierwinkel met het gasbedrijf zou zijn afgerond, maar de zaak werd nooit afgerond. Ondertussen betaalde Marinella een paar euro om in dat ontplofte appartement te kunnen kamperen, met een jurk over een stoel en de rest van haar spullen in haar koffer. Ze had een kalender van de muur gehaald, en aan de spijker had ze de foto van haar door de lucht vliegende vader gehangen. Zelf vloog ze ook altijd.

'Ik ben moe,' zei ze. 'En jij?'

Ik knikte, want het was niet waar. Want ik dacht niet aan vermoeidheid. Als ik met een vrouw samen ben, hou ik mijn handen boven tafel, volg ik het gesprek, praat ik over God en politiek, maar zodra er even een stilte valt, voel ik me net de maniak van het callcenter, die zich in een gat onderin de telefoon verstopt. Maar ik stond voor Marinella en had net zo'n stuk vlees, al raakte ik het niet aan. En ik wist dat ze naar me keek en dacht dat ik precies als die geachte klant in zijn leunstoel was, dat het hebben van een pik voldoende is om een seksmaniak te zijn. Iets anders is er niet voor nodig. En ze had gelijk, want ik zit inderdaad net zo in elkaar, ik draag alleen maar kleren om hem te kunnen verbergen, alsof het dragen van een onderbroek hetzelfde is als hem eraf snijden. Een tijdje lang werkt het, verzet ik mijn zinnen door over het weer en de seizoenen te beginnen, maar zodra ik er weer aan denk, word ik een naakt en hitsig dier.

Zo iemand die ter verontschuldiging zegt 'ik wilde in mijn eentje komen, mijn pik thuislaten, maar hij is toch meegekomen. Sorry dat ik een man ben, zo zijn we allemaal. Sinds miljoenen jaren volgt onze pik ons, hij laat ons nooit alleen. Ik heb oprechte gevoelens, ben intelligent en heb zelfs idealen. Ik had hem terug in de kast willen leggen, weggeborgen tussen een paar van die schone en naar zeep ruikende onderbroeken die ik achterin mijn la bewaar, maar dat is niet gelukt.'

Vervolgens begon zij zich uit te kleden en kleedde ik me ook uit. T-shirt en broek, mantelpakje en panty, slipje en bh, schoenen en sokken. Daarna trokken we onze tanden en haren uit, onze huid en botten, mijn pik en haar kut. We gingen slapen in het bed dat nog steeds naar rook stonk van toen het huis ontploft was.

We sliepen zonder schaamte zoals op de dag voordat Eva van de appel at.

Salvatore ging naar de buurvrouw van de vijfde verdieping.

's Morgens heel vroeg. Ze belden een ambulance. Toen de dokter arriveerde, was oom nog niet dood. Mijn broertje ging met oom mee naar het ziekenhuis, samen met Marinella. Ik wilde hem niet meer zien, zelfs niet op de trap, maar in wezen vond ik het goed zo, dat hij nog leefde. Voor mij was het voldoende te weten dat hij helemaal niet meer meetelde. Voor mij was hij nu meer dood dan mijn tien jaar geleden ingevroren en begraven vader.

'Dat we hem hadden kunnen doden is beter dan hem echt vermoord te hebben,' zei ik tegen mijn broertje terwijl hij in de ambulance stapte.

Het is niet strikt noodzakelijk dat onderdanen hun tiran vermoorden, ze kunnen hem ook verjagen en dat is net zo goed. De geschiedenis is geen marathon of grand prix, geen sportwedstrijd, het gaat niet om overwinningen en nederlagen. Het is net als met eten. Je overwint geen bord groentesoep. Je eet het gewoon op.

Ik bedacht dat hem dood laten gaan op hetzelfde neerkwam als zijn leven redden. Het ging erom zijn gezag om zeep te helpen. Ik bedacht dat het misschien een slechte gedachte was. Misschien cynisch, maar niet schandelijk.

Dit is klassenstrijd, dacht ik.

'Wilt u koffie?'

Dat vroeg die broodmagere zoon aan me toen ik terug de trap op liep. Hij nodigde me uit in hun appartement op de vijfde verdieping.

'Ons appartement heeft met het gasongeluk de minste schade opgelopen,' zei hij. 'De aannemer was erg goed met mama bevriend, je kunt wel zeggen dat hij de flat heeft gebouwd met het voor haar bestemde appartement op de bovenste verdieping in zijn achterhoofd.'

Ik vertelde hem dat ik net thuis was van mijn werk, dat ik niets wist over mijn oom, dat mijn broertje hem had gevonden.

'Ik werk 's nachts,' zei ik, 'maar ik ben ontslagen, laten we het zo maar noemen. Nu zoek ik een baantje.'

Ook de buurvrouw van de vijfde verdieping werkte 's nachts.

Ze zegt 'bij een dienstverlenend bedrijf in Tor di Quinto.'

Maar ze wilde me graag helpen en nam me mee naar een Egyptenaar die daar in die buurt met een bestelwagen staat, van waaruit hij broodjes en kebab verkoopt. Hij werkt er 's nachts en zoekt iemand voor overdag. Er komen toevallige passanten, metselaars van bouwterreinen en politieagenten van bureau Salvo D'Acquisto. Hij had een koelkast vol bier, in een andere stonden alcoholvrije drankjes, en verder had hij er nog een met Red Bull en Breezers, die naar medicijnen smaken en nogal hard schijnen aan te komen. Hij had ook bevroren hamburgers, wat groenten en een pin met vlees eraan.

'En worstjes?' vroeg ik, 'hoe kan je nou broodjes verkopen als je geen worstjes hebt?'

Hij keek me boos aan.

'Dat komt door zijn godsdienst,' zei de buurvrouw, 'hij eet geen varkensvlees en vindt het ook vies als dat in zijn koelkast ligt.'

Ik ging meteen aan de slag, maar eerst bracht ik haar naar de bushalte bij het politiebureau.

'Je kunt het vast goed met die Egyptenaar vinden. Hij doet geen vlieg kwaad. En bovendien is dit een wijk waar overdag openbaar vervoer rijdt. De 69 komt vaak langs. Van half zes 's ochtends tot middernacht rijdt er elk kwartier één. Maar 's nachts heeft het geen zin om te staan wachten.'

Dit vertelde ze me terwijl we in het bushokje zaten, waar ze een jaar later verkracht en vermoord zou worden door een Albanees die gearresteerd werd toen hij geld uit haar tas probeerde te jatten.

Deel IV

Patrizia

Je praat, maar er komen geen woorden uit je mond.

Een nachtmerrie die iedereen wel eens heeft gehad.

In het callcenter in Cinecittà komen driehonderdduizend telefoontjes per dag binnen. Jongetjes die voor de grap bellen, mannen die zich aftrekken, oudjes met een deken op hun schoot en een huis dat naar mottenballen ruikt, kantoorbeambten die wc-papier jatten uit het toilet op hun werk, huisvrouwen die het gratis infonummer lezen op een blikje nazi-Cola. Zolang je maar niet ophangt en ze laat praten, hoef je niet naar ze te luisteren. Een op de tien belt ergens voor, de rest vraagt nergens naar en is tevreden, ook al zeggen we niks.

Tijdens die nachtmerrie komt er een stortvloed aan woorden uit allerlei monden, maar die vinden bij niemand gehoor.

Ik ben Patrizia en ik ben geboren op 1 juni.

Toen ik klein was zei ik altijd 'de eerste juni.' Iedereen was geboren op een dag die je aanduidt met een hoofdtelwoord, vijftien, twintig, dertien enzovoort, terwijl ik het aanduidde met een rangtelwoord.

De verschillen die ons karakter vormen, zijn nauwelijks waarneembaar. Kan de prinses uit het sprookje een erwt voelen onder tien matrassen? Of waren het er twintig? Probeer er maar eens elke nacht op te slapen. Driehonderdvijfenzestig nachten per jaar, elke vier jaar één nacht extra vanwege het schrikkeljaar, ongeveer acht uur per nacht, zesendertig jaar lang. Als het maar voor één nacht is, kun je zelfs wel op een spijkerbed slapen, maar na meer dan honderdduizend uur prikt de erwt in je ribbenkast, ook al liggen er twintig lagen schuimrubber tussen.

Mensen vragen wel eens 'wat doet je geboortedag ertoe? En wat betekent die erwt?'

Ik zal het uitleggen.

Ik ben maar één keer geboren, en dat is meer dan genoeg.

Mijn opa heeft de oorlog meegemaakt. De Duitsers hebben hem naar Polen gedeporteerd en een nummer op zijn arm getatoeëerd. Dat gebeurde op een dag in 1943. Maar die korte cijferreeks bleef voor altijd op zijn huid staan. Sommige dingen gebeuren één keer en blijven vervolgens achter op de plek waar ze gebeurd zijn. Ze hebben een begin en een einde. Een kerstdiner in de bergen, een bezoek aan een familielid. Andere dingen gebeuren ook één keer, maar dat volstaat voor een heel leven. Er voltrekt zich dan iets onherroepelijks.

Ik ben Patrizia en ik ben geboren op 1 juni 1972.

Ik herinner me de zaterdagmiddagen uit de jaren zeventig. Ik lag op mijn bed, in ons appartement in een buitenwijk. Ik las 'Wist je dat...' in een puzzelblaadje. Ik herinner me een 'Wist je dat...' waarin een meisje in de koude Canadese winter aan een bevroren ijzeren straatlantaarn likte en dat haar tong toen bleef vastplakken. De brandweer moest eraan te pas komen om haar tong weer los te krijgen. Ik herinner me een 'Wist je dat...' waarin stond dat het, door de opstijgende lucht, op de top van wolkenkrabbers van onder naar boven sneeuwt. Er stond een plaatje in van een mannetje met z'n paraplu ondersteboven op de top van een wolkenkrabber.

Verder herinner ik me een 'Wist je dat...' waarin een Chinees een Mercedes had opgegeten. Mijn vader zei toen dat zoiets niet kon, omdat een accu giftige zuren bevat en hij hem niet kon hebben opgegeten, want dan zou hij zijn doodgegaan. Ik bedacht dat hij dat stukje auto dan misschien niet had opgegeten, maar dat zijn prestatie er niet minder om was. In mijn vaders ogen was hij toch een idioot.

Hij zei 'een achteruitkijkspiegel opeten is ook imbeciel.' En toch heeft het verhaal van die Chinees mij ideologisch gevormd, ook al wist ik toen nog niet waarom.

Terwijl ik op mijn bed lag, luisterde ik naar de geluiden die je altijd hoorde op een zaterdagmiddag in de jaren zeventig. Geen gegil of gekreun, geen gevloek, maar toch hoorde ik dat iedereen lag te wippen.

'Wie de koning kan dienen, kan ook de koningin van dienst zijn,' zei mijn vader altijd. Het betekende dat je, als je in staat was geld te verdienen, ook met je vrouw kon vrijen. De koning in onze buitenwijk was de Zweedse telefoonfabriek. Die vroeger Fatme heette. De dienaren van de telefoonkoning stopten op zaterdagmiddag met werken en gingen dan naar huis om hun thuiskoninginnen van dienst te zijn. Voor hen gold nog de heilige regel dat God rust op de zevende dag, die altijd op zondag valt en nooit op woensdag of dinsdag of op een andere klotedag waartoe de baas besluit. Die onderdanen kwamen thuis bij hun dikke, boerse, kogelronde en platpratende koninginnen, met spataderen en dikke knobbels op hun voeten. Of bij hun magere, donkere en knokige koninginnetjes, uit het diepe zuiden en met een snor. Ze kwamen thuis in de gezamenlijke bijenkast en wipten allemaal, zonder gekreun of gegil. Maar omdat je alleen het gepiep van de ijzeren spiralen hoorde, leek het net of het geen mannen en vrouwen waren die lagen te paren. Ik beeldde me in dat de bedden met elkaar lagen te wippen. Paringen van stillevens. Mythologische dieren, half mens half divan.

Wanneer ik nu op zaterdagmiddag op bed lig, hoor ik op de verdieping boven me iemand piesen of zijn tanden poetsen. Kranen die open- en dichtgaan, buizen waarin een gorgelend geluid klinkt van door waterstralen samengeperste lucht. Ook nu hoor ik niemand praten. Niet eens iemand zingen onder de douche. Tegenwoordig lijkt het wel of de flat alleen bewoond wordt door plees. Plees die zichzelf wassen, die piesen en poepen, en erop letten dat het sanitair wordt schoongemaakt. Die onzichtbare vijanden te lijf gaan in het bidet, talibanbacteriën verstopt onder een laagje geniepig kalksteen, en verwant aan mijten en schimmels. Plees die alles zelf doen. De geachte bewoners kunnen net zo goed dood zijn of aan constipatie lijden, want die plees houden zelf de vlag van de hydraulische beschaving hoog. Ze zullen hun nageslacht eraan herinneren dat er ooit een mensheid heeft bestaan. Een volk dat aan het begin van het derde millennium gigantische plees bouwde met Byzantijns mozaïek en vierkante fonteintjes, en ook krappe plees met waterkraantjes in de toiletpot waarin je poept en waarin je je wast zonder je billen te verplaatsen naar het bidet, omdat daar geen plaats voor was, aangezien die plees op een hoekje van een balkon zijn gebouwd, én plees met een schuifdeur en een ventilator die tegelijk met het licht aanspringt. Een volk, trots op de oneindige variatie aan plees die het heeft weten te bouwen. Een product om trots op te zijn, zoals de Egyptenaren prat gingen op hun piramides, de Romeinen op hun aquaducten en de pausen op hun inquisitie.

De architecten die ons soort woningen ontwerpen, zijn daar inmiddels ook achter. Vroeger hadden appartementen een grote keuken, want alles draaide in de eerste plaats om eten, er stond altijd een pan op het vuur. En verder waren er bedden, veel bedden.

Maar de wc was altijd het kleinste kamertje rechts of links achterin. Soms in een hoek op het balkon, soms in de moestuin. Soms gewoon de moestuin zelf. Je hurkte in het gras en poepte in de open lucht, net als de krekels en de vlinders. Tegenwoordig is de keuken een kookhoekje dat schuilgaat achter twee Ikeadeurtjes, de slaapkamer bestaat uit een opklapbed dat in drie delen wordt uitgevouwen en in zijn geheel tegen de muur wordt opgeklapt. Nu hebben al onze huizen een plee. Plees met decoratieve, zeldzame planten, met klimaatbeheersing en een flatscreen met satellietverbinding. We hebben er twee of drie, soms wel vier in onze huizen. En ik herinner me nog dat het in de jaren zeventig in zwang raakte om meerdere toiletten te laten bouwen en dat mijn vader zei 'die mensen zijn rijk, die hebben zelfs wel drie plees! Maar hebben ze ook drie paar billen?'

Op zaterdagmiddag trekken de flatbewoners zich daar terug, maar zonder dat ze er trots op zijn. Sterker nog, ze schamen zich er zelfs een beetje voor. Ze gaan stilletjes naar de plee. Poepen is een soort gênante ziekte geworden die we maar niet kunnen uitroeien. Het hoort bij ons als een overblijfsel uit de tijd waarin we nog wilden waren. Zoals onze verstandskiezen, en gezichtsbeharing bij vrouwen. Maar toch is poepen de keerzijde van de lunch en het avondmaal. Om dit schaamtegevoel te overwinnen moet de moderne beschaving ons eigenlijk duidelijk maken dat we nu eenmaal poepen omdat we eerst hebben gegeten. Onze hedendaagse poep is de metamorfose van de ravioli met ricotta die we enkele uren daarvoor in een restaurant hebben besteld. Het is als een rups die vlinder wordt.

Ik vind het dan ook raar mensen te zien koken als ik de televisie aanzet. Tv-kokkinnen die hun best doen om bloedworst te bereiden volgens het nieuwste recept. Ik vind het raar dat iedereen op tv wel kookt en eet, maar dat niemand poept. Dat zouden pas echt democratische programma's zijn, want eend met sinaasappel kunnen maar weinig mensen bereiden, maar poepen kunnen we allemaal. Dat soort uitzendingen zou ons echt een diepgaand inkijkje gunnen in het leven van een tv-ster, showgirl of voetballer. Van de diarree van de minister-president zou live een louterend en geruststellend gevoel van empathie uitgaan. In plaats van politicologen en koks zouden we scatologen hebben, die ons misschien wel zouden onthullen dat de stoelgang het uiteindelijke doel is van het menselijk bestaan, een eschatologische scatologie.

Onze filosofen zeiden 'de mens is wat hij eet.'

Maar volgens mij is de mens ook wat hij poept. Wie goed eet, poept goed, maar wie slecht eet, poept slecht. Een waarheid als een koe waar de gewone man op twee manieren mee om kan gaan. Hij kan bij de supermarkt zo'n prachtig blauw pak Barillapasta kopen, het mee naar huis nemen, klaarmaken en opeten om zelf ook blauw en volmaakt te worden. Maar als hij daarna naar de plee gaat, merkt hij dat zijn poep niet volmaakt is en ook niet blauw, en schaamt hij zich. Daarom eet hij in het openbaar, maar poept hij in het geheim. Maar hij kan ook bewuster leven, en dan moet hij net zo doen als de Fransen tijdens de revolutie. Marie Antoinette wilde de honger van het volk stillen met cake, maar het volk was pas verzadigd toen het haar als een soepkip de keel had doorgesneden. Het volk was er trots op haar Barillablauwe bloed te hebben vergoten, het verborg haar lichaam niet zoals een moordenaar zijn slachtoffer verbergt, maar toonde het aan de hele wereld. In het meest verlichte tijdperk van de geschiedenis stelde het haar lichaam tentoon, als een meesterwerk, een stap voorwaarts voor de beschaving. Daarom moet de gewone man vandaag de dag eigenlijk naar de supermarkt gaan, Barillapasta kopen en die opeten en uitpoepen op het plein, zodat iedereen kan zien dat die pasta uiteindelijk niet volmaakt is en ook niet blauw.

Als ik op zaterdagmiddag op bed ga liggen, hoor ik dat het flat-gebouw ontwaakt en gaat piesen. Ik niet, ik lees in m'n puzzel-blaadje. Op een dag doe ik net als die Chinees uit de jaren zeventig. Die Chinees wilde in het grote geschiedenisboek van de revolutie komen, maar in plaats daarvan eindigde hij in een blaadje vol moppen en kruiswoordpuzzels. Ooit eet ook ik een Mercedes op, poep hem uit op een plein en dat is dan de dag van de revolutie.

'Maar hoe doe je dat, een pak pasta vermoorden?' vraagt mijn va-der. 'Hoe doe je dat, hoe onthoofd je Barillarigatoni of een Ikea-plankje? Of een blikje Coca-Cola, Pepsi-Cola, klote-Cola of nazi-Cola?' Hij is verzekeringsagent en zegt 'of je nou de ruit van een snackbar inslaat of er een broodje koopt, het komt op hetzelfde neer.' Hij zegt dat het een kwestie is van 'risico' en 'schade'. Het eerste is de mogelijkheid dat een gebeurtenis zich voordoet, het tweede is de voltrekking ervan. Hij zegt dat ze in de snackbar alleen maar zitten te wachten op de idioot met bivakmuts die de ruit met een enorme dreun kapotslaat. Zij hebben heus geen polis-sen die gebaseerd zijn op kansberekening, waarbij je altijd bang bent dat het lot jou een keer treft.

'Het is echt niet zoals met jouw auto,' zegt hij, 'waarvoor je de halfjaarlijkse premie betaalt, maar krijg je een botsing, dan schiet je gezondheid erbij in en ook je geld, zelfs al keert de maatschappij je een paar euro uit. Maar bij groothandels, fastfoodzaken of weg-restaurants en winkelcentra is de 'premie', dus wat de verzekerde betaalt, een compensatie die de verzekering alvast opstrijkt met de zekerheid dat het glas ooit kapot wordt geslagen. Er is geen sprake van 'risico', alleen van 'schade'. De antiglobalist leeft zich uit, daar-na melden ze het bij de verzekering en claimen ze ook de niet-gele-den schade.'

'De kapitalisten verkopen ons nog het touw waarmee we hen

zullen opknopen,' zei Lenin. Er eentje te grazen nemen is niet genoeg, daarmee voed je er heus geen honderd op. Je moet ze allemaal te grazen nemen. Al hun hamburgers, stuk voor stuk, hun gezinsverpakkingen ijs vol adrenochroom en hun pallets frisdrank met muskusratspuug. Mijn vader zegt dat ze alleen bang zijn voor de houdbaarheidsdatum. Ze maken eindeloos houdbare melk, jagen röntgen-, gamma- en laserstralen door vis, vlees en fruit, waarmee ze bacteriën doden en de rijping van fruit tegengaan. Ik koop een onrijpe tomaat die tot in de eeuwigheid groen blijft, evergreen. Een appel blijft langer goed zodat je de tijd krijgt erover na te denken of je hem wel of niet op zult eten. *An apple a day keeps the doctor away*, want zodra die dokter er eentje opheeft, valt hij onmiddellijk dood neer.

'Als je ze echt pissig wilt krijgen, moet je ze zelf een houdbaarheidsdatum geven,' zegt hij. 'Loop een rondje door de supermarkt en noteer de sterfdatum van hun producten. Die melk moet over vier dagen worden weggegooid. Die salami wordt over een maand ranzig. Dat pak pasta zal de komende kerst niet levend halen. En vervolgens vier je elke keer feest als een schap met Mülleryoghurt beschimmeld raakt, als wormen een vrachtwagen vol voorgebakken Buitonipizza's verslinden, als een vat nazi-Cola zijn koolzuur verliest.'

Vroeger werd er bij een staking gepost bij de fabriek, zodat stakingsbrekers niet naar binnen konden. In die tijd was de wereld in handen van de mensen die produceerden. Boeren en mijnwerkers, vissers en arbeiders. Tegenwoordig is onze planeet helemaal ingericht op consumptie. Dáár moeten we tegen staken. Dus koop ik niets meer. Ik kijk op het labeltje naar waar dat slipje wordt geproduceerd. Komt het uit China, dan koop ik het niet, net zomin als in Polen ingeblikt vlees, of Chileense appels, of van die gymschoenen uit Vietnam.

Mijn vader zegt 'hou toch op. Wat kan het je schelen? Als je erachter komt, voel je je beroerd, meer niet. Als jij het niet koopt, koopt een ander het wel, en dan zit dat slipje om de billen van je buurvrouw.'

Maar ik kan echt niet rondlopen in zo'n Chinees slipje.

Mijn vader steekt de draak met me. Af en toe stuurt hij me een cadeautje, dan pak ik het uit en zit er een slipje in. Tanga's, hipsters en veterslips, gele en groene, rozenrode en zwarte, van zijde en satijn, van lycra en katoen en zelfs van wol, geborduurd, met strikjes, in tijgerprint, met teksten en dubbelzinnigheden, met rozenknopjes en doorzichtige lintjes, hoog opgesneden met kant en tulen ruches. Ook eetbare slipjes met aardbeien- en passievruchtsmaak.

Hij zegt 'kijk maar op het labeltje. Het komt uit Italië, oké?'

Ik antwoord dat ik het leuker zou vinden als hij het zelf kwam brengen in plaats van altijd alleen maar te bellen. Hij heeft het te druk met z'n werk, hij vertelt me waar hij is, maar ik versta het niet. Hij herhaalt het, maar ik versta het nog steeds niet. 'In het buitenland,' zegt hij.

Ik gooi de nieuwe slipjes in een la. Ik heb er zoveel dat ik ze draag alsof het wegwerpslipjes zijn. Als ik merk dat ze bijna op zijn, kijk ik in de wasmand en daar liggen ze dan allemaal. Ik draai een was met slipjes en kan weer drie maanden vooruit.

'Ik heb tien baantjes.'

Als je me was tegengekomen voor het ongeluk, had je me dat horen zeggen.

'Er zouden tien Patrizia's moeten zijn, maar ik ben maar alleen,' klaagde ik. Toen ik nog studeerde, leek het of ik niets uitvoerde. Misschien waren we echt met z'n tienen en werkten de andere negen. Negen begonnen hun dienst in de supermarkt. Negen haastten zich naar het callcenter. Negen Patrizia's deden boodschappen, gingen naar het postkantoor, gaven bijles, pasten op kinderen en probeerden te overleven.

Negen vrouwen werkten in mijn plaats, terwijl ik studeerde en de geraniums water gaf. En toen die negen Patrizia's mij in de steek hadden gelaten, moest ik het alleen zien te rooien. Ook ik moest iets in de steek laten. Ik liet de geraniums in de steek. Maar toen bood de gepensioneerde conciërge van de benedenverdieping aan om ze water te geven, en stuurde hij zijn neefje naar me toe. Salvatore, het kleine broertje van Nicola. Die Nicola werkte net als ik in het callcenter en ik kende hem wel. Maar zijn broertje zag ik nooit. Die zat altijd te leren.

'Hoe zeg je dat? Ook een arbeider wil graag een zoon met een titel, al vind ik het ook best als hij ingenieur wordt,' zei de conciërge altijd vanuit zijn leunstoel.

En ondertussen kwam de toekomstige doctorandus de planten water geven. Ik schaamde me om hem binnen te laten in die kloteflat van me. Wat zal dat jochie wel niet denken als hij hier binnenkomt? M'n onopgemaakte bed, de halflege flessen drank op de keukentafel. M'n kapotte televisie die je niet eens meer uit kunt zetten, en waarvan de monteur zegt 'mevrouwtje, als u de stekker eruit trekt, krijgt u hem nooit meer aan.' Dus voor ik de deur uitging, probeerde ik steeds een beetje op te ruimen en verschoonde ik de lakens van het bed. Ze roken naar zeep.

Ik dacht: het kost me meer tijd om op te ruimen dan om de planten water te geven, maar de conciërge had het me nu eenmaal aangeboden en het leek me onbeschoft om te weigeren.

En ik vond het ook wel prettig dat er iemand in mijn huis kwam. Ik vond het een prettig idee dat iemand zich er misschien wel op z'n gemak voelde. Ik wilde hem duidelijk maken dat ik goed voor mezelf zorgde. Dat ik, ook al werkte ik in een supermarkt, niet zo'n depri trut was die troost zoekt bij een pot Nutella, die doet alsof ze kookt met alleen wat plakjes Kraftsmeltkaas, of die zichzelf voor de gek houdt met Parmalatmelk die nooit zuur wordt. Ik liet de koelkast openstaan, zodat hij mijn verantwoorde producten van de biologische markt zou zien. Ik zette zelfs een potje Nivea neer, een cadeautje van mijn vader. Ik zette die op het nachtkastje zodat hij zou denken dat ik een keurig meisje was, goed verzorgd en in balans.

Ik had behoefte aan een vaste gewoonte.

Iedereen kan zich er wel over beklagen dat het leven zo jachtig is. Dat is een alibi om je leven te vergooien.

Ik zei tegen mezelf 'voor je het weet ben je een zwerver. Je hoeft maar één dag geen verse melk te kopen, en je ontbijt al niet meer. Je hoeft maar één keer je huis niet schoon te maken, en je bekommert je al niet meer om de troep. Je hoeft alleen maar de geraniums op het balkon te laten doodgaan, en het draait erop uit dat je jezelf laat doodgaan.'

Dus moest ik een vaste gewoonte hebben. Ik dacht aan mensen die elke ochtend om zes uur wakker worden, koffie zetten die ze staand naast het raam opdrinken. Aan mannen die zich elke ochtend scheren, zes dezelfde overhemden hebben om elke dag weer een schone te kunnen aantrekken plus één nette voor 's zondags. Ik dacht aan de tijd dat ik nog een klein meisje was en mijn gebeden opzei.

De priester had me het onzevader geleerd. 's Avonds sloeg ik aan het begin ervan een kruisje. Een soort netnummer om contact te maken met de Eeuwige Vader. En na het gebed herhaalde ik dezelfde code om de communicatie te verbreken. Over en sluiten. Het wachtwoord, het password. Zoals in het callcenter om het systeem in en uit te komen, login en logout. Daarna leerde ik het Ave Maria. Toen ik de hymne voor de vader en de moeder kende, moest ik ook nog een gebed hebben voor de heilige zoon, om de heilige familie compleet te maken. Ik leerde het gebed Heilig Hart van Jezus en ten slotte ook nog Engel van God, over de engel die ons beschermt, 'verlicht en bewaakt'. Maar het leek me nogal magertjes om hun dank te zeggen terwijl ik, al een beetje suf van de slaap, op mijn knieën zat en met gevouwen handen tegen de rand van het bed leunde, dus begon ik te bidden zonder adem te halen. Bij het slaan van een kruisje ademde ik diep in, bad de vier gebeden en hapte pas weer naar lucht nadat ik de engelbewaarder dank had gezegd. De religie van een duiker. Ik was Gods kikvorsman die zich in het geloof onderdompelt en buiten adem boven komt, nadat hij de complete schepping van de Allerhoogste heeft geprezen. Tegen de tijd dat ik het vormsel ontving, had ik de voorbereiding van een Olympisch kampioene achter de rug.

Iemand had me tijdens het bidden in de kerk verteld dat hij, om te tonen dat zijn geloof oprecht was, elk woord van een gebed twee keer achter elkaar opzei. Dus begon ik weer te oefenen, ditmaal om de tijd en de zuurstof in mijn longen te verdubbelen. Het lukte me ze alle vier achter elkaar op te zeggen zonder adem te halen, terwijl ik ieder woord twee keer herhaalde, en het onzevader kon ik zelfs in het Latijn opzeggen.

Pater Pater
noster noster
qui qui
es es
in in
caelis caelis
sanctificetur sanctificetur

nomen nomen

tuum tuum

adveniat adveniat

regnum regnum

tuum tuum

fiat fiat

voluntas voluntas

tua tua

sicut sicut

in in

caelo caelo

et et

in in

terra terra

panem panem

nostrum nostrum

quotidianum quotidianum

da da

nobis nobis

hodie hodie

et et

dimitte dimitte

nobis nobis

debita debita

nostra nostra

sicut sicut

et et

nos nos

dimittimus dimmitimus

debitoribus debitoribus

nostris nostris

et et

ne ne

nos nos

inducas inducas

in in

tentationem tentationem

sed sed

libera libera

nos nos

a a

malo malo

Amen Amen.

Aan het eind van mijn optreden was ik versuft door zuurstofgebrek. God openbaarde zich aan mij in de vorm van een appelflauwte.

Daarna hing ik mijn geloof aan de wilgen.

Ik kon het fysiek niet meer opbrengen, ik stopte ermee, net als atleten doen. Je kunt niet een heel leven lang in God geloven, ook het geloof heeft een houdbaarheidsdatum. Na een tijdje moet je het wel verliezen, net als je maagdelijkheid. Alleen kun je bij het geloof niet de beste plek uitkiezen, kun je geen atheïst worden op een zomerse zaterdagavond op het strand van Rimini of in de hotelkamer van een mooie, donkere jongen tijdens een schoolreisje. En trouwens, het geloof verlies je in je eentje, het verdampt, het is op, of het blijft als een lauw laagje zonder prik achter op de bodem van een glas.

Ik had bijna twintig jaar geloofd. Ik had gebiecht, de Akte van Berouw gebeden, in de kerk allerlei zouteloze liederen gezongen 'als een hert dat verlangt naar water, zo verlangt mijn ziel naar u.

U alleen kunt mijn hart vervullen, mijn aanbidding is voor u.' Ik had elke zondagochtend gevast en stond dan met een lege maag voor de plaatsvervanger van de Almachtige die een hostie in mijn mond legde, waarvan hij zei dat het echt vlees van het bovenmenselijk wezen was, maar nee, het was gewoon een vloeitje zonder smaak dat aan je verhemelte bleef plakken. Ik voelde me al schuldig als ik op zomaar een vrijdag – niet eens Goede Vrijdag – per ongeluk een stukje vlees at. Ik beklom op mijn knieën de Heilige Trap, bij elke trede zei ik vier gebeden op zonder in te ademen en sloeg ik twee keer een kruisteken. Tot aan de vijfde klas viel ik flauw van de wierook, iedere keer als het vat werd rondgezwaaid, maar daarna raakte ik eraan gewend. Ik was verslaafd aan de opium van het volk, stoned van heiligheid. Bijna twintig jaar onafgebroken geloof, *on the road* op de oneindige wegen des Heren. Vierentwintig uur per dag, zeven dagen per week, driehonderdvijfenzestig dagen per jaar, elke vier jaar één dag extra vanwege het schrikkeljaar.

Op de avond voor mijn eerste communie biechtte ik voor de eerste keer. Ik vond dat ik niets te melden had. Hooguit een paar lelijke woorden zoals 'jeetje' of 'potverdorie', of dat ik aan tafel was gegaan gaan zonder m'n handen te wassen of een snotje onder een schoolbank had geplakt. Maar de priester verzekerde me dat God toch overal was en dat hij, als ik mijn zonden niet in het biechthokje zou vertellen, ze hoe dan ook te weten zou komen. KGB-God, CIA-God, undercover-God die mijn telefoongesprekken afluisterde, door mijn post snuffelde, mij fotografeerde in een bar, gekleed in regenjas, met een zonnebril en een valse snor.

Ik werd bang, voelde me een voortvluchtige. De priester had me officieel laten weten dat het volmaakte Wezen overal was, dat hij me volgde als een speurhond, als een hond voor de truffeljacht. Of misschien was hij er al voor ik ergens aankwam, wachtte hij me op, zenuwachtig tikkend met zijn voet. Op iedere straathoek kon ik hem tegenkomen. Hij zou zich ook kenbaar kunnen maken via een politiefuik. De Heer van hemel en aarde die om mijn rijbewijs en kentekenbewijs vroeg, die controleerde hoe religieus ik was door mij heel hard in een pijpje te laten blazen. God die mij achtervolgde. Ik ging naar de wc en draaide haastig de deur op slot in de hoop dat hij buiten bleef staan, maar misschien bespioneerde hij me door het sleutelgat terwijl ik pieste. Waarom bespioneerde hij een meisje? En wat betekende dan precies die bewering dat hij overal was? Was hij meervoudig, of alleen maar enorm en alom aanwezig? Als hij een machtsverheffing van zichzelf was, een exponentiële godheid, kon hij zichzelf zien kaartspelen of zelf een paar vormen, kon hij zichzelf uitdagen tot een potje voetbal door zichzelf op te delen in twee teams met voldoende reserves. Maar wie zou nog in de onpartijdigheid van de scheidsrechter geloven, aangezien Hij die ook kon zijn? De toeschouwers zouden erin geloven, zeventigduizend keer God in een uitverkocht stadion. God als speler en toeschouwer, vlees en vis, beeldhouwer en beeld.

Nee, zo kon de almogende Regelaar van de schepping niet zijn. Zo'n godheid had dan geen mensen nodig gehad.

Dus hield ik ermee op.

Na twintig jaar dag en nacht in hem te hebben geloofd, hield ik ermee op. Zijn grootheid bestond erin dat hij een immense leegheid was. Het enige wat ik werkelijk vond, was dat zijn afwezigheid alom was. Hij was afwezig op school, waar in ieder klaslokaal zijn gekruisigde zoon hing, maar waar hij geen medelijden met ons had bij de wiskundeoverhoring. Hij was afwezig in de kerk waar hij beschouwd werd als een door het Vaticaan goedgekeurde versie van de Kerstman. Afwezig in ons gezin, waar hij een soort opperverzekeringsagent leek, een collega van mijn vader. Afwezig op m'n werk, waar ik ontdekte dat hem vervloeken en tot hem bidden hetzelfde effect had. Namelijk geen.

Atheïsten hebben een leuker leven.

Ze houden altijd hoop op een teken waardoor ze van mening kunnen veranderen, een uiteindelijke verlossing, een openbaring. Als God niet bestaat, dan verdwijnen ze zonder al te veel teleurstellingen onder de groene zoden, maar als ze hem in het hiernamaals hervinden, zijn ze aangenaam verrast. Zelfs als hij niet veel voorstelt. Ze nemen ook genoegen met een middelmatig Opperwezen, een boekhoudertje van het kadaster, een keurig type. Maar als gelovigen sterven, worden ze hooguit gestaafd in wat ze al wisten. Engelen en wolken, die ouwe man met z'n baard en de heilige Petrus met z'n sleutels. Voor hen is het geloof oud en vertrouwd, en op het moment van overgang kunnen zij alleen bevestigen dat het hiernamaals geen verrassingen voor ze in petto heeft of, sterker nog, ze raken erdoor teleurgesteld. Want als het dan allemaal een verzinsel blijkt, zijn ze er pas echt beroerd aan toe.

Met de dood had ik dus geen problemen.

Maar voor het leven had ik een vaste gewoonte nodig. Met God was ik klaar, nu moest ik hem vervangen. Op zondagochtend vulde ik het gat met hardlopen in het bos en met een lekker ontbijtje. Op Goede Vrijdag ging ik uit eten, want op die dag zijn in een katholiek land alle restaurants leeg en is het geen enkel probleem je auto te parkeren. En verder? Verder was er seks. Ik kon mijn maagdelijkheid verliezen, het doen met wie ik wilde. Maar zelfs kwezels die in de kerk boete komen doen, kan het geen bal schelen of een maagdenvlies al dan niet ongeschonden is.

Ik zocht naar een concrete, vaste gewoonte, zoals bidden zonder in te ademen en het herhalen van woorden. Zoals het Latijn en het kruisteken, het vasten en de boetedoening. Ik had behoefte aan een Heilige Trap die ik op mijn knieën kon beklimmen.

Ik dacht er zelfs over een Mercedes op te eten, zoals die befaamde Chinees. Dat was absoluut een concrete daad, maar het zou me nooit lukken. Ik zou na de eerste ruitenwisser al doodgaan van walging. Dus begon ik met simpele gewoontes, in de trant van één keer in de veertien dagen naar de kapper gaan. Als ik geen geld had, liet ik alleen mijn haar wassen, kletste ik wat over de prijs van het brood en de melk, roddelde ik wat over de kalenderpoes die op het ministerspluche was beland. Behalve mijn zondagse rondje rennen moest ik een beetje gaan fitnessen, misschien ook wel yoga doen tegen de cellulitis, met huisvrouwen in het ouderencentrum, om geld te besparen. Shoppen met vriendinnen in Cinnecittà Due, zodra mijn dienst in de supermarkt erop zat en voordat mijn dienst in het callcenter begon. We zouden niets kopen, maar er een tijdje rondlopen, dan een pistache-ijsje kopen en dat op ons gemak oplikken, maar vaste gewoontes waren noodzakelijk, want de beste gewoontes zijn gedeelde gewoontes. Zoals verkeersregels, grammatica, syntaxis en de erfzonde, die voor iedereen hetzelfde zijn.

Verder bedacht ik wat opdrachtjes voor mezelf, waarvan alleen ik wist wat ze inhielden. Bijvoorbeeld om mijn horloge vijf minuten voor te laten lopen. Zodat ik altijd te vroeg kwam. Ik was vijf minuten te vroeg op mijn werk, al vijf minuten aanwezig voordat het metrostation openging, ik zette de televisie vijf minuten voor het begin van het journaal aan. Mijn hele dag en alle driehonderdvijfenzestig dagen van het jaar, elke vier jaar één dag extra vanwege het schrikkeljaar, mijn hele leven vond vijf minuten eerder plaats. Het was een persoonlijke vorm van religie, zonder God, maar met een autonome tijdzone.

Daarna legde ik mezelf de koffiegewoonte op. Ik mocht koffie nemen wanneer ik maar wilde. Het was even vrijaf, een feestje. Als ik te vroeg was, benutte ik die vijf overbodige minuten, als ik op tijd was dacht ik dat een kop koffie van vijf minuten mijn punctualiteit niet zou schaden. Ik nam ook koffie als ik een uur te laat was.

En als ik suiker nam, draaide ik het lepeltje langs de randen van het kopje met de richting van de klok mee, maar ik draaide het lepeltje ook om zijn as. Ronddraaien en omwentelen zoals de aarde om zijn eigen as én om de zon.

Ik bedacht dat ik mezelf voor een goed psychofysisch evenwicht een aantal symmetriegewoonten kon opleggen. Met mijn rechterhand doen wat ik met mijn linker deed en vice versa. Ik drukte twee keer op het knopje van de lift, met mijn rechter en dan mijn linker wijsvinger. Ik zwaaide gedag met allebei mijn handen, als ik aan mijn ene oor krabde, krabde ik ook aan mijn andere oor. Op den duur begon ik de jeuk ook symmetrisch te voelen. Een onevenwichtig en onregelmatig leven maakte plaats voor een leven van regelmaat en evenwicht.

In het callcenter verzon ik een pseudoniem, een strijdnaam zoals de partizanen deden, of gewoon een *nickname*. Ik koos Anna. De klant hoort je toch niet als je z'n telefoontje beantwoordt. Je kunt zeggen 'hallo, u spreekt met Patrizia, waarmee kan ik u van dienst zijn?' of 'hallo, u spreekt met Anna, u spreekt met mij... u spreekt met Napoleon...'

En de klant zegt waarschijnlijk 'goedendag meneer Napoleon, ik wil graag weten hoeveel procent stierensperma er in een blikje nazi-Cola zit.'

Klanten die je bij je echte naam noemen komen te dichtbij, lijkt het wel. Een naam specifiek voor het werk bood me bescherming. Anna was een goede schuilnaam. Bovendien was het een palindroom, hetzelfde van links naar rechts als andersom.

Ik probeerde met links te leren schrijven, en oefende ook in het schrijven van rechts naar links. Leonardo da Vinci schreef zo, en hij was bij uitstek rationeel en praktisch. Hij was geen psychisch wrak, zoals ik. Maar ik schreef nooit met pen, en op de computer kun je niet de andere kant op schrijven. Wel kon ik alle tien m'n vingers gebruiken en de spatiebalk met allebei m'n duimen tegelijkertijd indrukken.

Ik had niet meer de God met zijn ene alziende oog, maar een symmetriereligie. Twee ogen en twee oren, twee armen en twee benen, twee tieten en twee billen. Ik zou zelfs plastische chirurgie laten doen om mijn mond, neus en kut te verdubbelen. Een tijdje hield mijn constructie stand, maar ik had een geraamte gebouwd voor een gebouw dat nog niet eens een fundering had.

Mijn opa was blind.

Nadat hij was teruggekeerd uit de oorlog, emigreerde hij onmiddellijk naar Canada. Hij zou daar zijn gebleven, ver weg van de retoriek, de herdenkingsbijeenkomsten, de veteranen en het Holocaustrevisionisme, maar hij werd langzaam blind. Toen besloot hij om de laatste periode waarin hij kon zien goed te benutten. Hij dacht erover te gaan reizen. Alle mensen denken aan reizen als ze merken dat er iets onherroepelijks staat te gebeuren. Ze geloven dat de wereld zien inhoudt dat je ergens anders heen moet gaan, alsof de wereld die ze voor zich zien vanaf de dag dat ze ter 'wereld' komen al niet 'wereld' genoeg is. Mijn opa had dat snel in de gaten.

'Ik was getuige van de geboorte van mijn zoon en van de dood van mijn vader,' zei hij, 'dat is alles wat je moet zien om het leven te begrijpen. En wat de Geschiedenis aangaat, wie in Auschwitz is geweest, heeft alles al gezien.' Punt uit.

Daarom bedacht hij dat hij zich aan de literatuur kon gaan wijden. Ieder mens met een beetje gevoel voor cultuur heeft wel een stapel boeken die hij ooit in de toekomst van plan is te lezen of te herlezen. Tijdens de volgende kerst of in de zomervakantie of als hij met pensioen is. Vervolgens liggen die boeken maar stof te verzamelen, soms zitten ze zelfs nog in het plastic of zit er nog een bonnetje tussen de bladzijden. Hij liep naar een stapel dozen die nog dichtzaten na de verhuizing, trok de tape ervan af en haalde ze eruit. Twee dagen lang maakte hij nette stapeltjes. Honderden boeken in alle soorten en maten en in vier verschillende talen. Van veel boeken wist hij waar ze over gingen, hij had ze bijna allemaal wel eens doorgebladerd, maar niet eens een vijfde ervan had hij helemaal gelezen. En ook die herinnerde hij zich nauwelijks meer.

Hij was zijn geheugen niet door ouderdom verloren. Het was het leven zelf dat niet in z'n geheel herinnerd kon worden.

Welke boeken moest hij nu lezen? De boeken waarvan hij zelfs nooit een bladzijde had omgeslagen? De boeken waarvan hij zich meende te herinneren dat ze hem waren bevallen, dat ze hem hadden ontroerd? De boeken waarvan het onderwerp boeiend leek? De boeken met een aansprekende titel, een mooi omslag, een luxe editie? Of de goedkope uitgaven die vol stonden met krabbels, uit hun band gescheurd nadat ze dagen achtereen in een jaszak waren gepropt, in een tasje samen met een broodje, om haastig in de tram te worden gelezen?

Wat moest hij doen als hij er in eentje begon te lezen en zich halverwege het verhaal herinnerde, nadat hij vergeefs een paar dagen en een stukje van zijn visuele autonomie had verspild?

Hij maakte zijn eigen stapeltjes. Hij kende vier talen, maar voor hem leken die boeken vol te staan met een onbekend en onleesbaar tekensysteem. Abstracte tekeningen, droedels die je ongemerkt op een blocnote tekent als je aan het bellen bent. Krabbels, vliegenstrips vol dode vliegen.

In zijn besluiteloosheid las hij helemaal niets meer.

Hij zei 'zorg jij er maar voor, anders gooi ik alles weg.'

Hij is net de bibliothecaris die de bibliotheek van Alexandrië in brand stak.

Ondertussen ging hij wel steeds naar buiten en naar het café. Zolang hij nog kon zien, wandelde hij de hele middag, zwierf door de wijk. Naarmate hij mensen en dingen meer en meer als een silhouet waarnam, en daarna als een schaduw, maakte hij minder omwegen. Ten slotte nam hij de kortste weg. We hadden zo'n witte telescoopstok gekocht. Hij schoof hem uit, net als een vishengel, verliet het huis en liep rechtstreeks naar het café. Daar bleef hij een tijdje en dan ging hij terug naar huis voor het journaal. Zou hij zich ooit gerealiseerd hebben dat hij op de heen- en terugweg door de Via Quinto Pedio liep, langs het kantoor van de neofascisten?

Hij overleed in het ziekenhuis. Toen we kwamen lag hij in bed, met dezelfde blik als toen hij nog leefde. Zijn in onbruik geraakte ogen, aan weerskanten van zijn neus, lagen erbij als een ergens in een trappenhuis achtergelaten kapotte fiets.

Hij wilde niet dat iemand van ons naar zijn begrafenis kwam. Ik ging er niet heen, mijn vader ging er niet heen, niemand ging erheen. Ik geloof dat er zelfs geen begrafenis was.

De wereld moet wel een parodie zijn op een andere wereld.

Ergens anders moet er een wezen zijn dat gelijkenis met ons vertoont, dat leeft op een manier die lijkt op de onze, maar dan serieus. Wij daarentegen, hier op onze aan de polen een beetje afgeplatte planeet, apen een leven na dat niet echt van ons is, dat voor ons te hoog gegrepen is. Clowns die struikelend over hun reuzenschoenen stofwolken doen opstuiven, in hun veel te grote kleren, en die er midden in een serieus gesprek tussenuit knijpen terwijl ze hun gestippelde onderbroek showen.

En ook God was vast incompetent, een bedrieger, een valsspeler. Een imitator van een andere Almachtige, de echte. Als we goed onder het Alziend oog zouden kijken, zouden we er een rode clownsneus aantreffen.

Neem nou die beroemde marathonloper, Abebe Bikila. Die werd in Ethiopië geboren, won op blote voeten de marathon bij de Olympische Spelen in Rome en raakte vervolgens tot aan zijn middel verlamd bij een verkeersongeluk. En Franco Basaglia, die de gekken in Italië bevrijdde, stierf zelf aan een hersentumor. En Beethoven schreef de Negende Symfonie toen hij doof was. Waarom? Ze hadden ook kunnen uitglijden op een natte vloer en hun nek kunnen breken. Alleen al in Italië krijgen meer dan drie miljoen mensen een ongeluk binnenshuis, veel mensen sterven door een stommiteit in bad of bij het fornuis. In het achttiende-eeuwse Duitsland lag er in plees en keukens ongetwijfeld allerlei gevaar op de loer. En wat doet de grote Ludwig van Beethoven? Die zette de muziekgeschiedenis op z'n kop, maar om zijn eigen vingers op een tafeltje te horen trommelen moest hij een gehoortoeter aan zijn oor zetten.

In het beste geval was God afwezig, of misschien niet bij de les, óf hij was gewoon een uitgekookte jongen.

En ik wilde orde scheppen in mijn leven? God vervangen door kappersbezoekjes en shoppen? Ik kocht koffie van een coöperatie uit Guatemala en chocola uit Afrika, ik zette Nivea op mijn nachtkastje om een goede indruk te maken op een jochie dat mijn geraniums water gaf. Ik roerde mijn koffie met de klok mee, dacht aan palindromen en zette mijn horloge terug, maar het waren slechts matrassen. Bergen op elkaar gestapelde matrassen om de erwt te verstoppen.

Want de erwt lag altijd op z'n plek.

Vierentwintig uur per dag, zeven dagen per week, driehonderdvijfenzestig per jaar, elke vier jaar één dag extra vanwege het schrikkeljaar, stapelde ik matrassen op elkaar, en toch zat ik elke keer als ik mijn ogen opende onder de blauwe plekken.

Al die regels waren nutteloos, maar als ik ze afschafte, had ik niets meer.

Mijn opa was in ieder geval naar de schepper gegaan zonder in de veronderstelling te verkeren dat hij iets recht moest zetten. Nadat hij zijn boeken had weggedaan, zijn herinneringen had laten rusten, zijn gezichtsvermogen had verloren, hield hij zich op de been met een wandelingetje en een kletspraatje in het café. Dat kon hij doen, omdat hij op een bepaald moment met zijn eigen ongemakkelijke erwt was geconfronteerd.

De nazi-erwt die was ontploft en waardoor de twintigste-eeuwse matrassen waren opgeschud.

Die keer trok ik mijn supermarktuniform uit, legde het terug in mijn kluisje, nam de roltrap naar boven en liep langs de witgoeddiscount. In het café zat een meisje dat haar kind de borst gaf. Ze was iemand die bij ons in het bedrijf werkte. Ik weet niet of ze een man had, maar ze had absoluut een moeder. Een oude vrouw die in de tussentijd televisie keek op de flatscreens van de winkel ertegenover. Die medewerkster kon zwangerschapsverlof opnemen, op vakantie gaan, maar nee, ze bleef de hulp van haar moeder inroepen, zodat ze het kind kon voeden in het winkelcentrum.

Ik liep langs de babyspeciaalzaak en de Benetton en stak het terras over. Ik scande mijn badge en liep door de poortjes. Alle werkplekken waren bezet. We hebben geen eigen werkplek. 'Wie het eerst komt, die het eerst maalt,' zegt mijn vader altijd. En die dag zat het al vol medewerkers en ging ik in de rij staan. Nicola was er, meestal draaide hij nachtdiensten, maar sinds een paar weken zag ik hem ook overdag op alle mogelijke tijdstippen.

'Ik ben bijna weg,' zei hij, 'nog een laatste telefoontje en dan kan jij op mijn plek. Ik heb het gevoel dat er iets staat te gebeuren, een boom die omvalt in Merano en heel Tirol hangt aan de lijn. Ik strijk m'n laatste vijfentachtig cent op en ga ervandoor,' maar hij stond niet op.

Ook hij, op z'n eigen matras, hoopte dat zijn ongemak iets tijdelijks was, dat het voldoende was het schuimrubber te verwisselen voor springveren, en dat alles dan weer goed was. Maar het lag aan de erwt. Die zat zo diep weggestopt, onder twintig lagen vulling, dat hij was vergeten dat die er lag. Hij weet het aan het gekreukte laken, aan de gewatteerde sprei, maar eigenlijk moest hij veel dieper zoeken.

Marinella, die haar telefoontjes razendsnel afwerkte, zat er ook. 'Die verdient vast bergen geld,' zeiden we allemaal. 'Als ze wil, kan ze carrière maken. Als ze de schikkingsovereenkomst tekent, wordt ze vast floormanager.'

Ze had nog een hele rits telefoontjes kunnen aannemen, maar ze sloot af en ging weg. Ze zei dat ze een afspraak had. Met een buurman, iemand uit haar flat die achter haar aan zat. Iemand die altijd tegen haar aan begon te kletsen als ze thuiskwam. Haar plek was leeg, ik ging zitten, maar logde niet in. Ik voerde mijn password niet in.

Geen login en geen logout vandaag, dacht ik, niks geen kruiseken om verbinding met de almachtige, chagrijnige clientèle te maken. Niks geen adem inhouden.

Ik stond weer op en liep terug naar het winkelcentrum. Ik stak het terras over en liep door de glazen deuren. Ik nam de metro, gaf een euro aan een zigeuner die op een accordeon speelde, en twee haltes lang hoorde ik hem spelen en zingen. Bij het eindpunt stapte ik uit en wachtte op de bus.

Thuis dacht ik: ik zet koffie. Misschien draai ik het lepeltje wel niet in het kopje rond, en ook niet om zijn as. Misschien doe ik er niet eens suiker in. Vervolgens deed ik ook geen koffie of water in de pot. Ik stak zelfs niet eens het vuur aan. Ik draaide alleen het gas open en ging op bed liggen.

Een jaar later at ik aardappelpuree.

Het is best lastig weer te eten na zo'n lange tijd. Driehonderdvijfenzestig dagen voeding via infuus en maagsonde, en een dag extra omdat 2008 een schrikkeljaar is. De bewoonster van de vijfde verdieping was het eerst gebeld. Nou ja, ze hadden geprobeerd mijn vader te bereiken, maar dat was niet gelukt. Zij kwam langs met haar magere zoon en met Salvatore, het kleine broertje van Nicola. Hij nam gebakjes mee.

Ik zei 'ik moet de verpleegster vragen of ik ze mag eten, en trouwens, ik hou niet van tompoezen.'

'Iedereen vindt ze altijd vies, want het is lastig lekkere te vinden,' zei Salvatore, 'maar deze is geweldig. Mijn grote broer en ik hebben ons allebei op de hogere kookkunst gestort. Hij maakt kebab in Tor di Quinto en ik werk in het café van Casoria, die me 's zondags ook mee uit vissen neemt. Deze heb ik zelf gemaakt.'

Aardappels en een tompoes.

Dat was mijn eerste maaltijd na een jaar coma. Ik vroeg niet aan de verpleegster of het mocht, want ik was bang dat ze het niet goed zou vinden. Hij was lekker, en op dat moment leek het net of ik nog nooit een tompoes had gegeten. Misschien vond ik ze altijd vies zonder dat ik wist hoe ze smaakten.

Daarna vertrok de bovenbuurvrouw met haar magere zoon. Ze

zegt dat ze 's nachts werkt en zich moest gaan klaarmaken. Salvatore bleef. Nicola zou hem komen ophalen als zijn dienst in de kebabkraam erop zat.

Hij zei dat hij het in het ziekenhuis inmiddels meer naar zijn zin had dan thuis. Ze kenden hem goed van toen zijn oom hier was opgenomen en hij steeds op bezoek kwam.

Dus vanaf die keer kwam hij me elke dag opzoeken.

Salvatore is een bijdehand jochie.

Hij vertelde dat een vriend van hem filmpjes verzamelt waarin beroemde mensen doodgaan. Hij heeft de ophanging van Saddam, de moord op Carlo Giuliani in Genua, en al die gijzelaars die ze onthoofd hebben in Irak en Afghanistan.

'Die vriend vertelde me dat het een Jood was die de moord op Kennedy heeft gefilmd. Je ziet zijn hoofd exploderen. Hij was kleermaker en met die opname is hij rijk geworden. Het staat er goed op, ik heb het gezien. Het is in kleur. Hij zegt dat je op slag dood bent als ze je door je hoofd schieten, omdat je hersenen één grote brij worden, maar dat als je onthoofd wordt, zoals die mensen die door de Arabieren vermoord zijn, je hoofd nog een paar seconden doorgaat met denken, al voel je geen pijn. Hij zegt dat mensen die in coma raken hetzelfde ervaren.'

Maar ik herinnerde me niets. Toen ik thuis op mijn bed was gaan liggen, had ik mijn hersenen in ruststand gezet en vervolgens herinnerde ik me alleen wat er was gebeurd in de eerste dagen nadat ik uit mijn coma was ontwaakt. Daartussenin waren er geen dromen en visioenen, geen ontmoetingen met buitenaardse wezens, met engelen of met dode mensen. Maar ik kreeg het niet over mijn hart hem teleur te stellen, en dus vertelde ik hem dat ik had geleerd door muren heen te gaan.

'Er is iemand die twee maanden in coma lag en nu de toekomst voorspelt uit koffieprut. En er is een Franse toerist die na zes maanden ontwaakte en nu mensen geneest door handoplegging. Ik niet, maar ik kan door muren heen gaan. De hoofdzuster zegt dat een lange rustperiode buitengewone krachten in ons lichaam kan doen ontwaken. Ze zweert dat ze mensen heeft gekend die ontwaakten met een absoluut gehoor, zodat ze als ze een noot horen meteen weten welke het is, of mensen die een kermisattractie zijn geworden, omdat ze in één oogopslag duizenden bonen in een emmer kunnen tellen. Ik niet, mij lukt het niet eens een staartdeling te maken, maar ik kan wel door muren heen gaan.'

Ik weet niet of hij het geloofde. Hij keek me aan en zei dat hij nooit in coma heeft gelegen, maar dat hij ook iets bijzonders kan.

'Mijn broer zegt dat ik achterlijk ben, maar ik kan al van kleins af aan woorden achterstevoren zeggen.'

Dus als hij bij me op bezoek komt, gaat hij bij het raam zitten terwijl ik in bed lig en hem woorden laat omkeren.

'Poes! Zeg eens "poes",' en onmiddellijk maakt hij er 'seop' van en ik moet lachen.

Ik zeg 'paard' en hij 'draap,' maar echt meteen! Hij antwoordt zonder na te denken.

Hij zegt het alsof het de gewoonste zaak van de wereld is, alsof hij iets herhaalt dat hij uit zijn hoofd kent. We gaan uren door. Midden in een gesprek stel ik hem onverwachts een omkeervraag, en ik doe mijn best moeilijke woorden te zoeken, niet steeds dezelfde. Poes of paard had hij waarschijnlijk al ik weet niet hoe vaak omgedraaid.

Dus zeg ik 'knoflook, horoscoop en afgrijzen.'

En hij 'koolfonk, poocsoroh, nezijrgfa.'

De ziekenhuispastor kwam langs voor de zegen en de verpleegster vertelde hem over het talent van het jochie. De man reageerde sceptisch. Terwijl uitgerekend hij gelooft in de maagdelijkheid van de Heilige Maagd, in engelen met een citer en in duivels met een drietand. Je zag dat zijn voorraad geloof niet toereikend was, dat het op was en dat hij onvoldoende geloofsreserves had voor een jongetje dat woorden omkeerde.

Hij zei 'sanctificetur' tegen hem.

En Salvatore zei onmiddellijk 'rutecifitcnas' waarbij hij de t, c en n duidelijk uitsprak, zodat de priester zou snappen dat hij niet voor een gat te vangen is.

De priester hief zijn handen omhoog alsof hij zich had gebrand, daarna sloeg hij met zijn rechterhand een kruis, misschien dacht hij wel dat Salvatore de duivel was. Zoals bij die liedjes waarin je duivelse boodschappen hoort als je ze achterstevoren afspeelt. Toen hij vertrokken was, vroeg het jochie 'maar wat betekent sanctificetur?'

'Ken je Latijn?'

'Hoezo? Is het een Latijns woord?'

'Het komt uit een gebed.'

'Als het Latijn is, dan is het een gebed voor een heidense god van de oude Romeinen. Want wie zou het anders begrijpen?'

Ik knikte, want ook al was het niet helemaal waar, zijn redenering klopte wel. Ook al hadden ze het mij zo geleerd en kon ik het opzeggen, waarbij ik elk woord twee keer herhaalde en ook nog m'n adem inhield. Als je zo'n gebed op die manier opzei, zou je het ook andersom kunnen opzeggen, en dan zou het hetzelfde betekenen. Namelijk niets.

'Zeg nog eens een ander Latijns woord dat ik kan omdraaien,' vroeg hij.

'Ave Maria.'

'Airam eva. Maar is dat ook Latijn? Ik dacht dat het Italiaans was.'

Elke avond als we op Nicola wachtten, keerde zijn kleine broertje woorden om en nooit raakte hij in de war. Zelfs niet bij letterparen als ch en ph, nk en sj of th, waar de medeklinkers zo dicht tegen elkaar aan liggen dat het er één lijkt, ook al zijn het er twee. Een onzinwoord als 'schonkebonken' klinkt achterstevoren heel anders.

Hij spreekt het uit zonder in de war te raken.

Maar ik raak bij rechttoe rechtaan al in de war, laat staan bij achterstevoren.

Daarom luister ik naar Salvatore, en volgens mij kun je, door de woorden om te keren, ook de betekenis van die woorden omkeren. Ik stel me voor dat paard-draap een soort Black Beauty is met zijn staart van voren. En dat de poes-seop een half misvormde angorakat is, eentje waarbij z'n kop uit z'n billen steekt. Als je dingen wilt veranderen, is het volgens mij voldoende om de woorden te veranderen waarmee je de dingen benoemt.

Dus ik zeg 'wereld!'

Wereld achterstevoren wordt dlerew. Niet echt veel soeps, dat woord, ik moet er niet zo om lachen als om knoflook en paard.

En dan zegt dat jochie Salvatore ook 'je kunt het woord wel omkeren. Maar de wereld is een bal, ook al keer je hem om, het blijft altijd een bal.'

En zo verlies ik mijn geloof in de revolutie en in de klassenstrijd.

Ik zeg 'kloten' en hij 'netolk,' en ik moet lachen omdat ik aan omgekeerde kloten denk.

Hij lacht ook.

'Ik kan geen woorden omdraaien.

Maar ik kan door muren heen gaan,' zeg ik als de verpleegster met de aardappelpuree komt aanzetten.

Mijn vader belde direct.

Hij was ergens. Hij zei waar, ik verstond het niet, hij herhaalde het en ik verstond het nog niet.

Ik zei 'kom je me opzoeken?'

'Ik probeer het,' antwoordde hij een paar dagen achter elkaar.

Ik zei 'het gaat beter met me, ik zit al rechtop als ik eet.' Daarna kwam ik af en toe mijn bed uit.

'Ik loop al zelf,' zei ik, 'kom je me opzoeken?'

Hij antwoordde dat hij z'n best deed, dat hij me ondertussen iets cadeau had gedaan.

'Een slipje?' vroeg ik.

'Het is een verrassing. Als je naar huis mag, zul je het zien.'

'Ik ben in het ziekenhuis. Ik weet niet wanneer ze me ontslaan.'

'Dat weet ik, maar het cadeau dat ik voor je heb, kan ik daar niet achterlaten. Ik heb het geprobeerd, maar de hoofdzuster zei dat het niet kon.'

Ik vroeg hem wat het was. Ik drong aan. Hij vertelde me dat het een kat was. En dat er dus al een kat bij ons in het ziekenhuis is, de kat van de chef de clinique. Ze noemen het beest 'de vice-chef'. Ze geven hem te eten in het kamertje van de hoofdzuster. De verpleegster zegt dat ze mijn vaders katje graag wilde hebben, dat 'waar er één eet, er ook twee kunnen eten,' dat ook de chef de clinique zijn toestemming had gegeven, maar dat 'de vice-chef' niet akkoord was. Hij posteerde zich voor de deur en begon naar het katje te blazen. Mijn vaders katje durfde niet naar binnen, en nu is het bij Marinella die in mijn appartement logeert. Salvatore zegt dat mijn vader me vaak is komen opzoeken. Dat hij daarna op een gegeven moment niet meer kwam. Dat hij het katje bracht toen het nog een jonkie was en dat het nu een tijger is geworden.

'Nu je mag opstaan, moet je het maar gauw gaan bekijken,' zei Salvatore.

'Ze laten me niet naar buiten. Achter de deur zit een verpleegster die me in de gaten houdt, zelfs als ik naar de wc ga.'

'Dan ga je toch door de muur heen.'

'Dat kan niet. Want ook al ga ik door muren heen,' antwoordde ik, 'ik kan er niet doorheen kijken. Stel dat ik net door de muur ga als de dokter of de hoofdzuster eraan komt. Dan zien ze me, grijpen me en voeren autopsie op me uit om mijn bijzondere krachten te bestuderen, zoals op het marsmannetje uit Roswell, en dan eindig ik in een loden kist op een of andere Amerikaanse basis in New Mexico. Of het lukt me wel uit het ziekenhuis te ontsnappen, maar als ik dan door de buitenste ommuring ga, merk ik niet dat er aan de andere kant een vrachtwagen voorbijrijdt, en loop ik eronder. En dan zegt iedereen 'kijk haar toch. Ze gaat door muren heen... maar toch is ze een sukkel.'

Ik zei dat ik alleen op de dag van de revolutie door muren heen zou gaan.

Hij was onthutst.

Hij zei 'maar goed, jouw kat ging niet door een muur heen en ook niet door die openstaande deur in het ziekenhuis. Hij is gewoon teruggelopen. Ik kon er niet voor zorgen, maar Marinella bood zich aan, en ze heeft ook nieuwe geraniums voor je gekocht. Nicola heeft een kattenbak en zand gehaald, hij zegt dat katten daarop hun behoefte doen, maar tot nu toe is die nog ongebruikt.'

Mensen nemen een kat omdat ze die op straat vinden.

Het gebeurt maar zelden dat iemand een kat koopt. Misschien koop je wel veertig dode, aan elkaar genaaide katten en trek je die aan om 's avonds naar de schouwburg te gaan, maar als je maar één kat hebt, dan wil dat zeggen dat je die op straat hebt gevonden. Het heeft dus geen zin geld uit te geven om er een te kopen, vooral omdat hij nooit echt van jou wordt. Geef hem maar eens geen eten en je zult zien dat hij onmiddellijk andermans kat wordt. Maar dit katje stond op een dag voor mijn vaders deur, hij deed open en smolt helemaal. Ik zeg 'mijn vader smolt helemaal.' De kat bleef rustig, volgens mij heeft het beest mijn vader geadopteerd en niet andersom. En bij mijn deur deed hij precies hetzelfde. Salvatore zegt dat de kat, zodra Marinella de deur opendeed, naar binnen glipte en haar als baasje koos. Die arme meid werkt elke nacht, ook al heeft ze promotie gemaakt en een vaste aanstelling gekregen, en als ze thuiskomt is ze doodop. Misschien heeft ze nooit een huisdier gehad. Haar moeder, die een ziekelijke poetsdrang heeft, komt één keer per week langs om haar badkamer en keuken schoon te maken, en zegt dat ze zich zorgen maakt. Haar moeder houdt niet van dieren omdat ze alles vuil maken, maar een kat is een schoon beest en aanvankelijk had ze niets op hem aan te merken. Katten zijn schoon, maar deze was té. Een jaar lang vond ze niet één drolletje of plasje. Hij was niet alleen schoon. Hij was een mysterie.

Haar moeder zei 'je zult zien dat die kat een nare verrassing voor ons in petto heeft. Volgens mij doet hij al zijn behoeften op één plek, in een of ander verborgen hoekje. Je zult zien dat we op een dag alles op een hoop terugvinden.'

Ik stel me voor hoe we een achterafdeurtje opendoen, een berghok met alle poep van een heel leven. Haar moeder krijgt een rolberoerte.

De kat raakt ontroerd, hij hervindt zijn verloren poep, zijn proustiaanse poep.

Ik haal er intussen een wetenschapper bij en laat hem onderzoek doen. Zo iemand die eeuwenoude boomstammen in stukken zaagt om je de jaarringen te laten zien. Die zegt 'deze stamt uit de tijd van de Franse revolutie. Deze uit de tijd van de Eerste Wereldoorlog. Deze uit de Tweede.'

En onze expert zal de kattenpoep in stukken snijden met een katoenen draad en zeggen 'deze poep is van toen het een klein katje was dat zich net had laten wegjagen door 'de vice-chef', deze drogere is uit de periode dat Nicola in de kebabkraam ging werken, en dit andere stuk is van de dag waarop Patrizia ontwaakte.'

Zo stel ik me de hel voor. Met een God die je onderdompelt in de uitwerpselen die je gedurende je hele leven hebt geproduceerd, je zegt 'gadverdamme' en hij merkt fijntjes op 'ik heb deze smeerbende niet geproduceerd, dat is allemaal jouw drek. Ik heb het alleen voor je apart gehouden. Net als banken doen. En gelukkig heb ik je geen rente gegeven.'

Mijn vader belde.

Ik lag te slapen. Hij sprak met de bewoonster van de vijfde verdieping die me was komen opzoeken. Ze maakte me niet wakker. Ze is het gewend met die magere zoon van haar.

Ze vertelde 'ik heb geleerd dat het beter is hem niet wakker te maken als ik 's morgens uit mijn werk kom en hij nog ligt te slapen, anders wordt hij boos. Nu ik jou zo zag liggen, heb ik je ook maar gewoon laten slapen.'

'Wat zei mijn vader?'

'Dat hij het jammer vindt, maar hij kan je niet komen opzoeken. Hij is ergens, maar ik verstond niet waar. Hij herhaalde het en ik verstond het nog niet. Ik vertelde hem dat het beter met je ging. Hij vroeg naar de kat. Ik vertelde hem dat we het mysterie waarschijnlijk hebben opgelost. Mijn zoon kwam erachter. Het beest doet zijn behoefte in de kattenbakken van de buurkatten. Hij klimt over een heg, loopt over een balkon of een terras, springt van een muurtje af in de tuin van een andere kat. Hij eet niet van hun brokjes of lekkere stukjes kip, hij drinkt zelfs geen water uit hun drinkbak. Hij is geen dief. Hij doet zijn behoefte en gaat dan weer terug. De andere beesten laten hem zijn gang gaan, zolang hij maar niets van ze afpakt.'

Het is een kat met verstand van economie.

Hij doet precies hetzelfde als multinationals in fastfood en in staal, als vuilstortplaatsen of verbrandingsovens. Ze pakken niet je eten af, maar zadelen je op met al hun stront.

De bewoonster van de vijfde verdieping wordt afgelost door Salvatore.

De verpleegster zegt dat er altijd iemand bij me moet zijn. De Paardenbek vertrekt, en het broertje van Nicola komt binnen met een dienblad vol koekjes die hij bij banketbakker Casoria heeft gemaakt. Lekker krokante koekjes. Van maïsmeel, met gember of kaneel. Zonder stukjes chocolade, wat je nu zo vaak ziet. Zonder poedersuiker, die zowel de smaak als je kleren verpest.

Hij zegt 'als je door een muur heen gaat, mag ik je dan filmen met mijn mobiel, om je op YouTube te zetten?'

Met zijn vriend die van alles op internet zet, zit hij altijd te surfen en videofilmpjes te bekijken.

'Die vriend van mij is filosoof. Wist je dat er sites zijn met pornofilmpjes? Wij houden van filmpjes waarin echte mensen elkaar met hun mobiel opnemen.'

'En waarom is hij dan filosoof?'

'Ik heb hem gevraagd of hij zich aftrekt bij die filmpjes. Hij zei "af en toe," maar meestal downloadt hij ze en monteert ze weer op een andere manier. In het begin, toen hij ontdekte dat je op die sites ook zelf dingen kon zetten, plaatste hij er filmpjes op uit zijn eigen collectie, onder een andere naam. Hij nam bijvoorbeeld het uit elkaar spattende hoofd van Kennedy en noemde het *orgy in the school gym*. Toen kwam hij erachter dat ze zijn filmpjes onmiddellijk op het spoor kwamen en dat hij gecensureerd werd. Censuur op een pornosite, geloof jij het? Daarna monteerde hij stukjes film van moorden en zelfmoorden midden in allerlei pornofilmpjes. Enkele seconden willekeurig gemonteerd tussen billen en tieten.'

'En wat voor filosofie is dat dan?'

'Mijn vriend zegt dat hij zich een film met John Holmes kan herinneren, die vent die al die vrouwen neukte. Zijn oudere neef had hem gekocht bij een krantenkiosk in de tijd van de videobanden. Later vertelde z'n neef dat die acteur aan aids was gestorven. Snap je? Zelfs als m'n vriend geen dood in z'n filmpjes stopt, dan komt die er toch wel aan te pas. Stel je eens voor hoe een boekhouder zich wel niet moet voelen, als hij zich zit af te trekken bij een filmpje van een huisvrouw-pornoster die een zwarte, grootgeschapen loodgieter ligt te pijpen en dan, op het hoogtepunt van die vrijpartij op het keukenaanrechtblad, het hoofd van Kennedy uit elkaar ziet spatten.'

'Vroeg of laat gaan mensen ook bij moordpartijen masturberen,' zei ik.

'Of ze laten zich vermoorden om op internet te komen,' antwoordde hij, 'en misschien gebeurt dat al.'

Ik vroeg 'trek jij je wel eens af bij die troep die je op internet ziet?'

'Ja en nee,' zei hij. 'De eerste keer dat ik geil droomde, had ik nog nooit een naakte vrouw gezien, zelfs niet op een foto. Je weet wel, je ligt te slapen, maar bent helder genoeg om te begrijpen dat het om een droom gaat en je kunt de inhoud zelf sturen. Die keer droom ik dat ik op school zit, en ik heb door dat ik kan doen wat ik wil, ik pak een meisje vast en kleed haar uit. Ik wist wel dat ik mijn piemel in een gaatje moest steken dat vrouwen tussen hun benen hebben. Maar ik wist niet hoe je dat moest doen, omdat ik het nooit had gezien en ik er dus ook niet over kon dromen. Dus trek ik haar slip-je uit, en vind niets. Ze was als een pop, zonder gaten en spleten.

Dus nee, ik kijk niet naar die pornotroep op internet om me af te trekken. Voor mij is het iets wetenschappelijks. Een anatomie-les. Ik gebruik het om te kunnen neuken in mijn dromen.'

Ik dacht ook ooit dat hij vierkant was.

De eerste keer dat ik hem bij een jongen aanraakte, was 's nachts op een camping. Tot dan toe had ik me altijd voorgesteld dat hij mooi cilindervormig was, maar zodra ik dat onvolmaakte geval aanraakte, leek-ie wel hoekig. Die jongen was beledigd omdat ik dat tegen hem zei en hem ook nog vroeg om me dat ding eens goed te laten zien.

Hij antwoordde 'waarom, denk je dat het bij jou normaal is? Denk je nou echt dat jij een geometrische vorm hebt?' Vanaf die keer deed ik het ook heel vaak in mijn dromen. Het is de beste plek waar ik ooit heb geneukt. Veel comfortabeler dan een hotelbed, veel opwindender dan een schapenvacht bij de open haard in een berghut. Maar tegenwoordig neuk ik het meest in mijn fantasie. Ik doe het in de bus met iemand die voor me de krant zit te lezen, in de auto met een in het rood geklede man die het zebrapad over-steekt als ik bij het stoplicht stilsta. Met de verpleger die een beetje kaal is bij z'n slapen en kijkt hoe het met mijn infuus staat, en met de toegewijde arts die mijn hersens komt bekijken. Ik doe het met de zangers die ik op de radio hoor, met een presentator in jasje-das-je die het achtuurjournaal presenteert. Ik doe het met de helden van het witte doek te midden van een stel mensen die in het don-ker in fauteuils zitten. Ik heb seks met levenden en met doden, met Alain Delon en Leonardo Di Caprio, met Mastroianni en Gregory Peck.

'Jij leek ook wel dood,' vertelde Salvatore me, 'je lag in coma en leek wel een lijk. De televisie was toen hier, weet je nog? Jij was ook een beetje een diva. Misschien maken ze wel een film over dit verhaal.' Dat had mijn vader me ook al aan de telefoon verteld. Hij vroeg me naar het motief van mijn daad. Hij noemde het 'daad', zoals ze in films zeggen. Tot aan dat moment herinnerde ik me niet eens dat ik het gas had aangezet. Aan de telefoon legde hij me uit dat de eerste paar weken ook de pers was ingeschakeld. Het journaal had een paar reportages gemaakt. Eerst over de kwestie van het gas, daarna vooral over dat ik in coma lag. Zo werken journalisten, altijd op zoek naar verhalen.

Salvatore vroeg het ook 'weet je nog dat de televisie er was?'

Hij zegt dat het een hoop gedoe gaf met die lampen en die televisiecamera's van dat programma waarin het altijd over mensen met problemen gaat, met de presentator die zich liet schminken en zijn haren liet kammen. De hoofdverpleegster had zich ook laten schminken voor het live uitgezonden interview. Ik zei dat ik er niets van had gemerkt. Ik heb een moeizame relatie met de televisie, te beginnen met mijn eigen tv die vlak nadat ik hem had gekocht kapotging en die ik altijd aan moet laten staan, want eenmaal uit, gaat hij niet meer aan. Als ik de stekker eruit trek gaat hij dood, net als mensen in coma.

Die dag van de live-uitzending vanuit het ziekenhuis had de beheerder alle wetsartikelen uit zijn hoofd geleerd en hield hij een mooi betoog over de bewustzijnsstaat van een comapatiënt, over natuurlijke en kunstmatige ademhaling, over het recht op leven, waarbij hij mij voortdurend 'de arme mejuffrouw Patrizia' noemde.

Daarna was mijn vader met hem gaan praten. Hij was naar hem toe gegaan met een kopie van het schaderapport dat hij had ingediend bij de verzekering. De gasinstallatie voldeed aan de norm en de verwarming werkte ook nog. Het was mijn eigen schuld geweest.

De beheerder was weer naar het ziekenhuis gegaan waar altijd een hoop mensen rondhingen. Hij was gekomen om zijn verhaal te vertellen en had het niet meer over 'we plukken ze kaal. We stoppen ze allemaal achter de tralies.' Hij noemde me niet meer 'de arme mejuffrouw Patrizia'. Ik was de bewoonster van de eerste verdieping geworden. Hij had hardop een paar zinnen voorgelezen uit het door mijn vader geschreven document.

'Ondergetekende et cetera, schade-expert et cetera, heeft een onderzoek uitgevoerd naar de daadwerkelijke aard van de geleden schade aan het perceel gesitueerd in et cetera, op preliminaire wijze is een congruent aantal spontane verklaringen van de kant van de bewoners verkregen et cetera, successievelijk zijn onderzoeken verricht et cetera, wat betreft de zojuist uiteengezette conclusies constateert men dat het bedrijf et cetera geen enkele gefundeerde, strafbare of administratieve overtreding verwijtbaar is et cetera et cetera et cetera.'

Het was onbegrijpelijke, bureaucratische taal, maar veel viel er toch niet uit te leggen. Het huis had zich gevuld met gas, en omdat de televisie nog altijd aanstond, was de voedingskabel oververhit geraakt, had vlam gevat en dat had die klap gegeven. Het was gewoon mijn eigen schuld. Zij konden er niets aan doen. Gerechtigheid eisen had geen zin. Ik was al voldoende gestraft, zowel door mijn toestand als doordat het me uiteindelijk niet gelukt was. Sommige mensen dachten misschien wel 'waarom houden ze haar in leven, als ze zelf juist naar de andere wereld wilde?' Op eigen initiatief voegde de administrateur een medische kanttekening toe. Het leek hem ongepast de uitdrukking 'de stekker eruit trekken' te gebruiken, omdat het in mijn geval een kwestie zou zijn van het ontkoppelen van de maagsonde waarmee ik werd gevoed, waardoor ik in korte tijd aan uitdroging zou sterven. Maar aangezien ik in feite als een plant kon worden beschouwd, zei hij 'dat zou zijn of je besloot die niet langer water te geven.'

Salvatore maakte plaats voor de bewoonster van de vijfde verdieping.

'Ze noemen haar de Paardenbek,' zegt hij als hij weggaat, 'ze is mooi. Ze is denk ik rond de zestig, maar ziet eruit als tweehonderd.' Toen ze mijn kamer binnenkwam, bedankte ik haar en zei dat het niet meer nodig was dat ze bij me kwam zitten. Als ik iets nodig heb roep ik de verpleegster, inmiddels kan ik ook weer goed lopen, ik doe revalidatieoefeningen en therapie, ik eet alles weer en misschien ontslaan ze me binnenkort. De magere zoon van de Paardenbek at de door Salvatore gemaakte koekjes op en legde toen zijn hoofd op zijn moeders schoot voor zijn gebruikelijke dutje.

'Ik voel me vandaag een beetje moe,' zei ze, 'maar ik kom graag bij je op bezoek. Je moet niet denken dat ik het alleen maar doe omdat de hoofdzuster wil dat we je in de gaten houden. Ik weet niet of je het nog een keer zal doen. Maar misschien weet je dat zelf ook niet. En misschien weet je niet eens waarom je het de eerste keer hebt gedaan.

Toen ik in de gevangenis zat, waar ik meer dan tien jaar geleden twee maanden heb gezeten, was er in m'n cel nog een andere vrouw. Een andere arme ziel, een arme onschuldige vrouw.

Haar man schreef haar stapels brieven. Elke dag één, volgens de bewaarster. Ze schreef niet terug. Haar man kwam haar twee keer per week opzoeken, maar ze ging niet naar de ontmoetingsruimte.

De bewaarster zei tegen haar "als je hem niet wilt schrijven, als je hem niet wilt zien, bel hem dan in ieder geval een keertje op. Hij wil alleen weten wat je hierbinnen de hele tijd doet."

Enkele dagen later gaven ze haar toestemming. Ze belde. Toen ze belde, bleek hij aan het werk te zijn. Hij had een klein café.

Hij vroeg "hallo, met wie spreek ik?"

"Ik eet met mijn handen en poep in een gat." En ze hing op. "Nu weet hij wat ik doe," zei ze tegen de bewaarster.

Ze zei steeds "ik ben niet ziek. Ziekte is iets wat komt en gaat. Maar als een tumor je longen heeft weggevreten, als je een lever hebt die een brok steen is geworden, dan ben je geen zieke meer. Als je blind wordt of je benen kwijtraakt, als je doof wordt of gek, dan is dat geen ziekte. Je kunt mazelen en depressie niet met hetzelfde woord aanduiden. Waarom vertelden ze me niet dat ik nooit meer beter zou worden? Ze hadden toch kunnen zeggen dat ik op een dag een beetje beter zou zijn, dat was voor mij voldoende geweest. Maar ze zeiden dat ik zou genezen. De ziekte in mijn hoofd behandelen ze ook met elektriciteit. Dat is uitgevonden door een Italiaan. Hij behandelde de directeur van het slachthuis van Rome en zag hoe ze de varkens stroomstoten gaven. Ik heb achtenveertig zittingen gehad. Ze noemen het zittingen, ook al lig je. Daarna brachten ze me hiernaartoe.

Mensen willen dat het goed met ze gaat, maar het kan hooguit een beetje beter gaan. Ze willen het vet op hun kont kwijtraken, ze willen elke dag ontwaken alsof ze zojuist uit de buik van hun moeder zijn gekomen, maar ze zijn alleen hun bed uitgekomen."

Ze vroeg "heb je kinderen?"

"Ja, een jongen," zei ik.

"Ik geef je een advies, laat hem opgroeien met muziek. En nog eentje, vermoord hem niet.

Geloof me, het eerste is makkelijker op te volgen dan het tweede. Muziek vindt iedereen leuk, kinderen niet."

Ze zei "weet je wat de grootste gevangenis ter wereld is? De wereld zelf."

Ze heeft haar aders met een vork opengereten.'

Ook het ochtendgloren heet schemering.

Ik dacht altijd dat het een synoniem was voor zonsondergang. Maar het is het licht dat voorafgaat aan zonsopkomst of het licht dat na zonsondergang nog zichtbaar is.

Bij die avondlijke gloed zonder zon die haar naam nu dus deelt met de dageraad, zegt ze me gedag om als de Paardenbek aan het werk te gaan in Tor di Quinto. Misschien komt Nicola wel langs, hij werkt tegenwoordig overdag. En inderdaad, hij komt en brengt een broodje kebab mee. We eten het op terwijl we naar buiten kijken. Er is een hele rij Chinese winkels gekomen.

'Het lijkt wel alsof Chinezen nooit doodgaan,' zegt Nicola, 'want zodra er eentje naar zijn schepper gaat, nemen ze hem zijn documenten af en geven die aan een andere Chinees.'

'En waar eindigt het lijk?'

'In een Chinees restaurant,' zegt hij, met z'n mond vol brood en stukjes kebab.

'Ik eet het liever later op,' zeg ik en stop de afhaalmaaltijd terug in het zakje.

'Het was maar een grapje. Ze blijven maar kort in Italië. Iemand die emigreert, doet dat om ergens te gaan werken, en die is dus jong en loopt minder kans dood te gaan. En bovendien komen ze met het vliegtuig, als ze ziek worden, keren ze onmiddellijk terug naar hun vaderland. Vanwege de Chinese geneeskunst, of vanwege hun gezegde dat 'het blad niet ver moet vallen van de boom waaraan het groeide.' Sommige Chinezen in Italië zijn boeddhist, als ze toch bij ons overlijden worden ze snel gecremeerd en dat is het dan.'

'Van wie hoor je die dingen?'

'Er zijn een hoop Chinezen in de buurt van Tor di Quinto. Er schijnt ergens een pakhuis te zijn of een soort werkplaats. Een agent die wel eens bij me komt eten, zegt dat hij in een opslagruimte is geweest aan de Via Casilina waar allerlei elektrische apparaten stonden, van een elektrisch lepeltje om koffie mee te roeren tot vriescellen om doden te koelen. Een collega van hem vertelde dat hij in Prato een opslagruimte had gezien barstensvol schoenen en kleding, allemaal namaakspul. En ze vertelden me dat ze op zoek waren naar de opslagruimte waar echt álles ligt, van speelgoedpannetjes tot wasmachines, van vuurwerk tot oorlogs-wapens, van merkkleding tot ruimtepakken, het pakhuis der Chi-nese pakhuizen in Italië. Geen idee hoe dat pakhuis waarnaar ze op zoek zijn eruitziet. En geen idee hoe het pakhuis der pakhuizen in China er dan wel niet uit moet zien. Of misschien is China zelf wel het pakhuis van onze planeet. Chinezen snappen dat als er iets te verkopen valt, zij het kunnen produceren. Dus produceren ze alles. Hun geschreven taal bestaat uit dingen, en niet gewoon uit tekens, eerder uit objecten dan uit woorden om die mee aan te duiden. Het is een antimetafoor, het uitwissen van taal. Chinezen vragen zich af 'waarom zouden we over dingen praten als het makkelijker is ze te maken?'

'Op een dag vermoorden we mijn oom en gaan we in China wo-nen,' zegt Nicola tegen me, 'dat heb ik zo ontzettend vaak tegen mijn kleine broertje gezegd. "We gaan papa zoeken."

Ik zei het voor de grap, maar dacht er echt over. Ik luisterde in het callcenter naar seksmaniakken die twee minuten en veertig seconden achter elkaar bleven hijgen. Ik zette rondjes en kruisjes, hoopte dat er in Merano een boom zou omvallen en dat heel Tirol zou opbellen. En ondertussen zat er een bom in mijn zak die iedere drie maanden ontplofte, maar ik hield vol omdat ik aan mijn vader in China dacht, "we gaan papa zoeken" zei ik tegen Salvatore. Nu zit de bom er niet meer, nu verkoop ik kebab. Ik verdien niet meer dan eerst, en het is ook geen vaste baan, maar de Egyptenaar is een goeie kerel. Hij zei dat we, zodra ik een beetje geld heb gespaard, samen een bedrijf gaan opzetten, we kopen nog een bestelwagen en parkeren die bij het Olympisch Stadion, we nemen twee anderen in dienst en werken om beurten, en als zij ook een beetje geld hebben, kopen we nog twee bestelauto's, breiden we ons bedrijf uit enzovoort. De keten van de Heilige Antonius.

Ik ken wel twee anderen die in de kebabkraam kunnen werken. Dat heb ik hem ook gezegd. Het is dat we niet genoeg geld hebben, want anders zou ik er zo honderd uit het callcenter bij ons in het bedrijf aan het werk kunnen zetten.

Toentertijd dachten we tenminste nog dat we een tijdbom in de zak van de baas hadden gestopt. Maar nee, hij verdient er nog steeds zijn geld, terwijl de dertien werknemers die de petitie aan de arbeidsinspectie hebben ondertekend allemaal zijn ontslagen of geen contractverlenging hebben gekregen.

Voor dertien op de dertien medewerkers is die bom al een tijdje geleden ontploft.'

Dat vertelde Nicola me. En toen opperde hij dat ik niet meer naar het callcenter terug moest gaan, omdat hij nu veel beter af is.

'Ik kan je wel aanbevelen bij de Egyptenaar om in de kebab te werken,' zei hij. Als ik geld heb gespaard voor de bestelwagen, laten we jou en Marinella bij het Olympisch Stadion werken. Het heeft toch geen zin meer om naar China te gaan. En eerder had het waarschijnlijk ook geen zin, want eigenlijk hoopte ik meer dat mijn vader terug zou komen of in ieder geval iets zou schrijven, dan dat ik wilde vertrekken.

Mijn kleine broertje vroeg altijd "wanneer gaan we papa zoeken?" en ik zei "we zien wel."

Toen kwam ik er een jaar geleden achter dat hij Italië nooit had verlaten. Hij was gewoon dood. Een ongeluk. Het was de schuld van mijn oom, die heeft het me zelf verteld. Ik wenste oom dood, maar toen belandde hij in het ziekenhuis en aangezien hij echt op sterven lag, vertelde ik ook alles aan Salvatore. Dat leek me juist, dan had hij nog tijd om hem iets te zeggen, als hij dat wilde. Daar heb ik goed aan gedaan. Vanaf die dag heeft oom het nog amper twee dagen volgehouden. Hij is heel langzaam heengegaan, zoals ze vroeger stierven. Door het uitblazen van zijn laatste adem.'

Maar mijn vader leefde wel, al was hij evengoed verdwenen.

Hij had met iedereen in de flat gepraat. Hij had iedereen vragen gesteld om zijn schaderapport te kunnen schrijven, waarom kwam hij niet ook mij ondervragen, ik was toch ontploft?

Misschien zat hij ook wel in China. Ik vroeg het hem en hij mompelde altijd woorden die nauwelijks op plaatsnamen leken. Vroeger belde je vanuit de stilte van je huis of vanuit een telefooncel. Hooguit was er wat achtergrondgeluid van een café. Tegenwoordig bel je met je mobieltje terwijl je de bus in stapt, de verbinding valt weg, je hebt geen bereik meer, een ander praat door je gesprek heen, je kletst een tijdje en vraagt je af 'maar wat zei hij eigenlijk?' Dus vraag ik maar niet meer waar hij vandaan belt.

Misschien heeft hij zich wel opgesloten in zijn auto op het parkeerterrein van het ziekenhuis, dacht ik.

Misschien schaamt hij zich om zelf langs te komen. Voelt hij zich schuldig omdat zijn schaderapport alle revolutionaire dromen van onze strijdbare flatbewoners de grond in had geboord, ze door zijn toedoen naar het verzekeringsgeld konden fluiten en hij mij voor schut had gezet. En ik keek naar het straatje onder mijn kamerraam. Ik zocht hem. Er stonden een rij bestelbusjes, een paar dwars geparkeerde auto's en overal eromheen Chinezen die met pakketjes sjouwden. Allemaal dezelfde dozen met een of ander opschrift, een ideogram of een pictogram, een hiëroglief met instructies voor een doe-het-zelfmummificatie of een mop in spij-kerschrift. Boven een rolluik flikkerde een bord met de Italiaanse omzetting van een Chinese naam, die in het Chinees misschien iets speciaals betekende, een natuurverschijnsel zoals lieflijke zomerregen of aantrekkingskracht van de maan op de aarde.

Een miljard Chinezen die gehaast van Mars afkomstige dozen met bestemming Jupiter transporteren via de buitenwijken van Napels en Moskou. Hun enorme commerciële bedrijvigheid vindt ook plaats op de straat onder mijn kamer, onder mijn leeglopende infuus, onder mijn hersenen waarover mijn toegewijde dokter zegt "ze zullen goed herstellen." En met mijn benevelde hersenen ga ik voor het raam staan om mijn vader te zoeken, die geparkeerd staat in dit nabije China, dat maar steeds herhaalt 'beter er te zijn dan er niet te zijn, beter ik dan een ander.' Maar dat gebeurt in stil-te. In de Chinese stilte van slecht vertaalde ideogrammen.

'Heeft Salvatore zijn moeder gekend?'

'Nee,' zegt Nicola, 'want ze stierf in het kraambed bij zijn ge-boorte. Papa heeft het hem nooit verteld, zodat hij zich er niet schuldig over zou voelen. Liever vertelde hij hem dat ze per onge-luk was gestorven, dat ze een of ander zuur had gedronken waar-van ze dacht dat het koud water was.

Hij zei "iedereen wordt nu eenmaal geboren met de erfzonde, maar zo besparen we hem in ieder geval een schuldgevoel over de dood van zijn moeder."

Soms vraagt-ie "hoe was mijn moeder eigenlijk?"

"Ze leefde," antwoord ik. En daarmee is de kous af.

In de loop van de tijd vergeet ik ook steeds meer van haar. Ik herinner me dat ze lachte, dat we naar een wolk met een obscene vorm stonden te kijken en dat ze lachte. Ze had voor onderwijzeres geleerd en had willen lesgeven.

's Avonds in bed zei ze altijd "luister maar niet naar wat ze je op school vertellen, ik geef je wel geschiedenisles," en ze vertelde dat er vóór ons een ander volk op aarde leefde, vreedzame mensen. Toen kwamen de Marsmannetjes die hen afslachtten en verjoegen. Wat wij buitenaardse wezens noemen, zijn nou juist de oorspronkelijke bewoners van onze planeet die graag naar hun huis willen terugkeren.

"Als het waar is dat wij moorddadige Marsmannetjes zijn, zouden we ons dat toch moeten herinneren. Maar ik herinner me helemaal niets," zei ik.

"Dat zeggen de Amerikanen ook," zei ze. "Maar de indianen herinneren het zich nog goed."

Dat verhaal vertelde ik aan mijn broer, maar nu genoeg gepraat over dode mensen. Want door te veel over de dood van andere mensen te praten, sterf je samen met hen.'

Maar over de dood waren we nog niet uitgepraat.

Toen Nicola de volgende ochtend weer naar zijn kebabkraam ging, was er net een Albanees gearresteerd. De politie had hem opgepakt toen hij geld uit de tas van de Paardenbek stal, de agenten zeiden dat hij haar had verkracht en vermoord. In de gevangenis ranselden ze hem af. Zij was een prostituee, maar wel Italiaanse, terwijl hij een dief en een verkrachter was, en bovenal Albanees.

Ook over die immigrant werd in de kranten gerept, net zoals ze over mij hadden geschreven, en over mensen in coma van wie je niet wist of ze leefden of dood waren. Ze hadden het over hem tot er autopsie was verricht en het duidelijk werd dat de bewoonster van de vijfde verdieping was gestorven aan een infarct. Niks geen verkrachting, alleen maar seksueel contact tegen betaling. Toen de Albanees had gezien dat ze niet meer ademde, was hij bang geworden en wilde hij hem smeren, maar voor hij wegrende was hij op het idee gekomen om eerst zijn geld terug te pakken. Op dat moment hadden ze hem betrapt en direct hun conclusies getrokken.

Nu de Paardenbek dood is, wil haar magere zoon niet verhuizen.

De beheerder wilde het bovenste appartement voor zichzelf, volgens hem kan de jongen het zich in z'n eentje niet veroorloven.

Hij beweert dat hij het voorkeursrecht heeft, omdat hij mede-eigenaar is. Op de dag van de begrafenis bracht hij schriftelijk een bod uit, aangetekend met bewijs van ontvangst. De magere zoon liep in z'n rouwkleren naar beneden om het van de postbode aan te nemen. Daarna liep hij de trap weer op, stopte bij de deur van de beheerder om hem eigenhandig zijn bod terug te brengen, vroeg om een pen, schreef NEE op het papier en gaf het hem terug. De beheerder dacht dat de jongen er financieel slecht voorstond, maar door de dood van de Paardenbek ontving hij een wezenpensioen van zeshonderd euro plus haar vrijgevallen lijfrente. Zijn moeder had bij mijn vader een verzekering afgesloten. Al sinds een paar jaar kon ze daarvan geld opnemen, maar ze bleef elk half jaar betalen en nu had ze een aardig spaarcentje vergaard. Mijn vader, die de afwikkeling van de uitkering ten gunste van haar zoon regelde, zegt dat die jongen zonder te werken over een ambtenarensalaris kan beschikken en dat hij, als hij wil, thuiszorg kan aanvragen of een ander soort uitkering vanwege zijn arbeidsongeschiktheid, dat gedoe met dat slapen, wat een erkende ziekte is.

Op de dag van haar begrafenis was ik er niet bij. Volgens Salvatore sprak er een priester en heeft die magere zoon de hele mis lang zitten slapen. Daarna hebben ze haar naar Prima Porta gebracht. Ze had laten vastleggen dat ze gecremeerd wilde worden.

'Voor doden is geen plaats meer,' zei ze, 'verbrand me maar als een autoband.'

Dus hebben ze haar kist in een opslagruimte gezet. De familie-leden en vrienden namen afscheid van haar, terwijl volgens Salvatore 'die kerels van de begrafenisonderneming met glanspoets het chroom in de laadruimte van de Mercedes poetsten, de bloemen op een afvalhoop gooiden en voorbereidingen troffen voor hun volgende rit.'

Ik dacht aan de Chinees uit het puzzelblaadje die zo'n zelfde soort auto had opgegeten.

In het ziekenhuis worden alle mensen arm.

Want ze hebben niets meer, alleen hun ziekte. Je bent geen mens, maar een gebroken bot, een kapotte lever, een orgaan vol ongewenst vocht. Voor de duur van je verblijf in de ziekenzaal draag je een pyjama of een nachthemd, soms met een kamerjas eroverheen, misschien wel eentje van gewatteerde stof, met een bloem op je borst geborduurd, en je zakken vol zakdoekjes. Aan je voeten sokken die weer in pantoffels steken. Allemaal speciaal gekocht bij het Upimwarenhuis, of op de markt. Misschien heeft iemand anders het voor je uitgekozen omdat je niet eens meer op je benen kon staan.

Zo'n familielid heeft z'n best gedaan, is naar een warenhuis gegaan, heeft bedacht wat jouw smaak is en een mandje met roze kleding volgeladen, en nu ben je Barbie, de patiëntversie. Misschien hebben de Amerikanen wel een ambulance voor Barbie verzonnen. Een infuus met vloeistof in aardbeiensmaak, een pluchen katheter, Ken die een openhartoperatie uitvoert en naar lavendel geurende harten en nieren tevoorschijn tovert. Een pop met een koffertje vol ziektes, met daarin een doosje met een borsttumor, een setje chemotherapie waardoor het haar uitvalt, compleet met een grote sjaal die je om het hoofd kunt wikkelen en een stel wallen voor onder de ogen, een verkeersongelukje met kunstbenen en -armen, tot en met een complete intensivecareafdeling met poppen aan slangetjes. Een maagsonde waar je in eigen pannetjes klaargemaakt voedsel doorheen kunt laten lopen. Liefdeshapjes om haar naar de wereld der levenden terug te laten keren.

In wezen lijkt Barbie op een vrouw die in coma ligt, misschien pas sinds een paar dagen, zonder de ongemakken van het doorliggen, want objectief gezien verkeert ze in een vegetatieve staat.

Natuurlijk gebruikt onze pop geen anticonceptie, is ze monogaam, anticommunistisch en denkt ze dat het leven gevrijwaard moet blijven van spermatozoïden totdat houtworm haar kist opvreet. Als je vervolgens vaststelt dat ze dood is, en dat gebeurt bij Barbie bijna altijd door onthoofding of omdat ze door de hond des huizes is opgevreten, dan heb je nog de begrafenisset. Een doodskist met glitters, een op afstand bestuurbare begrafenisauto en Barbie's mama in een zwarte minirok met echte tranen die uit haar oogjes vloeien. Uiteraard moet ze begraven worden, want ze is tegen cremeren, iets wat hoe dan ook wordt ontraden, omdat bij verbranding dioxine kan vrijkomen. Je kunt een graf voor Barbie aanschaffen of zelfs een gewijde begraafplaats met alles erop en eraan, voor het geval je van plan bent ook andere poppen te laten doodgaan. Of je kunt haar terugsturen naar de fabriek waar ze haar tegen betaling begraven, samen met alle dode Barbies van de hele wereld.

Ik at het laatste gebakje op.

Ik trok mijn roze outfit uit en deed mijn eigen kleren aan. Bij de uitgang overhandigde de hoofdzuster me een door mijn vader ingepakte tas.

Ze zei 'hij is langs geweest, maar had haast. Hij moest een vliegtuig halen, hij noemde de bestemming, maar ik verstond het niet. Hij herhaalde het, maar ik verstond het nog steeds niet.'

Geen idee waarom hij er nooit was. Misschien was hij geen echte verzekeringsagent, misschien was het een dekmantel voor een geheime missie. Misschien was hij wel dood en liet hij net als Bin Laden van zich horen via afgezanten, bandopnames of mannen die zich aan de telefoon voor hem uitgaven.

Ik pakte mijn boeltje aan, zoals gevangenen die vrijkomen. Ik had weer een stel kleren, een paar schoenen, een stilstaand horloge en wat buskaartjes. Zouden ze nog geldig zijn? Een jaar geleden had ik een abonnement, maar dat is verlopen. Deze zijn minstens drie jaar geldig. Als ik een boete krijg, zeg ik wel dat ik net uit het ziekenhuis ben ontslagen, dat ik op sterven lag. Dan laat ik mijn ziekenhuispasje wel zien.

Marinella belde. Ze is bezorgd, 'aan het eind van de maand ga ik je huis uit. Je spullen zijn voor de helft verbrand of we hebben ze, met behulp van je vader, weggegooid omdat ze naar rook stonken.'

Ze slaapt sinds een jaar op een matras op de grond, 'we schikken wel wat in, dan kunnen we er allebei wonen,' zei ze, 'maar het huis is in elk geval schoon. Reken maar, daar zorgt mijn moeder wel voor.'

Ik wilde haar zeggen dat ik de prinses op de erwt ben, dat ik zelfs op twintig matrassen nog ongemakkelijk lig, laat staan dat ik met z'n tweeën tegen elkaar aangeperst ga liggen op een stapel schuimrubber op de grond, ook al is de vloer schoon. Mijn vader vroeg of ik zin had op het vliegtuig te stappen en hem op te komen zoeken. Ik vroeg waar hij zat. Hij zei het, maar ik verstond het niet. Ik liet het hem maar niet herhalen.

'De dokter zegt dat ik niet mag vliegen. Voorlopig verplegen de onderburen me,' en toevallig hebben ze het bed van hun oom nog dat al bijna tien jaar onbeslapen is. Toen hij nog leefde zat hij altijd in zijn leunstoel.

Nicola is aan het werk in de kebabkraam, maar Salvatore komt naar het callcenter om me de sleutel te brengen.

'Zullen we in Cinecittà Due afspreken? Ik ben er om tien uur,' heeft hij gezegd.

Marinella heeft het met de personeelschef over mij gehad en de krantenartikelen over mijn zaak voor hem gescand. Borsalino beweert dat nog niet iedereen zijn handtekening heeft gezet, er mist nog iemand uit de onderste gelederen. Het ziet ernaar uit dat ik weer aan het werk kan als ik het contract teken.

Ze zei 'wat kan jou het schelen, je komt een dag en dan meld je je ziek. Je zuigt ze een beetje uit zoals ze jou hebben uitgezogen.' Ze werkt sinds een jaar als floormanager. Misschien hebben ze haar wel promotie gegeven. Misschien heeft ze haar mond wel laten opereren. Misschien heeft ze zelfs haar neus en haar tieten laten doen. Maar als iemand overlijdt, vergaan siliconentieten dan eigenlijk samen met het lichaam of blijven ze intact? Eten de wormen ze op of walgen die ervan? Vroeg of laat zal een doodgraver misschien een lijk opgraven en dan treft hij bij het openen van de kist alleen twee rubberen ballen aan.

Terug in het barbiehuis.

Dat dacht ik terwijl ik door het winkelcentrum liep en bij de supermarkt aankwam waar ik meer dan een jaar had gewerkt. Vijftig jaar geleden werden alle opstandigen, dissidenten en vakbondfanaten naar een aparte afdeling in de fabriek verbannen, zolang ze nog niet ontslagen waren. Vandaag de dag word je in de supermarkt naar de kassa verbannen. Dat heet 'demotie'. Tijdens het spitsuur werk je zonder ook maar een seconde te kunnen stoppen.

En als je moet piesen, klem je je benen stijf tegen elkaar.

Het was niet mijn eerste baantje in het grote distributiegebeuren. Ik kwam er terecht nadat ik al bij vijf andere supermarkten had gewerkt. De laatste waar ik gillend was weggelopen, was een discount aan de Via Casilina, ik had er een tijdje artikelen geprijsd en daarna drie maanden achter de kassa gezeten. Ook mij is het een keer overkomen dat ik het niet kon ophouden. Ik stond op, terwijl er een hele rij schreeuwende mensen bij de kassa stond te popelen om te betalen en hun misselijkmakende gevriesdroogde saus of hun stierenspermabalsem mee naar huis te nemen. De volgende dag kreeg ik bij aanvang van mijn dienst per brief een disciplinaire maatregel opgelegd omdat ik naar de wc was gegaan.

Het personeelshoofd zei dat een klant had geklaagd. Niet persoonlijk, maar via een meerkeuzeformulier waarop wordt gevraagd de service te kwalificeren.

'De klant heeft altijd gelijk,' zei hij alsof hij een oud Chinees spreekwoord citeerde.

Lange mensen gaan als eerste dood.

Dat zei mijn opa altijd. Hij had het over Auschwitz, maar hier in het barbiehuis, het ariërland in zakformaat, was het niet veel anders. Daaraan dacht ik toen ik het winkelcentrum uitliep en naar het rode callcentergebouw aan de overkant van het plein keek, het andere poppenhuis waar ik bijna weer naar binnen zou gaan, een jaar na de explosie. Ik liep ernaartoe en begon de onder twintig matrassen verborgen erwt weer te voelen. Ik wilde geen ballerina of astronaut worden, ik wilde geen heilige of showgirl zijn. Sinds mijn geboorte op die eerste dag van juni wilde ik alleen maar ongestoord slapen, maar er zat altijd een steentje in mijn schoen, een haar in mijn soep, een korreltje zand in mijn oog, dat m'n leven vergalde. Heel even was het ondraaglijk geworden en dus had ik het gas opengedraaid, maar kennelijk heeft onze familie een beschermengel. Ook mijn opa was het, onder veel slechtere omstandigheden, niet gelukt zo te sterven. Nu, na een dosis coma en een dubbele portie ziekenhuis, werd het leven gewoon weer permanent vervelend.

Van jongs af aan was ik er echt van overtuigd dat er een vloek rustte op de dag waarop ik was geboren. Een vloek die zich elke verjaardag hernieuwde. Ik groeide op als een vierkant in een ronde wereld. Terwijl iedereen makkelijk door het leven rolde, als cirkels waarvan het middelpunt precies even ver van elk punt op de omtrek was verwijderd, was ik hoekig en vierkant. Mijn opa had zich weten aan te passen, en daarom had hij zichzelf kunnen redden. In de wereld van de hagedissen is het normaal een staart te hebben, in de wereld van de kaasmijten is het normaal om kaas te eten, in de wereld van de ezels kan je alleen maar balken, in het land van de moordenaars is moorden geen misdaad. En hij was een moordenaar geworden. Een staatsburger van het uitroeikamp. Om dat staatsburgerschap te verkrijgen had hij zelfs zijn eigen broer, die lang was en al snel ziek was geworden, naar de gaskamer gevoerd. Om te kunnen overleven was hij afgestompt geraakt.

Zigeuners daarentegen waren een en al hoekigheid. Ze onderscheidden zich niet door een imperfect lichaam of een imperfecte geest, niet door een besneden piemel, niet doordat ze een stad als achternaam hebben, niet door een baard of door hun manier van praten. Zelfs niet door hun godsdienst, muziek of voedsel. Niemand van hen was ooit rijk geworden, ze hadden tegen niemand oorlog gevoerd, ze dachten niet aan atoombommen of aan chemische of bacteriologische wapens, ze eisten geen grond op, ze hadden geen gevangenissen en ook geen gestichten gebouwd. Sommigen wisten hoe je in de tram kon stelen, net als iedereen hielden ze niet echt van werken, alleen hielden ze dat minder verborgen, en ze vonden het geen ramp dat ze naar zweet stonken of dat ze een week lang geen schoon ondergoed of schone sokken aantrokken. In een Europa dat een uit synthetische puurheid en blauwe ogen bestaande perfectie nastreefde, leken de zigeuners een teek op Barbies hondje, een schimmel in een cheeseburger, houtwormen bij Ikea.

Mijn opa zei 'in kamp E waren ze met achtduizend en stierven ze in één nacht. We begrepen het door de rook uit de schoorstenen van de crematoria, maar het gebeurde zo snel dat het leek alsof ze door de muren heen ontsnapt waren.'

Alle anderen, en het waren er miljoenen, stonden uren in de rij voordat ze zich moesten uitkleden en zich naakt moesten laten scheren.

En dat leren ze nu aan managers tijdens motivatiebijeenkomsten. Om je superieur te voelen aan een willekeurige gesprekspartner moet je proberen je hem naakt voor te stellen, liefst gezeten op een pleepot. De meesten van ons voelen altijd zo'n blik op zich gericht, en gedragen zich daarom altijd alsof ze leven met hun onderbroek op hun enkels en wc-papier in hun hand.

'Lange mensen gaan als eerste dood.'

Dat zei mijn opa die klein was en het kamp had overleefd. Daar dacht ik aan toen ik mijn badge voor de scanner hield en door het poortje liep.

'Wat kan jou het schelen,' had Marinella gezegd, die ze nu in de dagdienst hadden ingedeeld, 'je zet je handtekening en zodra ze je aannemen, werk je de eerste paar uur en dan meld je je ziek.'

Ik liep naar de eerste verdieping met een beveiliger die me naar m'n werkplek bracht. Hij had een donkere bril op, maar toch kon je goed zien dat hij in mijn decolleté probeerde te gluren, ook al had ik een hooggesloten shirtje aan. Dat is een instinctieve reflex, je weet maar nooit, dacht hij vast.

'Het is al een tijdje geleden dat ik haar op de zaak heb gezien,' zei hij over mij, of misschien had hij het wel over mijn borstpartij.

'Je bent hier om ze een beetje uit te zuigen, zoals ze jou hebben uitgezogen,' zegt Marinella terwijl ze naast me telefoontjes aanneemt.

Op een zondag hadden ze haar thuis gebeld om te vragen of ze een dienst kon overnemen, maar ze hadden haar niet te pakken gekregen.

Ze had zich nota bene verontschuldigd 'ik wist niet dat ik bereikbaar moest zijn.'

Ze hadden haar mobiele nummer gevraagd, en een half uur nadat haar dienst erop zat hadden ze haar gebeld, maar ze was niet bereikbaar geweest.

'Ik zat in de metro, er was geen bereik,' had ze gezegd.

Ze hadden haar werktijden drie keer verschoven, van de nacht naar de dag naar de nacht en weer naar de dag. Ze hadden haar aangeraden om niet te familiair met de telefonisten te zijn omdat ze nu een andere functie had. Ze vroegen haar op te letten wie er te veel pauze nam. Marinella had geantwoord dat ze dat op de uitdraaien van het systeem konden zien, maar ze wilden dat zij die mensen er officieel op zou aanspreken.

'Het is een teamspel,' zeiden ze 'als jij de bal speelt, krijg jij de bal ook toegespeeld. Als je alleen speelt, blijf je alleen.'

Ze beweerden dat ze te weinig teamspirit toonde.

'Je moet weer even terug naar je oude werkplek, maar zodra zich een mogelijkheid voordoet, word je weer floormanager,' zeiden ze, 'zie het maar als een tijdelijke verandering,' maar inmiddels had ze haar jasje uitgetrokken en haar jeans en T-shirt weer aangedaan. Niks geen aperitiefjes met de bazen in het café in het winkelcentrum. Niks geen carrière.

We zijn allemaal vrij om te veranderen, als we maar bereid zijn te accepteren dat onze situatie ook kan verslechteren.

We noemen het demotie, maar je kunt het ook 'herdimensionering' noemen. Lange mensen gaan als eerste dood en Marinella was weer klein geworden, een onderdeel met een badge, zodat je het van de andere kan onderscheiden. Om te overleven moet je accepteren dat je op schaal leeft, de helft kan worden, een vijfde, een vijftigste. Daarom was Barbie nog steeds geweldig, net zo geweldig als die jaren zestig die nooit bestaan hebben. Daarom liep zij, ook al was ze in Amerika geboren, niet het risico op de elektrische stoel te eindigen, of te bedelen om een paar dollarcenten, gezeten op een stuk karton op de hoek van een straat en een avenue. Omdat ze nauwelijks groter was dan een handpalm en je haar alleen maar hoefde uit te kleden en in een rij te leggen om te constateren dat ze volkomen identiek was aan miljoenen andere poppen. Dat zolang je ze geen kleertjes aantrekt, ze niets en niemand zijn.

Daarom was mijn opa een overlevende. Hij was een onderdeel op schaal geworden en hij was naakt in de rij gaan staan voor het hoofd human resources, met zijn op z'n arm getatoeëerde badge.

'Ik zet het ze wel eens even betaald.'

Dat zei ik tegen haar, maar ik meende het niet. Na het eerste telefoontje had ik zin om langs etalages te slenteren, om mijn horloge vijf minuten voor te zien lopen. Ik wilde stoppen voor een kop koffie, om het lepeltje met de klok mee en om zijn eigen as langs de rand van het kopje rond te draaien, rotatie en revolutie.

Ik nam pauze.

Tegen Marinella zei ik 'ik ga naar de wc' maar in plaats daarvan ging ik naar het winkelcentrum, naar het kleine broertje van Nicola. Hij zat in het café tegenover de witgoeddiscount.

'Wacht je al lang?' dat zeg ik altijd, ook al ben ik altijd vijf minuten te vroeg.

'Ik was een half uur te vroeg. Jij bent op tijd, ik heb ondertussen een glas kraanwater besteld en ook nog gepiest. Ik heb gezegd dat ik op mijn grote zus wachtte.'

'Ik blijf tot het einde van de maand bij jullie, dan gaat Marinella uit mijn appartement weg en trek ik er weer in.'

'Mijn broer zegt dat hij nog een paar maanden in de kebabkraam moet werken en dan geld genoeg heeft om ons huis op te knappen. Wist je dat de verzekering niets uitbetaalt? We moeten onszelf maar zien te redden.'

'Ik weet niet of ik de boel wel zal laten opknappen. Met de uitkering die ik krijg, kan ik nauwelijks mijn vaste lasten betalen. De laatste keer dat ik m'n appartement zag was voor de klap, en toen moest er al een hoop aan gebeuren. Marinella zei dat jullie de verbrande spullen hebben weggehaald. Haar moeder houdt het huis netjes en Marinella zegt dat ze verder nergens heeft aangezeten. Ze leeft uit een koffer. Ze heeft alleen een foto opgehangen.'

Daarna vertelde ik hem dat ik wist wat er was gebeurd toen hun kippenhandel failliet was gegaan. Hij zei dat hij het allang wist. Zijn oom had het hem een hele tijd daarvoor al verteld en gevraagd het niet tegen Nicola te zeggen.

'Alleen mijn grote broer kon zo'n fabeltje geloven, dat mijn vader naar China was vertrokken en dat hij ons met een kort briefje had afgescheept. Toen ik daarna in de gaten kreeg dat Nicola onze oom aan het uithongeren was, begreep ik dat hij het ook wist. Op het moment dat de ambulance arriveerde was mijn broer met Marinella in jouw huis. Hij kwam niet eens naar beneden om te kijken of ze oom wel meenamen. Voor hem was hij dood vanaf het moment dat hij dat verhaal over papa had verteld. Ik had al zo lang geleden gehoord hoe het allemaal was gegaan dat ik niet beter meer wist. Toen herinnerde Nicola me eraan. Hij zei "blijf bij hem in de buurt, misschien wil je hem nog iets zeggen voor het te laat is."

Na een paar dagen zei de dokter dat hij met mijn grote broer wilde praten, maar Nicola was er niet. Waarschijnlijk konden ze het niet met mij bespreken, het moest met een meerderjarige. Ten slotte vertelde de hoofdzuster dat de priester, die ze hadden geroepen voor het heilig oliesel, net was vertrokken.

Ik bleef alleen bij oom achter.

Hij had een infuus, een beademingskapje en een maagsonde. Zonder die slang in zijn neus zou hij nog maar een paar dagen te leven hebben. In zijn toestand nog korter. Ik had de beheerder van onze flat over jou horen praten, hij zei iets als "de stekker eruit trekken."

Ik tilde het beademingskapje op door aan het elastiek te trekken waarmee het op zijn gezicht werd gehouden. Ik hield het een tijdje vast. Dat was lastiger dan ik dacht. Ik begon te tellen. Een, twee, drie, vier seconden.

Ondertussen keek ik naar buiten, naar de Chinese schoenenwinkel waar om tien uur 's avonds de neonverlichting nog brandde. Een paar jochies sjouwden dozen uit een bestelbusje en droegen ze naar binnen. Ik snapte eigenlijk niet waarom Chinezen geel worden genoemd. Ik vond ze helemaal niet geel. Zoals zwarten niet zwart zijn, maar donkerbruin. Zoals blanken helemaal niet zo blank zijn. Behalve die jochies liepen er op dat tijdstip geen andere mensen rond. Niemand die daar schoenen kocht. Net zoals er niemand kleren kocht in de winkel ernaast. Net zoals er niemand borden, bekers of lampen kocht uit de etalage daar weer naast. Ik dacht aan mijn opa die in China was aangekomen. En ook mijn vader zou ernaartoe zijn gegaan om zijn fortuin te zoeken als hij niet was gestorven in een vrachtwagen vol kippen. Ik dacht eraan dat ook mijn grote broer en ik daarginds hadden kunnen zitten. Nu was China zelf naar ons toegekomen. Of misschien was de wereld kleiner geworden. Zoals auto's die door de autosloper geplet worden, waarbij de wielen door het persen tegen het stuur aan komen te zitten, en de voor- en achterklep over elkaar worden gevouwen. In elkaar geperste auto's. Zo was onze planeet. Een in elkaar geperst stuk schroot waarin het geen zin meer had je te verplaatsen, ervandoor te gaan, op reis te gaan. Nu hoefde je alleen maar de straat over te steken om naar China te gaan.

In de tijd dat de aarde nog een spiksplinternieuwe auto was, lagen de Chinese Muur, de Gele Rivier en Peking nog aan de andere kant van de wereld. Vandaag de dag was de geplette planeet een doosje waarvan de achterkant de stoep aan de overkant was. Ondertussen telde ik vijfentachtig, zesentachtig, zevenentachtig. Ik heb de honderd niet eens gehaald. Hij ademde niet meer. Kort daarna stopte zijn hart. Ik zette hem het kapje met de slang weer op, het stukje hard plastic tussen zijn blauwige mond en de sonde die in zijn neus verdween.

Ik vond het naar. Sterker nog, ik voelde me rot. Sterker nog, ik huilde er zelfs om. Maar ik moest het doen. En ik vond dat ik er goed aan had gedaan. Of in ieder geval dacht ik dat het zo beter was. Nou ja, hem vermoorden kwam in de buurt van een goede daad. Hij zou toch wel gestorven zijn, misschien een uur of hooguit een dag later. Alleen nam ik de verantwoordelijkheid op me. Ik was zenuwachtig. Ik verwachtte dat er bewakers zouden komen, maar er kwam niemand en na een tijdje viel ik in slaap.

Een verpleegster maakte me wakker en zei "hij is gestorven zoals dat vroeger altijd ging, doordat hij geen lucht meer kreeg." Ik zei niets. Ik bedacht dat ik uiteindelijk de enige in deze hele geschiedenis was geweest die een handeling had voltooid. Bij mijn volle bewustzijn. Van de vele doden was deze de enige juiste, of liever, de minst verkeerde. Je kon het afkeuren, me beschuldigen. Misschien was ik zelfs rijp voor de gevangenis. Toch is dit geen moord, dacht ik, dit is klassenstrijd.'

Salvatore gaf me de sleutel.

Ik zei hem gedag en keerde terug naar het callcenter. Voor ik wegging, vertelde hij me nog dat hij zijn mobiel bij de hand had gehouden om het sterven van zijn oom te filmen, zodat zijn vriend de filosoof het op internet kon zetten.

'Ik heb het niet gedaan,' zegt hij 'want door te veel naar de dood van andere mensen te kijken, sterf je samen met hen.'

En zo werd ook hij een beetje een filosoof.

Ik liep weer door de poortjes en terwijl ik terugliep naar mijn werkplek bedacht ik dat zijn daad een soort culturele euthanasie was geweest. Die oom zou toch wel op een natuurlijke manier zijn gestorven, maar hij nam de verantwoordelijkheid op zich.

Dat zouden wij ook moeten doen, een niet-godsdienstig ritueel bedenken voor op vaste dagen. We zouden minimaal één keer per jaar iemand moeten vermoorden die al dood was. De spoken vermoorden die ons achtervolgen, zo nu en dan de Zonnegod ophangen, en Stalin, Mussolini of de tsaar doodschieten, Julius Caesar of Umberto I. En ook mensen die door hun eigen toedoen zijn gestorven, zelfmoordenaars zoals Hitler, of mensen die gewoon in hun eigen bed zijn gestorven, zoals Pinochet. Hen vermoorden is een misdaad, maar het is absoluut noodzakelijk de verantwoordelijkheid op je te nemen. We zouden de 'dag waarop we de doden vermoorden' op de kalender moeten zetten.

Op m'n werkplek zag ik de beveiliger staan die naar me op zoek was om me mee te nemen naar het hoofd human resources.

Gezien mijn bijzondere situatie hoefde ik niet voor de deur van de vakbondsvertegenwoordiger in de rij te gaan staan voor de schikkingsovereenkomst, en daarna hoefde ik niet op mijn beurt te wachten voor mijn contract. Ze verleenden me een gunst door me gezamenlijk te ontvangen. Vakbond en bedrijf, zij aan zij, net als de schikkingsovereenkomst en het contract.

'Teken maar bij het kruis,' zeiden ze allebei tegelijk en ze schoten in de lach.

'Raak het puntje van je neus aan,' zei mijn vader altijd wanneer we tegelijk hetzelfde zeiden, 'anders trouw je met een man met schurft.'

Maar dat vertelde ik hun niet. Wel hoopte ik dat de vloek van de schurft hun gemalinnen zou treffen. Verder vond ik dat er op dat moment niks te lachen viel. Liever zat ik ergens ver weg van dat kantoor, in een van die steden van waaruit mijn vader belt. Een van die steden waarvan je de naam nooit verstaat, ook al herhaalt hij hem. Maar nee, ik zat nu hier, naast het kruis, net als de moeder van Christus.

Het hoofd human resources zei 'tot eind augustus blijft u op projectbasis werken. Uw vaste contract gaat per één september in.'

Misschien was hij ook wel op de eerste dag van een maand geboren zoals ik, en probeerde hij het rangtelwoord te vermijden om zich normaal te voelen, net als bijna iedereen.

Daarna zeiden ze 'succes' of een andere frase die je op zo'n moment zegt, maar ze hadden net zo goed 'Arbeit macht frei' kunnen zeggen. Het klonk min of meer hetzelfde.

Toen dacht ik aan die mensen die wat tegen je zeggen terwijl ze zich voorstellen dat jij op de plee zit. Managementtechnieken. Maar niemand vertelt je dat het een heel ander effect geeft als je je voorstelt dat je gesprekspartner in bed ligt met slangetjes in zijn neus en arm. Met de transparante en naar ether geurende dood die zijn bagage voor hem inpakt.

Zo stelde ik me hem dus voor.

Misschien lagen Borsalino en de vakbondsman ook wel op sterven, of waren ze zelfs al begraven achter hun bureau. Naast het kruis. Waren ze onthoofd tussen de dijen van een pornoster. Zoals John Holmes van wie de filosoof, de vriend van Salvatore, op video had gezien dat hij zich doodneukte. Waren ze dood net als alle consumenten die op zoek waren naar gratis sms'jes, onbeperkte kredieten, speciale aanbiedingen voor superdunne flatscreens, pastapakken met rioolratsaus, Coca-Cola, Pepsi-Cola, klote-Cola en nazi-Cola waardoor ze al jodelend boeren lieten.

Zij waren de erwt waardoor ik pijn in mijn rug had. Het had geen zin matrassen op elkaar te stapelen om beter te kunnen slapen. Je moest aan hen niet evenveel gewicht toekennen als aan echte problemen van lévende mensen. Je moest de deur voor ze op een kier laten staan, zoals gebruikelijk in dagen van rouw, in afwachting van het moment dat de ziel van de overleden geliefde uit zichzelf naar de andere wereld gaat. Haar begeleiden tot aan de half open deur en haar dan naar de andere kant laten gaan. Salvatore had het geprobeerd. Hij had begrepen dat zonen hun vaders moeten vermoorden, of in ieder geval de verantwoordelijkheid moeten nemen om ze te laten sterven, hij herstelde tenminste een levende, natuurlijke orde, zoals aardbevingen en de lente, ook al was hij maar een neef. Tot het zover was, leek het alsof de voedselketen op z'n kop was gezet, alsof het gras de koeien verslond.

Want de doden worden herdacht, maar we kunnen ze niet op kantoor laten zitten, de metro laten nemen, tegen het volk laten praten of op televisie laten dansen. De doden worden herdacht door te herdenken dat ze dood zijn. Als we ze niet begraven, eindigt het er nog mee dat zij ons begraven.

Het moet maar eens afgelopen zijn dat ze ons bellen, met ons samenleven, dat wij hun auto's en belegde broodjes kopen, hun kranten lezen en hun wetten respecteren.

'We moeten ze veroordelen tot een houdbaarheidsdatum,' zoals mijn vader de verzekeringsagent zei, die bij de sector Leven werkte, 'we moeten het vieren als melk zuur wordt in het schap, yoghurt beschimmelt op het plankje in de koelkast, een vrachtwagen vol voorgebakken pizza's verslonden wordt door wormen, of een vat nazi-Cola zijn prik verliest.'

De verstandigste en meest weloverwogen manier om ze te vermoorden, was om die vaders en al hun paternalisme al als dood en over de datum te beschouwen.

Dood was de vakbondsman met zijn handtekeningen bij de kruisjes.

Dood was de partij die ieder jaar haar naam en vlag verandert, alsof het veranderen van die naam voldoende is om lijken te laten herrijzen.

Dood was de vrolijke Dokter Bibberbaas van Italië.

Dood was de glimmende kalender van de minister.

Dood waren Barbies billen met fuchsiakleurige tangaslip.

Dood was Borsalino, hoofd human resources en zijn gedecoreerde, altijd afwezige bazen met heel hun hofhouding aan managers, teamleiders, floormanagers, advocaten en opstellers van bezwaarschriften tegen belastingaanslagen en van conceptdwangbevelen in het geval van herhaaldelijke schending van de wet.

Dood waren de klanten die een manier zoeken om gedurende twee minuten en veertig seconden weer in contact te komen met de wereld.

Dood waren de leden van de raden van bestuur die de financiën beheren, zodat ze producten kunnen produceren die vaker de planeet rondgaan dan winden en golfstromen.

Dood waren de kampioenen in het boeren laten door nazi-Cola.

Dood waren de conserverende godsdiensten van een microgefiltreerde God met lange houdbaarheidsdatum, uitvinders van de zonde, omdat zij het copyright op de absolutie hebben.

Dood was ook mijn vader, omdat als het waar is dat zonen hun vaders moeten vermoorden, zelfs die voldoening me niet was gegund. Hij is de zelfmoordenaar bij uitstek. Gestorven en begraven aan het andere einde van de telefoon.

Allemaal bedekt met schimmel, achtergelaten in hun kerstgeschenkverpakkingen, onverkocht in magazijnen van winkelcentra, roestige huishoudelijke artikelen in de Chinese loods aan de Via Casilina, door muizen aangevreten schoenen en kleding in de opslag in Prato, westerse schroothopen met een laagje patina, bedolven onder huisstofmijt in de Chinese hypermarkt van onze planeet.

Omgekeerd terrorisme. Je inbeelden dat ze allemaal al vergaan zijn, zodat je niet eens meer moeite hoeft te doen om ze op te blazen.

En als we op een dag 'de dag waarop we de doden vermoorden' vieren, zullen we ze herdenken, maar alleen om ons ervan te verzekeren dat ze niet meer herrijzen.

'Tot ziens' zeggen ze in koor.

Raak je neus aan, denk ik, en zonder iets te zeggen loop ik weg.

Ik loop de trap af.

Ik keer terug naar mijn werkplek en zonder te gaan zitten zet ik mijn computer uit. Zonder hem op stand-by te zetten, zonder uit te loggen. Want ik bedenk dat die ook al een tijdlang dood is. Je moet alleen de stekker eruit trekken om niet voortdurend nodeloos stroom te gebruiken. Euthanasie op een systeem in vegetatieve staat.

En ik loop door muren heen.

De eerste is de plastic scheidingswand tussen mijn werkplek en die van degene die voor me zit. En de floormanagers, die wij raven, kapo's of jakhalzen noemen, kijken naar me zoals in die films waarover je zegt 'ik geloof mijn eigen ogen niet.' Maar geloof het maar wel, want ik loop door muren heen.

Want zodra je orde probeert te scheppen, je een natuurlijke hiërarchie probeert te herstellen tussen het leven en de dood, verdwijnt onmiddellijk alles wat er niet toe doet en bieden zelfs muren minder weerstand dan lucht.

Zodoende loop ik richting uitgang en zonder op de rode stangen te drukken loop ik door de nooduitgang heen. Zonder in nood te zijn. Ik loop door de wanden van gehard glas heen, die wel transparant zijn maar toch gewoon wanden blijven, en de beveiliger achter z'n ingegroeide bril zweert dat het niet waar is. Zweer maar lekker, ik loop toch door muren heen. Ik loop naar buiten, door de schuttingen heen van anti-inbraakhuisjes die bewaakt worden door antizigeuneralarm, en beschermd door antinegerhekwerk met antiroestlak waar antipathieke antisemitische bazen met antirimpelcrème anti-allergische antipasti maken in anti-atoombunkers. Door bankgebouwen met videobewaking heen. Door de muren van de bloedzuigers heen. En bloedzuigers is een goede benaming voor ze, want mensen uitzuigen, dat hebben zij uitgevonden. Door muren van kazernes, van gekkenhuizen, van gevangenissen heen.

En als ik omkijk, meen ik vanuit mijn ooghoek ook Nicola te zien en zijn broertje dat doctorandus wordt of in ieder geval ingenieur, en Marinella met haar misvormde mond die niet op Barbie lijkt, maar mooi is zoals een op de biceps van een matroos getatoeëerde half verbleekte zeemeermin. En misschien zie ik ook nog andere mensen die door een dragende muur, een marmeren zuil of een brandwerende deur heen lopen, en in de lach schieten als een beveiliger mij probeert tegen te houden, want ook door hem en zijn team loop ik heen.

De beveiliger draait zich om naar zijn superieuren en zegt 'wat moeten we doen, chef? Dit is hekserij!'

En ik antwoord dan 'nee, dit is klassenstrijd.'